Las manzanas de Eva

IMMA SUST

Las manzanas de Eva

Grijalbo

Papel certificado por el Forest Stewardship Council®

MIXTO
Papel procedente de
fuentes responsables
FSC® C117695

Penguin
Random House
Grupo Editorial

Primera edición: septiembre de 2022

© 2022, Imma Sust
© 2022, Penguin Random House Grupo Editorial, S. A. U.
Travessera de Gràcia, 47-49. 08021 Barcelona

Printed in Spain – Impreso en España

ISBN: 978-84-253-6166-1
Depósito legal: B-11.757-2022

Compuesto en Fotoletra, S. A.

Impreso en Liberdúplex
Sant Llorenç d'Hortons (Barcelona)

GR 6 1 6 6 1

A todas las personas que me han hecho volar
a través de mi alma y mi cuerpo

1

A mí no me atrae un buen culo, un par de tetas o una
polla así de gorda.
Bueno, no es que no me atraigan, claro que me
atraen, ¡me encantan!, pero no me seducen.
Me seducen las mentes, me seduce la inteligencia,
me seduce una cara y un cuerpo cuando veo que hay
una mente que los mueve, que vale la pena conocer.
Conocer.
Poseer.
Dominar.
Admirar.
La mente…
Yo hago el amor con las mentes…
¡Hay que follarse a las mentes!

Dante en la película Martín (Hache)

Eva, a punto de levantarse de la cama

La maldita tristeza lo paraliza todo. No te deja pensar, no
te deja actuar, no te deja hacer cosas que sabes que te sen-
tarían bien. O eso dicen siempre los otros. Los que en ese
momento no están tristes. Frases de mierda que todavía
inundan más a nuestra Eva: «Ya pasará», «Salir te anima-
rá», «Ordena la casa y te sentirás mejor», «Ve al cine», «Ve

a la playa», «Sal a dar un paseo», «¡No te deprimas!», «¡No te angusties!» o «¡No vale la pena!». ¿Estaréis de acuerdo conmigo en que eso es lo peor que le podemos decir a alguien que está triste? Es evidente que si Eva pudiera no sentir esta pena en su interior, no la sentiría, ¿verdad? ¿O es que Eva es gilipollas y le encanta estar apenada?

Eva tiene treinta y dos años, y vive sola en un piso muy bonito lleno de plantas y luz. Le gusta tenerlo todo muy ordenado y limpio. Aunque en épocas de bajón, no siempre lo consigue. Trabaja en un banco. Algo que no le pega nada, pero le sirve para ahorrar y, como buena *control freak*, le da mucha seguridad. Su sueño es tener un negocio propio y cada día duda más sobre la idea de formar una familia y procrear. Lo desea y no lo desea. Su cabeza funciona como la paradoja del gato de Schrödinger. Todo es posible. La verdad es que dedica la mayoría de sus fantasías a la pasión que siente por la cocina. No tiene muy claro ni cómo ni cuándo, pero sabe que su futuro está entre fogones. Ya sea llevando un negocio de catering o abriendo su propio restaurante. Su espacio soñado es un rincón muy verde en medio de la ciudad, lleno de luz y de abundante vegetación. Un lugar donde pueda tener un pequeño huerto y cocinar al aire libre. Se imagina como si fuera una chamana con una gran hoguera guisando en un wok gigante todo tipo de recetas que huelen a *lemongrass* y a curri. Ya sabemos que esto no cumple la normativa y que no es nada realista, además de ilegal, pero lo bonito de soñar es que podemos fantasear con cosas imposibles. Así que no juzguéis y seguid leyendo.

Eva, acostumbra a visitar locales que sabe que no se puede permitir, solo por el placer de imaginarse allí. ¿Le podría acompañar alguien en ese espacio imaginario que huele a Tailandia y está lleno de palmeras y jazmines? Podría ser.

Fantasea con un ser que le haga el amor por la mañana y la ayude en el negocio por las tardes. Entonces piensa en sus últimos ligues y el sueño se desvanece por completo. Lleva media vida haciendo castings de hombres, pero el tipo que le funciona como amante no le funciona como pareja, y mucho menos se lo imagina como acompañante en su restaurante de ensueño. Su último crush, el Chico Coda, le ha salido rana. Tenía muchas esperanzas depositadas en él y es el responsable de su actual malestar emocional.

Salta de la cama dejando aparcada la tristeza y se maquilla frente al espejo abriéndose los ojos con los dedos mientras observa sus enormes pupilas. Tiene unos grandiosos ojos azules que se ponen preciosos cuando llora. Sí, Eva es el tipo de persona que cuando llora se mira al espejo. No es egocentrismo. Es una manera poética de plantarle cara al dolor. Lo hace desde pequeñita y la verdad es que le sirve de terapia. Cuando deja de llorar, se limpia la cara con agua y jabón y se esfuerza por regalarle una sonrisa al espejo. Se recoge su enorme melena rubia y rizada con un simple boli, se pone unos vaqueros y una camiseta ajustada que le marca mucho el pecho, y sale a la calle a intentar comerse el mundo, deseando que le pase algo excitante que acabe con su tedio. Porque si algo tiene Eva es que por muy triste que esté, adora la vida y se niega a conformarse con lo que parece que el destino le tiene preparado. Camino al trabajo, recibe una llamada de su prima Sarita, la del pueblo. Tiene doce años menos que ella, pero una vida sexual que ya querrían muchas de treinta y tantos.

—Dime, Sari —balbucea con pereza porque no tiene ganas de hablar del tema que últimamente lo inunda todo. El maldito Chico Coda.

—¿Qué tal, guape? ¿Cómo has dormido hoy? —pregunta con tono de madre afectada y con ese lenguaje inclusivo que pone tan nerviosa a Eva.

—Bien, prima. Anoche me bebí media botella de vino y caí rendida —confiesa sacando un cigarro del bolso e intentando encenderlo mientras sujeta el móvil con la oreja y se salta un semáforo.

—Di que sí, ahora estás en un momento de recogimiento. Tienes que cuidarte, mimarte y aprovechar tu red emocional para no sentirte sole.

—Totalmente. Soy lo mejor que le ha pasado en la vida. Puto idiota. Cada vez que lo pienso me cabreo mucho —se indigna Eva intentando quedar como una *superwoman* y corriendo para que no le pille ningún coche.

—Bien. La rabia es buena. Tú vales mucho, eres una persona fascinante y cuando menos te lo esperes encontrarás la relación sexoafectiva que tu alma necesita.

Eva se queda en silencio un par de segundos y responde:

—Claro, claro. Te dejo, que entro en el metro y se va la cobertura. ¡Chao! —Eva cuelga el teléfono antes de que Sara pueda decir adiós.

Pasa de largo la parada de metro y sigue andando. Adora a su prima, pero no soporta que sea tan maternal. A ratos parece una niñata marisabidilla que se cree que lo sabe todo de la vida y del sexo. Es ese tipo de personas que están en tu vida, las quieres mucho y sabes que jamás saldrán de ella, pero que a veces no las soportas. Eva no busca ninguna relación sexoafectiva. Busca al hombre de su vida. Y vive atormentada entre el deseo de tener un sexo increíble y una pareja para ver la tele los domingos. En el fondo, todas hemos sido educadas para pensar y desear eso al llegar a nuestra edad adulta, ¿verdad? A todas nos han contado los mismos cuentos y hemos sufrido con las mismas películas de Disney.

No tenemos referentes de mujeres solteras y felices. No hay cuentos de matrimonios sin hijos. Y así vivimos, angustiadas como resultado de nuestra educación heteropatriarcal y deseando encontrar a un príncipe azul que se nos aparece de vez en cuando en Tinder, aunque lo veamos de color verde o medio desteñido. Como el Chico Coda, que en realidad se llama Pablo.

A Eva le encanta poner motes a todo el mundo y este tiene mucha lógica. Los padres de Pablo son sordos y los hijos de padres sordos se definen como «codas». Eva aprendió eso y un montón de cosas más con él. Se pilló porque el chico parecía que tenía una sensibilidad especial y una forma de ver el mundo diferente. Al principio, Eva nunca pensó que sería ni su príncipe azul ni el futuro padre de sus hijos, pero sí un amante con el que pasar buenos ratos, charlar y aprender cosas nuevas. Era intérprete de signos y en algunas ocasiones dejaba que Eva lo acompañara a los museos, a las fiestas populares o a los centros cívicos para disfrutar de una clase de cocina o una charla sobre arquitectura románica con interpretación de signos. Era un mundo que ella desconocía, y eso le apasionaba. Tenía una voz increíble y sabía cómo poner cachonda a Eva susurrándole sus fantasías al oído. Le tomó cariño, quizá más de la cuenta. Y ahora no se siente capaz de mantenerlo en su día a día como un amigo con el que no puede follar. Esto le remueve demasiado por dentro.

Os pongo en situación. El Chico Coda pertenece a ese tipo de personas a las que les encanta jugar. Jugar a juegos que divierten un rato pero que a la larga hacen daño. Juegan durante el tiempo que creen oportuno y, cuando se cansan, dejan de hacerlo sin pensar en las consecuencias. Es como ese niño del colegio que juega a gomas en el patio a la hora del recreo y, cuando menos te lo esperas, suelta las gomas y se pira haciéndote daño y dejándote sola, con la cara marcada, llorando y diciendo… ¿por qué a mí? Esos niños son malos, se hacen mayores y nunca dejan de jugar. El Coda era uno de esos críos y Eva lo dejó en el mismo instante en que vio que la goma estaba a punto de explotar en su cara. Es una pena porque le gustaba jugar con él. Por eso, después de darle muchísimas vueltas, ha decidido que ha llegado el momento de bloquearlo de su vida y de su móvil.

Va a los contactos de su teléfono, pone «Pablo Coda» en el buscador y le da a la opción «Bloquear contacto». Así, sin más. Porque sabe que tarde o temprano, el Coda regresará pidiendo atención. Y si algo tiene claro nuestra Eva es que no quiere volver a caer cuando esto suceda.

2

El problema del matrimonio es que se acaba todas las noches después de hacer el amor y hay que volver a reconstruirlo todas las mañanas antes del desayuno.

GABRIEL GARCÍA MÁRQUEZ

Mario y Marina juegan bajo las sábanas

Comparten cama, pero hace tiempo que sus mentes no se dicen mucho. Todo lo que tenían en común se ha desvanecido con los años y siguen juntos por aquello de que llevan así desde el instituto. En cambio sus cuerpos, a veces, sí se dicen cosas. Se activan de noche, con la oscuridad. Olvidan los malos pensamientos, las peleas, la nula comunicación y hacen de las suyas como si no fueran ellos.

Ella se llama Marina, tiene treinta y cinco años. Es muy delgada. Lleva el pelo corto sin ningún tipo de peinado especial y parece más una jovencita que una mujer hecha y derecha. La primera impresión al verla es de pena y vulnerabilidad. Transmite fragilidad.

Él es Mario y tiene treinta y cuatro años. Alto, de complexión fuerte, moreno y con los ojos castaños. Aparenta una imagen dura. Transmite seguridad y es un tipo guapo de esos de manual.

Parece que a ella le gusta hacerse la dormida y hacerle creer a su marido que es él quien lleva la iniciativa en la cama. En un momento de la noche en que ella está excitada pensando en sus cosas, deja caer la mano encima de su pene. Tienen la práctica costumbre de dormir siempre desnudos. Un pequeño roce con su delicada mano es suficiente para que Mario se excite. Nota cómo el pene se agranda y con este simple hecho ya está preparado para hacerle el amor a su mujer. Es un hombre simple. De esos que el día que no se le levante no sabrá qué hacer. No tiene demasiados recursos. Es un tipo muy básico, pero tierno. Le gusta este juego con su mujer, en el que ella lo acaricia de imprevisto como si fueran dos adolescentes de campamentos a los que les ha tocado dormir en la misma cama por casualidad. Él se da la vuelta para abrazarla por la espalda. Con el pene roza las nalgas de ella como si tuviera intención de penetrarla analmente. Cosa que no ha hecho hasta ahora y nunca hará. Ella, fingiendo estar dormida, sigue el ritmo con el cuerpo e intenta abrir el culo apretando y relajando, sabiendo también que es solo un juego y que no irá más allá. Cada vez que aprieta, Mario da un pequeño empujón. Es la forma que tienen sus cuerpos de decirse las cosas. Él la abraza cada vez con más fuerza rodeando su espalda con las piernas y acariciando sus tersos pechos con las manos.

Marina tiene unos pechos pequeños, acordes con su cuerpo delgado, pero muy bonitos. Con unos pezones que rozan la perfección. Pequeños, redondos y no demasiado oscuros. Muy normativos, por decirlo de alguna manera. Como quien no quiere la cosa, Mario le coloca el dedo índice en la boca y aunque ella sigue haciéndose la dormida, lo chupa de forma sensual. Mario ya tiene el pene a punto, pero le gusta que su mujer también lo esté. Se separa un poco de ella con mucho cuidado, le da la vuelta y la deja tumbada boca arriba. Sin hacer casi ruido, se sitúa a los pies de la cama y empieza a besuquearle los muslos. Primero uno y después el otro. Utiliza las manos para sostenerse encima de la cama sin que su cuerpo roce el de ella. Solo la toca con los labios. Le da morbo la oscuridad y también el hecho de que ella esté aparentemente dormida y no sepa qué es lo que va a pasar. Aunque el ritual se repita casi siempre igual, le gusta imaginarlo así.

A medida que sus labios se van acercando al pubis de ella, nota cómo el cuerpo de Marina se estremece. En silencio, con delicadeza, parece que ella lo vaya guiando para que se acerque cada vez más, hasta que llega el momento en que Mario le lame suavemente el clítoris con la lengua. Solo la lengua consigue hacerla gemir. Un gemido muy pequeño, nada escandaloso. Que el juego no se acabe. Ella duerme y él la seduce entre sueños. Esta es la versión de Mario, la de Marina es un poco diferente. La conoceremos más adelante.

Cuando parece que su coño está mojado, Marina coge la mano de su marido y la aprieta con fuerza. Él sabe lo que esto significa. Se incorpora y pone dos cojines debajo del pequeño culo de su mujer, para facilitarle las cosas. Acerca la lengua otra vez, le da otro lametazo, ahora introduciendo sus dos dedos índices, previamente mojados con la boca, dentro de su vagina. «No hay nada que la vuelva más loca…», piensa él. Simple y eficaz. Sigue hasta que ella ya no puede disimular más y, claramente despierta, se da la vuelta, deja el pubis encima de los cojines y muestra el culo y la vagina por detrás. Reina la oscuridad, pero su marido puede verla. Sin pensarlo, estira las piernas de ella con delicadeza y las deja casi fuera de la cama. Él se pone en pie y mientras abre las nalgas de su mujer con las manos, le introduce el pene por la vagina con fuerza. No para hasta que no puede evitar correrse, y cae medio desmayado sobre el cuerpo de Marina, que permanece inmóvil. Al cabo de un par de minutos, Mario se levanta y va al baño a lavarse un poco. Vuelve con una toallita húmeda para limpiar la parte íntima de su esposa. Ella, que vuelve a jugar a estar dormida, se expresa con un pequeño susurro. Parece que también se ha corrido. Tiene una vagina extremadamente sensible, no se la puede tocar después de correrse. Mario se queda un rato sentado a su lado, como si le estuviera hablando con la mente. La arropa y se queda dormido sin darse cuenta, abrazándola con fuerza. El ritual puede repetirse cada dos o tres semanas. Es Marina quien lo decide, aunque él sea incapaz de darse cuenta.

A la mañana siguiente, Mario salta de la cama mucho antes que su mujer. Trabaja de contable en un banco, un trabajo muy cómodo, aunque sus horarios son cero flexibles. Tiene que estar allí a las ocho en punto. Ella se queda durmiendo media hora más. Es enfermera de urgencias en uno de los hospitales públicos de la ciudad. Cada día es un nuevo mundo, y el horario, distinto. Puede trabajar tres noches seguidas y luego tener cinco días de fiesta. Mario le ha pedido mil veces que cuelgue su horario en la nevera, pero Marina nunca se acuerda de hacerlo.

Espera paciente en la cama el momento exacto en que oye el sonido de la puerta al cerrarse. Como si de un ritual se tratase, todos los días repite el mismo gesto. Se viste con lo primero que encuentra sin pasar por la ducha, coge las llaves de casa y se marcha calle abajo. A dos manzanas de su casa hay un bar indio que le gusta mucho. Casi todos los comensales son indios. El típico lugar donde llevarías a tu amante para que no te reconociera nadie. A Marina le encanta ese bar y no concibe un día sin desayunar en él. Ya habrá tiempo luego de volver a casa y arreglarse para ir a trabajar. Pero ese momento de paz y tranquilidad no se lo quita nadie. Es su pequeño secreto. Pide el mismo té de cada día y suspira feliz.

—¿Qué pasa, Mari? ¿Quieres el periódico? —le grita un cliente que se levanta de la mesa para lanzarle el diario nada más llegar ella.

—Genial, Amal —agradece Marina sonriente—. ¿Algo destacable?

—Nada, el mundo sigue siendo la misma mierda que ayer.

—O un poco peor —matiza otra clienta un par de mesas más lejos.

—Di que sí, Asha, que la cosa está fatal.

Se acerca el camarero, le sirve el té y Marina le pregunta:

—¿Cómo se encuentra tu mujer, Sharim?

—Mejor, ya ha terminado la segunda tanda de quimio. Lo que pasa es que ahora está muy deprimida. La tengo todo el día llorando.

—Es normal. No es fácil vivir con cáncer. Pero tiene que hacerlo. Que no intente luchar. Todo saldrá como tenga que salir. —Sharim agradece las palabras de Marina. Aunque ella no trata directamente a su mujer, la conoce bien. Ha revisado su ficha clínica y se ha pasado horas charlando con él del tema en la sala de espera del hospital y en el bar.

Muchas personas se enfrentan al cáncer como si fuera una lucha compleja. Marina tiene claro que esta enfermedad es muy dura, pero piensa que no hay que mirarla como si fuera una guerra porque entonces el desgaste emocional es mayor. Lo ha visto en muchos pacientes. Los que luchan viven enfadados. Los que aceptan la enfermedad, sonríen más.

—Si necesitas cualquier cosa, me llamas, ¿vale? —insiste sinceramente Marina.

—Gracias —responde Sharim con ternura—. Eres una buena vecina y una enfermera maravillosa.

—Te lo digo en serio —dice con firmeza, como si no hubiera escuchado el alago y agarrándole fuerte de la mano—. Lo que sea. ¿Sí?

Sharim está muy triste. Contesta con un simple gesto de la cabeza, tiene los ojos llorosos. Sabe que puede confiar en Marina. En el bar la conocen por «la Mari» y la verdad es que se los ha ganado a todos. Quien no tiene un problema de piel, tiene un soplo en el corazón o una verruga en el sobaco. La Mari sabe escuchar y se siente a gusto en ese extraño lugar. Solo comparte ese espacio con Isidro, su compañero de trabajo en el hospital. Su marido ni siquiera sabe que existe, es un lugar al que a Mario ni se le pasaría por la cabeza entrar.

3

La sexualidad es como las lenguas, todos podemos aprender varias.

Beatriz Preciado

Eva visita al psicoanalista

Cuando Eva tenía catorce años se había imaginado alguna vez a su edad actual, casada, con una familia numerosa y muy feliz. Ahora no tiene nada claro si quiere tener hijos o no. Hay días en que lleva la soltería con mucha dignidad y deja esa obsesión de la maternidad para su hermana Mónica, pero hay otros en que al drama de no encontrar el amor de su vida se le añade la frustración de no dar con el padre de sus hijos.

Que sí, que sí, que no todos estamos hechos para tener familia y que se puede ser feliz sin marido y sin niños, pero eso le produce cierto resquemor, tal vez por la presión social, tal vez porque una vez un psicólogo le dijo que igual no estaba preparada para ser madre. Que quizá no sería una buena madre ya que tenía un carácter demasiado histérico. Sí, eso dijo aquel gran cabrón insensible. Eva se marchó de la consulta y no volvió jamás, pero aquellas palabras se le quedaron clavadas en su corazón para siempre.

Maldito psicólogo de mierda, ¿cómo se atrevió a hablarle así a una paciente? Igual el tipo quería hacer reaccionar a Eva, pero la dejó absolutamente destrozada y rota por dentro. Con una autoestima de mierda y la absoluta certeza de que jamás sería madre y nunca encontraría a nadie que la quisiera.

Pasaron los años y, entre otras cosas, aprendió a hacer castings de psicoanalistas. El último se llama Juan Antonio Miralles. Se lo recomendó su hermana, algo mayor que ella. Sentada en una silla, Eva suelta toda su mierda mientras el doctor toma nota.

—Me puedo tirar horas en la cama sin hacer nada. Inundando mi cabeza de pensamientos negativos. Me levanto, suspiro, miro por la ventana, y me doy cuenta de que estoy triste y sola. Así será mi final. Lo sé. ¿Por qué? No lo sé. Siempre he sido de relaciones raras. Soy muy antisocial, acobardada, celosa…, tengo ganas de que las cosas salgan bien pero no hago nada para conseguirlo. Me da la sensación de que no son más que pensamientos en mi cabeza. Pienso, pienso, pienso todo el rato. Pienso muchas cosas, pero me cuesta pasar a la acción. Me cuesta sobrevivir. Echo de menos tener a alguien que me abrace por las mañanas y también el sexo del que disfruté en el pasado, pero estoy cansada de darle al botón del Tinder y que nunca ocurra nada excitante. Me paso media vida tomando cafés con tipos a los que no los tocaría ni con un palo. El que no tiene novia, no la busca. El que solo quiere sexo no se cree que tú también lo quieres. Al que llamas un par de veces seguidas, se agobia. Al que le preguntas qué hará mañana, se cree que quieres controlarlo. En serio, no puedo más. Tengo miedo de que se me pase el arroz. He pensado en congelar mis óvulos por si en un futuro encuentro a alguien. No sé. ¿Qué hago?

Eva espera una respuesta del doctor Miralles, pero este hace el peor gesto que puede hacer un psicólogo: mirar la hora.

Los psicólogos son como las putas. No me negaréis que follar a cambio de pasta no tiene ninguna gracia. El deseo no se puede comprar. La mirada del otro no tiene precio. Y pagar para que alguien finja que te desea es muy triste y le quita todo el valor al acto sexual. Algo parecido piensa Eva de los psicólogos, qué triste es pagar para que alguien te escuche fingiendo que le importas. Es evidente que a este tipo le importa una mierda lo que le pasa, de lo contrario, no podría vivir. Demasiada responsabilidad emocional, preocuparse de verdad por todos sus pacientes.

Al salir de la consulta, se encuentra con su hermana. Mónica también sufre ansiedad. Eva cree que la terapia la ha convertido en una mujer sin empatía que presume de ser medianamente feliz de puertas para fuera. Tiene las mismas angustias que Eva, pero las tapa con pastillas y alcohol. Aparenta estar más tranquila o equilibrada el ochenta por ciento del tiempo, pero las dos sufren de esa maldita enfermedad incómoda y difícil de aceptar. Como si fuera algo genético. Una misma angustia, aunque Eva lucha por aceptarla y Mónica por hacerla desaparecer. Muchos años atrás, la mayor de las hermanas tuvo una relación excitante que la tiene medio torturada y no por lo mala que fue, sino por el maravilloso sexo que le proporcionó.

El personaje en cuestión es cosa del pasado, pero la conexión que llegaron a alcanzar, los juegos eróticos, la complicidad, la lujuria… Quizá Mónica lo tiene todo muy idealizado, no lo sabe muy bien. Son recuerdos que le vienen a la cabeza de vez en cuando, pero le cuesta rememorarlos con claridad. Fue en una época en que salía demasiado de fiesta.

Todo lo recuerda nublado, pero si hay algo que percibe con gran nitidez es lo que sentía su cuerpo. Y este pensamiento recurrente la tortura a veces.

Él era un arquitecto muy famoso y a Mónica le tocó trabajar en un caso en el que el hombre estaba implicado. Ella es abogada y, bueno, de alguna forma él era su jefe. Ya podéis imaginaros la tensión que se generaba en el despacho. Chica joven con ganas de aprender que se encuentra con un tipo mayor, con mucho talento, enamorado perdidamente de ella. Mónica tuvo una relación medio clandestina con el famoso arquitecto hasta que su cuerpo dijo basta. No se puede vivir con tanta intensidad. Aquello la llevó al psicólogo y desde entonces no ha parado.

Las hermanas han quedado para ir de compras a la salida del psicoanalista.

—¿Qué te pasa? ¿Por qué pones esa cara? —le suelta Mónica con un tono claramente dramático nada más verla salir por la puerta, antes de darle dos besos.

—No salgo de una discoteca, hermana —ironiza Eva—. ¿Qué cara quieres que ponga?

—¡Ay, neni! Pero bien, ¿no?

—Pues no. No pienso volver. ¿Nos sentamos aquí?

Sin esperar respuesta, deja la chaqueta en la silla y hace un gesto al camarero para indicarle que puede tomar nota.

—¡Así no te vas a curar nunca! —exclama indignada la hermana.

—Igual no —responde seca Eva, que no soporta que la trate como si tuviera doce años.

—Tienes que ser fuerte y poner más de tu parte.

—Eso no tiene nada que ver con ser fuerte. Este tío no me gusta, no escucha —se lamenta guardando el móvil en el bolso.

—Pues a mí sí. El doctor Miralles me ha salvado la vida.

Eva se calla. Con los psicólogos pasa como con las parejas, hay que conectar, y si su hermana conecta con ese gilipollas, pues vale. No va a entrometerse, pero Eva tiene claro que ella no quiere volverlo a ver. Lo ha decidido mientras el doctor miraba el reloj de alta gama, y en lo tozuda ha salido a su madre, así que no hay vuelta atrás.

La madre de las dos hermanas es un mix de las dos hijas. Aunque la señora Sala no padece ansiedad, lo que ella tiene es miedo.

Curioso cómo las palabras nos pueden hacer creer que sufrimos una u otra patología ¿verdad? La madre tiene miedo de ella misma. Toda la vida ha luchado por aceptar su inestabilidad. Tiene miedo y sentimiento de culpa. No soporta ver mal a sus hijas y se siente responsable de lo que pasa cuando las cosas no van bien, como si la locura recibida en herencia fuera culpa suya.

Desde siempre ha inculcado a sus hijas la necesidad absoluta de que sean felices. Quizá ese anhelo, esa búsqueda constante, esa autoexigencia y obligación moral de ser siempre felices las ha acabado encerrando en esa trampa mortal. Miedo, ansiedad o pavor. Llamadlo como queráis. ¿Y el padre? El padre murió. Hace diez años. Así que la señora Sala, que se llama Julia, comparte su vida con su mejor amiga, una mujer de su misma edad, muy culta, con la que se lleva la mar de bien porque le sigue el rollo y hace todo lo que ella quiere. Esa es la única forma de congeniar con la señora Sala: no contrariarla en nada. Sus hijas bien lo saben. Se dedicó toda la vida a la política y, acostumbrada al coche oficial y a la secretaria, no lleva nada bien la jubilación. De hecho, no la acepta. Está todo el día metida en *fregaos*, conferencias y charlas varias. Allí donde la llaman, va. Se niega a pasar un segundo de su vida sola, tiene dos caniches y la pobre amiga de la infancia ejerce de esclava que la acompaña a todos los lados. En esa fobia a la soledad se parece a Eva.

Después de las compras y el café con su hermana, Eva se va a su casa, necesita descansar. Hogar, dulce hogar. Su casa es su salvación, su refugio. El lugar donde nada malo puede ocurrirle. Se tumba en la cama sin quitarse siquiera la chaqueta, presa de la pereza y la tristeza que siente en los últimos tiempos. Todo por culpa del maldito Coda. O igual no, quizá sea culpa suya. Se emocionó demasiado con una historia que apenas había empezado. Cuando lo conoció, Eva llevaba un tiempo convenciéndose a sí misma de que no necesitaba un hombre para ser feliz, estaba casi cien por cien convencida de ello y ejercía la soltería con orgullo. Pero entonces llegó él, y si alguien le hace sentir especial, Eva cae rendida. Pablo lo hizo, no sabemos si por su personalidad de coda o por otro motivo, lo cierto es que se comportó siempre como si estuviera superenamorado de Eva. La llevaba a cenar con sus amigos, se mostraba ultracariñoso en público con ella y se esforzaba mucho porque Eva notara que le gustaba de verdad. Mensajes de buenos días, de buenas noches, adornados con mil corazones.

La primera noche que pasaron juntos fue mágica. Hacía mucho tiempo que Eva no estaba con nadie y temía que la cosa no fuera bien. De algún modo, todos somos vírgenes al principio de cada relación. ¿A que sí? Y hasta que no has tenido sexo con alguien no sabes si este alguien te gusta de verdad o no. Y el Coda consiguió que Eva volviera a confiar en el sexo, el amor y las relaciones en general.

Convencida de que con Pablo estaba construyendo algo bonito, se entregó a él en cuerpo y alma. Se dejó llevar desde la primera noche en que tocó su cuerpo caliente. No era guapo ni tenía un buen cuerpo. Era más bien delgaducho y estaba lleno de pecas. A primera vista, no pondría cachondo a nadie, pero cumplía dos requisitos que excitaban mucho a Eva: tenía una voz increíble, como de actor de doblaje, y un cuerpo muy caliente. Era como si siempre estuviera a treinta y nueve grados de temperatura. Y no sudaba. Aunque su cuerpo desprendía muchísimo calor, olía a limpio. Era como una estufa. Sus noches de sexo acostumbraban a ser largas, ya que Pablo era un tipo exageradamente cariñoso. Podía estar una hora abrazado a Eva y acariciándole el pelo sin pronunciar una sola palabra.

No era nada convencional. Muchas veces ni siquiera se corría, y eso le encantaba a Eva. Bueno, la verdad es que le daba bastante igual. Nunca supo si no se corría porque no tenía ganas o debido a algún problema. La verdad es que no le importaba en absoluto. Lo veía un tipo seguro de sí mismo. Quizá por su trabajo de intérprete de signos, o por el hecho de tener padres sordos, le daba mucha importancia al tacto. Era un ser feliz que sabía disfrutar de su cuerpo entero, y con el de Eva se llevaban a la perfección.

Ella volvió a sentir aquella «gustera» que desde hacía tiempo no sentía. Aquella sensación tan placentera que se siente después de echar un buen polvo. Aquella relajación, aquel gustazo, aquella cosa. A Eva le gusta llamarlo así: «gustera». Se da cuando te encuentras en una situación tan placentera que tienes la sensación de que el tiempo se ha parado y es como si todo se ralentizara. Y esa gustera se desvanece por completo cuando llevas muchos meses sin sexo. Y claro, cuando vuelve a aparecer te preguntas, ¿cómo he podido vivir tanto tiempo sin ella? El sexo es maravilloso. Perdón, puntualizo: el «buen sexo» es maravilloso, y a

Eva se lo arrebataron de un día para otro. Ahora mismo está como una yonqui sin heroína dando vueltas por un polígono de noche sin encontrar la salida y con un agujero enorme en su interior.

4

Al sexo le pasa como a la memoria: si no se utiliza, desaparece.

EDUARDO PUNSET

Mario va de compras

Son las tres de la tarde. La hora que los amantes aprovechan para hacer el amor, y Mario decide darle una sorpresa a su mujer. Lleva mucho tiempo pensando en ello, pero no sabe cómo hacerlo. Ella parece tan tímida, y le cuesta tanto hablar de sexo con su marido, que este no sabe qué hacer para cambiar el ritual del polvo durmiente. Desde hace tiempo navega por la página de una tienda erótica que está a solo dos manzanas del banco y hoy, por fin, se ha decidido.

La tienda es muy bonita, abierta y muy luminosa. Eso tranquiliza un poco a Mario, que, aunque se crea muy moderno, tiene sus prejuicios. Mira a derecha e izquierda antes de entrar.

—¡Buenos días! —le saluda la dependienta en tono alegre. Mario tarda unos segundos en reaccionar. Suficiente corte le da entrar a un lugar como este, para que encima le saluden como si estuviera en el mercado.

—Hola —contesta, tímido, sin apenas levantar la cabeza.

—Si tienes cualquier duda, me consultas, ¿ok? —le sugiere la chica sonriente mientras ordena la estantería.

«¿Alguna duda dices? ¡Tengo miles!», piensa Mario mientras se da una vuelta por la tienda sin saber muy bien qué es lo que busca.

Ya lleva allí diez minutos y la dependienta no ha vuelto a abrir la boca. Eso le da una cierta confianza al chico, que se acerca al mostrador y se confiesa.

—Perdona, estoy un poco nervioso.

—Tranquilo, aquí los nervios se quedan en la puerta —puntualiza ella, sonriendo otra vez.

Su naturalidad consigue que Mario se vaya relajando.

—Creo que mi mujer y yo no practicamos sexo de forma normal —dice casi sin pensar.

La dependienta, que está más que acostumbrada a este tipo de confesiones, empieza el interrogatorio.

—¿Por qué piensas eso? ¿Qué significa para ti el sexo normal?

—No sé, me resulta raro explicarlo. La verdad es que mi mujer siempre ha sido muy poco sexual. Muy correcta, demasiado. Le gusta hacerlo con la luz apagada y a media noche. Y está genial, eh. Pero... ¿tú crees que es normal?

—¿Normal? Cualquier cosa puede ser normal, si os gusta a los dos.

—No sé, es todo muy delicado. Pero tiene que ser siempre en mitad de la noche. Nos acariciamos, nos ponemos cachondos y hacemos el amor siempre igual, sin mediar una palabra. No deja ni que yo la desnude, tenemos la fría costumbre de dormir desnudos.

—Caliente —subraya la chica como intentando gastar una broma.

—¿Caliente? —pregunta Mario, que no entiende lo que quiere decir.

—Caliente costumbre —matiza ella sonriendo.

—Sí, claro, claro —sonríe también él para quedar bien. No ha entendido la broma; si la ha entendido, no le ha hecho mucha gracia. Realmente es una fría costumbre. Pero como parece que la chica no lo ha pillado, Mario se esfuerza en explicarse. Para él es importante hacerse entender—. Créeme, es una fría costumbre. A veces me gustaría que se pusiera alguna prenda de lencería fina para poder arrancársela a media noche, con la luz encendida, mientras le susurro al oído lo que deseo o le hablo de mis fantasías... No sé..., es aburrida. La quiero, pero es muy aburrida en la cama.

—¿Y no has pensado cómo contarle todo esto?

—Claro, por eso estoy aquí —se lamenta sonrojado—. ¿Qué me aconsejas?

—Para empezar, un conjunto sexy no estaría nada mal, ¿no? —propone la dependienta encaminándose a la zona de la lencería.

Mario echa un vistazo. Alucina al ver todo lo que hay: braguitas abiertas por la entrepierna, ligueros, medias, pezoneras... Se pone a mil con solo imaginarse a su mujer luciendo algunas de aquellas prendas. Después de analizar con todo detalle lo que la chica le ofrece, se decide por un conjunto rojo. Es arriesgado, pero no quiere perder la oportunidad de intentarlo.

—Muy bien, ya tenemos la lencería —afirma la chica pensativa mientras echa un vistazo a la tienda.

—¿Qué estás pensando? —le pregunta Mario, ansioso.

—Un juguete, ¿te atreves? Algo sencillo. ¿Un pequeño vibrador para estimular el clítoris de tu mujer mientras hacéis el amor? Este vale cuatro chavos y es sumergible —dice sacando una bala vibradora de metal dorado del mostrador—. ¿Cómo lo ves?

—¡Increíble! —Mario se emociona tanto que, sin darse cuenta, coge una muestra de plug anal de color violeta para hacerse el moderno, aunque no sabe lo que es.

—¿Te interesa el sexo anal?

—¡No, no! Lo he cogido sin querer. Si ni siquiera sé cómo lo haré para darle la lencería a mi mujer, ¿cómo voy a llevarme un... tapón para el culo? —Los dos se echan a reír.

Entonces Mario coge el juguete anal y suelta:

—¡Qué coño! De perdidos al río. ¿Crees que necesito algo más?

—Bueno, no estaría mal que te llevaras también un poco de lubricante. Uno para la vagina y otro para la zona anal. Piensa que el culo es como la casa de un vampiro, hay que pedir permiso para entrar, de lo contrario... ¡puedes morir! —Mario suelta una carcajada enorme y luego se calla avergonzado. Le interesa mucho lo que le está contando la dependienta y no quiere que la chica se despiste—. Primero pones el lubricante, luego acaricias la zona externa del ano con el dedo. Luego coges el plug y vas dando vueltas suaves alrededor del ano, verás cómo este se va abriendo lentamente. Es muy importante, si no lo habéis hecho nunca, que le acaricies a la vez el clítoris con el vibrador pequeñito.

Mario no da crédito.

—Pero ¡cómo puedo hacer todo esto a la vez! —Se ríen los dos otra vez.

»¡Tendré suerte si consigo que se ponga la lencería! —exclama Mario, más relajado.

—Ya me contarás —contesta la dependienta mientras

pone los productos en una bolsa—. Conjunto de lencería, pezoneras, vibrador, plug anal y un par de lubricantes. Serán 73,89 euros.

En ese momento Mario se da cuenta de que no lleva tanto dinero encima, pero pagar con tarjeta le da mucho apuro, no quiere que su mujer vea todo lo que ha comprado ni dónde.

—Paga tranquilo con tarjeta, el nombre fiscal es muy neutro, pensará que te has comprado una impresora —le propone la dependienta, acostumbrada a este tipo de situaciones, con una sonrisa en los labios.

Mario respira aliviado y saca la tarjeta de su cartera. No tiene ni idea de que su vida acaba de dar un giro de ciento ochenta grados.

5

Ninguna mujer tiene un orgasmo mientras friega el suelo de la cocina.

BETTY FRIEDAN

Domingo explosivo en Villa Moni

Mónica está desquiciada. A sus treinta y nueve años, la hermana de Eva lleva cuatro inseminaciones encima y una gran frustración por no poder ser madre. Casada con un señor veinte años mayor que ella, vive en una casa preciosa a las afueras de la ciudad. Tiene piscina, dos perros enormes y tres habitaciones, una de ellas provista de una bañera pequeña para cuando nazca el bebé.

Mónica es abogada y consultora de empresas, puede hacer su trabajo desde casa y eso le encanta. Tiene todo lo que había soñado desde pequeña, todo menos el niño. No acepta su ansiedad, y tampoco la ausencia del bebé; ni siquiera considerando su edad y la de su marido, que ya roza los sesenta, Mónica no se rinde. No acepta la posibilidad de vivir sin hijos. Quiere su maldita familia perfecta y está dispuesta a hacer lo que sea para conseguirla. Por mucho que ni su madre ni Eva la comprendan y que a menudo la desmotiven. Pero claro, qué van a saber ellas. Una ya es madre, y la otra se pasa el día guarreando en el Tinder y aún es joven para pensar en los hijos.

Da pereza salir de la ciudad y tomar la carretera comarcal para ir a su casa, pero si no van ellas, Mónica no se mueve. Le cuesta quedar en otro sitio para juntarse con la familia. Así que Eva y su madre se dirigen en coche a Villa Moni, donde comerán y pasarán la tarde del domingo. Hace sol y hay que decir que la piscina es un aliciente. En el asiento trasero viaja Aurelia, la mejor amiga y compañera fiel de la señora Sala. Las dos mujeres tienen el mismo estilo: rubias teñidas y melenita corta, con un kilo de laca cada una, y un poco rellenitas. La esclava está algo más delgada, eso sí, y viste más hippy, aunque jamás sale de casa sin un bolso de marca.

—Mamá, tengo más de treinta años, ¿quieres dejarme en paz? —le dice Eva a su madre levantando la voz porque no para de darle indicaciones sobre la conducción.

—Como quieras, pero te vas a saltar la salida —afirma la madre segura de sí misma.

La señora Sala tiene el don de hacer creer a los demás que todo lo hacen mal. Y que si no lo están haciendo, lo harán. Ella no conduce porque le da miedo, pero sabe a la perfección cómo hay que hacerlo. Es como uno de esos crueles críticos de cine que, si les obligaras a hacer una película de mierda, no sabrían ni por dónde empezar.

—¿Qué te pasa, mami? ¿Estás bien? —pregunta Eva para relajar el ambiente al ver que la señora Sala no deja de repicar con las uñas en el salpicadero.

—No me gusta lo que hace tu hermana con su cuerpo. Eso es lo que me pasa.

—Bueno, es su cuerpo, tú lo has dicho.

—Sí, pero se está destrozando la vida. Antes no había

tantas tonterías. Si una no podía tener hijos, pues no los tenía.

—Tú todo lo ves muy fácil.

—De fácil nada, que la vida es muy dura. Pero no es necesario complicársela más. Mírate tú, soltera, sin hijos, y estás la mar de bien.

—Sí, estoy encantada —responde ella sarcástica.

—¡La salida! —grita Aurelia desde el asiento trasero. Como buena amiga esclava, solo habla cuando es necesario.

—Allá voy —dice Eva dando un volantazo.

Aparcan delante de la casa y Mónica tarda un buen rato en bajar a abrir la puerta.

—Típico de ella —comenta Eva mientras llama al timbre con rabia—. ¡Le importa una mierda si morimos achicharradas bajo el sol! —chilla como una loca deseando que su hermana la oiga.

—Hija, qué escandalosa eres —replica la madre, alterada, mientras saca el móvil del bolso de Louis Vuitton para llamar a Mónica.

—¡Si estoy llamando al timbre, mamá! —protesta Eva.

—No me digas. No nos habíamos dado cuenta —ironiza la esclava.

El ladrido de los perros llega a sus oídos y las desquicia todavía más.

—¡Queréis callar de una vez! —gruñe la señora Sala al tiempo que se pone las gafas de cerca para mirar el móvil.

—Empieza bien el día —susurra Eva y vuelve a gritar con desespero—: ¡Nena! ¡Que estamos abajo!

A los cinco minutos aparece Mónica por fin. Tiene muy mala cara. Se ha teñido la melena de rojo y se la ha recogido de cualquier manera. Las tres mujeres sospechan que será porque la última *in vitro* no ha dado resultados, pero nadie se atreve a preguntarle nada ni a criticar su nuevo look. Hablan de las plantas del jardín y dejan que Aurelia cuente cosas de sus hijos, que viven fuera. Cuando la madre y sus hijas no saben de qué hablar o algo les incomoda, dejan que la esclava tome la palabra. Esa mujer sirve para todo.

Kike, el marido de Mónica, en cambio, aporta poco a los almuerzos familiares. Ha salido a dar un paseo en bici y, como un buen señor hijo de la educación heteropatriarcal, aparecerá justo para ducharse y encontrarse la comida servida en la mesa.

Eva es la encargada de cocinar hoy, y eso le da fuerzas para aguantar a toda la familia, ya que se lo toma como un premio. No hay nada que le guste más que observar la cara que ponen los comensales al probar la comida que ella ha preparado. Y Villa Moni es el lugar ideal para hacerlo.

La casa es espectacular, la cocina abierta al jardín, solo se cierra con unas enormes cristaleras en invierno, de modo que se puede cocinar y observar a la vez la piscina y no perderse nada de lo que sucede allí. Como hoy hace sol, han montado la mesa fuera y han preparado una especie de parque gigante en la zona trasera de la casa para encerrar a los perros y evitar que molesten. «Son muy pesados y no nos dejan cocinar ni comer tranquilos», dice Mónica.

Uno de los perros es un labrador negro más bueno que el pan y el otro, un pastor alemán muy ladrador que solo busca que lo acaricies. La verdad es que Eva siempre se pregunta para qué carajo tiene dos perros su hermana si siempre los tiene escondidos. Tampoco entiende por qué su madre no se lleva sus caniches para que jueguen con ellos.

En fin..., a lo que íbamos. Eva ha llevado todo lo que necesita por miedo a que faltase algo. Porque la casa es preciosa pero está en el quinto pino y para ir a comprar cualquier cosa hay que hacer el camino de Santiago como mínimo. Y ella, como buena controladora que es, no se ha dejado nada: ha llevado arroz, almejas, berberechos frescos, caldo de pescado…, todos los ingredientes para hacer una paellita en veinte minutos.

Abre la nevera en busca de algo para beber, porque si algo hace feliz a nuestra Eva es tomar sorbitos cortos de vino mientras cocina. «A la comida de hoy le iría de perlas un cabernet sauvignon. Un Jean Leon, por ejemplo», piensa mientras rebusca también en los armarios.

—¡¡¡Moniii!!!, ¿dónde tienes el vinito? —pregunta desquiciada mirando al exterior para que la oigan desde el jardín.

—No tengo. Me estoy injertando óvulos, ¿recuerdas? —contesta la hermana, que está arrancando malas hierbas en el jardín

—¿¿¿Perdona??? ¿Y? Yo no, ¿lo recuerdas? —responde Eva imitando su tono de voz.

—Muy considerada. Me encanta tu empatía, hermanita.

—Pero qué dices, tarada. Las hormonas te están volviendo loca, en serio te lo digo —replica Eva abriendo y cerrando armarios enfurecida.

—¡Que no puedo beber! —estalla Mónica a chillidos.

—¡Que sí puedes!

—¡Que no!

—¿Por qué?

—¿Y si estoy embarazada?

Un silencio dramático congela el ambiente. Ni siquiera los perros, que aún merodean con libertad, se atreven a respirar. Las tres mujeres se miran con lástima.

—Tesoro —dice al fin la madre con ternura, agarrándola de los brazos como si fuera una niña de cinco años—, tienes que empezar a pensar en la posibilidad de que eso no ocurra.

—¿Por? —balbucea Mónica con la voz temblorosa y con los ojos llorosos como si no comprendiera las palabras de su madre.

—Tienes treinta y nueve años —sentencia la señora Sala soltándola con brusquedad.

—La abuela tuvo a papá con cuarenta y tres, y sin buscarlo, siempre lo dices. Venimos de una familia fértil —replica orgullosa.

—Pero está claro que tú vienes de la otra parte.

—Eres una cabrona, mamá —insulta Mónica a su madre soltando las malas hierbas que apretaba con las manos, llevada por la rabia.

La señora Sala se gira y alza la voz para justificarse.

—Te lo digo porque te quiero. Te estás amargando la vida por algo que no tienes. A veces hay proyectos que no pueden cumplirse, hay que vivir el presente.

—Perdóname por no ser como tú.

—¿Como yo? ¿Se puede saber cómo soy yo? —Mira a su amiga la esclava en busca de su reconocimiento.

—Conformista, mamá. Conformista —subraya enseguida Mónica.

—No, querida, yo no soy conformista, solo acepto la vida como viene. La aceptación es importante, es la clave de la felicidad.

—Yo soy una luchadora —se reafirma Mónica con los ojos rojos de rabia.

—Pues sigue luchando en esta mierda de guerra que va a acabar matándote. ¡Una guerra absurda que te has inventado! Asume que no puedes tener hijos y fin.

Sin pensarlo ni un segundo, Mónica coge la planta que

está encima de la mesa y la tira con toda su rabia contra la pared de piedra, dejándolo todo perdido de arena. No pasa ni un segundo, y ya se está arrepintiendo. Lo demuestra gritando:

—¡Perdón! Estoy desquiciada. Son las putas hormonas. Tenéis razón, esta mierda va a acabar conmigo, pero ¿qué otra opción me queda? —dice entre lágrimas.

—¿Adopción? —sugiere la esclava mientras va a por una escoba.

—Somos demasiado mayores. Ningún país nos daría la idoneidad.

—¿Gestación subrogada? —propone Eva, que sigue rebuscando por toda la cocina algo que meter en la copa, para poder cocinar feliz.

—¿Cómo? —pregunta despistada Mónica, como si no pudiera dar crédito a lo que ha salido de la boca de su moderna hermana.

—Sí, lo hacen ahora muchas personas. Pagan a una mujer para que geste a su bebé. ¿De dónde crees que ha sacado sus hijos Ricky Martin?

—¿Un vientre de alquiler? ¡¡¡Ni loca!!! Eso es deleznable para la mujer.

—O no —cuestiona la esclava—. Hay países en los que se hace de forma altruista. Algunas incluso te venden sus óvulos si los tuyos no funcionan.

—¿Por qué has traído a esta loca, mamá? ¡Parece escapada de *El cuento de la criada*!

—Las hormonas, ni caso —le dice la madre a su amiga llevándosela a un rincón del jardín.

A falta de vino y viendo cómo se está liando la cosa, Eva decide encender un cigarrillo antes de ponerse a cortar la cebolla para preparar su sofrito mágico.

—¿Estáis locas? —sigue gritando Mónica—. ¡No pienso tener el hijo de otra en la barriga de otra! ¡Zumbadas! —chilla mientras entra en la cocina y saca una botella de brandy para cocinar de debajo de una estantería y la deposita con fuerza sobre el mármol de la cocina—. ¿Te vale esto, señora Ruscalleda?

—Me vale, gracias —responde Eva sirviéndose un buen chorro en la copa que tenía preparada para el vino, ante la mirada crítica de su hermana, que considera que bebe demasiado y que no entiende su problema.

La verdad es que Mónica no tiene ni idea de la de veces que ha pensado Eva en la procreación. Eva no cuenta sus dudas a nadie porque no lo tiene nada claro y prefiere no decir nada hasta que pueda defender su postura a la perfección, pero sabe bien de qué estaba hablando Aurelia al mencionar la congelación de óvulos y la gestación subrogada. Lo ha estado estudiando en profundidad. Aunque el verdadero problema, la verdadera cuestión para ella es: ¿quiere ser madre soltera? Nadie conoce la respuesta, ni siquiera ella.

—Yo no podría hacer eso —dice Mónica volviendo al tema—. No tengo hijos, pero tengo moral —sentencia mientras le saca el cigarrillo de la boca a su hermana y lo apaga en un tiesto del jardín. Se toca la barriga y dice—: El bebé, ¿recuerdas?

—Tienes tu moral —puntualiza Eva retomando la conversación y pensando que se fumará el cigarrillo luego en el baño.

—Claro. Eso he dicho.

—No. Has dicho: «Tengo moral». Como si moral solo hubiera una. Como si tú estuvieras en posesión de la verdad y la moral fuera algo absoluto.

—¡Qué gilipollez! —se queja Mónica mientras observa cómo su hermana, claramente cabreada, corta la cebolla a la velocidad del rayo.

—Somos muchas las que estamos a favor.

—¿De la maternidad subrogada? ¿En serio? ¿Tú estás a favor de esa barbaridad? —insiste Mónica escandalizada, convencida de que Eva exagera solo para fastidiarla.

—Se llama gestación. La maternidad es otra cosa. Parir no te convierte en madre.

—Parir es como cagar —suelta la esclava que ha vuelto del jardín con un montón de flores que ha estado cortando con la señora Sala para crear un centro de mesa—. Lo jodido viene luego.

Las dos mujeres se ríen a carcajadas ante la mirada atónita de las dos hermanas, que no acaban de entender la indirecta.

—Yo pienso como tú —argumenta la esclava mirando a Eva y con un tono superamable—, gestar un hijo no te convierte en madre. Criar, amar, cuidar, las noches en vela, ayudarlo con los deberes…, eso es ser madre. Da igual quién ha llevado al bebé nueve meses dentro de la barriga.

—¿Cómo puedes decir esto tú, que has gestado dos hijos? —pregunta Mónica incrédula.

—No lo he hecho. Mis hijos son adoptados —afirma Aurelia muy seria.

—¡Zasca! Chúpate esta, Charlie Rivel —interviene Eva mientras pone toda la cebolla en una sartén con un chorro de aceite y enciende el fuego.

—¡Ay, perdona! —se avergüenza Mónica, que intenta recogerse el pelo con un coletero.

—No hay nada que perdonar. Solo que mis hijos son míos, vengan de donde vengan y tengan los genes o la sangre que tengan. ¿Tienes un jarrón? —pregunta mientras observa a su alrededor.

—Ya, pero es que yo quiero ser madre de verdad.

—¿Te crees que yo lo soy de mentira? —protesta muy ofendida Aurelia, abandonando el tono amable.

—No, perdona, pero si no los has llevado dentro...

—Y si no has hecho ocho millones de trámites, has sufrido la espera durante años y has cogido un avión para ir Polonia a conocer a tu hijo de un año y medio, tampoco sabes lo que es ser madre de verdad —la corta Aurelia—. Y que yo sepa, tú no has hecho ni una cosa ni la otra.

La esclava ha dejado a Mónica sin palabras y un poco acojonada. No deja de mirarla fijamente y Eva se da cuenta de que, sin más alcohol que ese rancio brandy que tiene más años que el Señor, la comida resultará insoportable.

Un apunte. El Señor es Kike, el marido de Mónica. Cuando lo presentó a la familia, al verlo plantado en medio del salón, la señora Sala no podía creer que su futuro yerno fuera un hombre tan mayor y soltó: «¿Y ese señor?». Y así se quedó. Un apodo para la posteridad que Eva no puede dejar de utilizar. Les gusta a todos menos a Mónica, a quien le parece ofensivo. Por eso Eva lo sigue utilizando. Y al Señor, dicho sea de paso, le encanta.

«Bueno, creo que ha llegado la hora de ir a por un vinito. Seguro que el Señor ha escondido alguna botella en alguna parte», se dice Eva y acto seguido se escabulle de esa escena tan incómoda en la que las mujeres de su familia siguen discutiendo. Antes de abandonar la cocina, añade tomate a la sartén y deja el fuego al mínimo, ya que no sabe cuánto tardará en dar con el escondite del vino. Su hermana siempre ha sido muy buena guardando cosas.

No le ha dado tiempo ni de llegar a las escaleras para

investigar en la planta de arriba, cuando le suena una notificación de WhatsApp. Es un mensaje de su último tinder, el Biógrafo. Lo llama así porque es de esos tipos que te cuentan la vida y no paran de preguntarte qué haces. En realidad, se llama Guillermo.

Guille Tinder
Aquí de barbacoa. Cómo va tu domingo? ☺

Eva odia estos mensajes. Le importa una mierda cualquier barbacoa con amigos a menos que la inviten a comer gratis o a echar un buen polvo, pero, por lo visto, el amigo Guille solo quiere información. ¿Para qué la quiere? De ahí la broma de llamarlo el Biógrafo. Hay tipos que se comportan como si fueran a escribir un libro sobre ti. En fin. Eva, cansada de esta relación absurda, se dispone a «tunearla» un poco mientras se encierra en el baño. Se sienta en la taza del váter, se baja las bragas hasta los tobillos y se prepara para sacarle a ese idiota algo más que una foto de una barbacoa en el campo.

Eva
Pues ahora mismo, me pillas en el baño. Sentada en la taza del váter. Me iba a subir las bragas cuando me ha llegado tu wasap. He pensado que era una señal y he decidido esperar un poco

Guille Tinder
Madre mía, vas fuerte

Eva
No te creas. Simplemente estoy harta de tanta conversación y tengo ganas de pasar a la acción. Tú no?

44

Guille Tinder

Jajaja. Bueno, tendré que ausentarme
un rato de la barbacoa yo también ☺

Eva

Busca un sitio excitante…

Guille Tinder

Me he encerrado en un cuarto de la masía.
Ni siquiera sé de quién es.
Espero que no entre nadie

Eva

Mmm… Túmbate en la cama que voy a ir a por ti

Eva empieza a abrir cajones como una desesperada en busca de lubricante o algo deslizante para acariciar su vulva. Mientras Guille, que parece que ha captado el mensaje, pasa a la acción.

Guille Tinder

Soy todo tuyo. Me da mucho morbo que seas tan directa
y que tengas las cosas tan claras. Estoy un poco harto de
tantas niñatas a las que hay que sacar a pasear ochenta veces
para poder echarles un buen polvo

Eva hace como que no ha leído semejante estupidez y lanza una pregunta para coger las riendas e ir un poco al grano.

Eva

Sabes qué me da morbo a mí?

Guille Tinder

Dime…

Eva

Me gusta follar en hoteles, los masajes con velas
de aceite y la lencería negra

Guille Tinder

Guau, me la estás poniendo muy dura.
Te importa que me toque?

Eva

Para nada. Deseo que te toques. Deseo que te tumbes
en la cama, te relajes e imagines que entro por la puerta
con un corsé de color negro y un tanga a conjunto.
Me acerco a ti sin mediar una palabra y te desabrocho
los pantalones con los dientes… ohhh… es verdad,
ya la tienes dura… mmm

Guille Tinder

Dios, me acerco a tus pechos, que me están pidiendo
a gritos que me los coma…

Eva, que no se corta un pelo, ha encontrado un cepillo de dientes eléctrico. Sí, es un poco bestia, pero ahora no tiene tiempo de masturbarse con la mano. Abre el grifo para disimular el ruido y coloca el mango del cepillo encima de su vulva. Y, a falta de lubricante, se apaña con un poco de crema hidratante. Sabe que luego le va a picar mucho el coño, pero no le queda otra. No le gusta masturbarse a palo seco. El cepillo no vibra con tanta potencia como los juguetitos que tiene en casa, pero servirá. Lo aprieta con fuerza mientras escribe.

Eva

Mmm… Me he puesto un vibrador entre los muslos
y me estoy tocando los pechos. Te he dicho
que tengo unos pechos divinos?

46

Guille Tinder
Te los estás tocando?

Eva
No. Me los estás tocando tú… y muy bien, por cierto ☺

De repente alguien llama a la puerta del baño. Eva se sobresalta, le cae el móvil y el cepillo vibrador retumba sobre las baldosas del baño. Salta para apagarlo cuando oye la voz del Señor.

—¿Cariño, eres tú? Abre, que me estoy meando.

—Soy Eva, cuñado. Ahora salgo —grita mientras agarra el cepillo y lo tapa con una toalla para amortiguar el ruido.

—Tranqui. Espero.

Eva se sube las bragas, pone el móvil en modo avión y cuando va a dejar el cepillo en su sitio, ya sea por curiosidad, morbo o inteligencia, no puede evitar olerlo. En efecto, huele a coño. En ese momento, Eva podría ponerlo debajo del grifo, lavarlo con jabón y salir airosa del baño; sin embargo, decide acabar lo que estaba haciendo. En silencio, para que el Señor no la oiga. Se pone la toalla en la boca y mientras huele el cepillo, se masturba con la mano izquierda. El olor a su propio coño la pone muy pero que muy caliente. Se unta los dedos con más crema y se acaricia con ellos la vulva dando pequeños golpecitos sobre el clítoris. Llega al orgasmo. La escena parece salida de una película cómica: ella en el suelo abrazada al cepillo de dientes, con las bragas por los tobillos y la toalla en la boca. Espera un par de minutos a que le bajen las pulsaciones, lava el cepillo a toda prisa y tira la toalla al cesto de la ropa sucia. Abre la puerta con cara de mareada y agarrándose el pelo como si acabara de vomitar.

—Perdona, cuñado. Algo no me ha sentado bien —dice.

Con sonrisa traviesa y embriagada por el orgasmo que acaba de tener, Eva se olvida del vino que había ido a buscar y vuelve a la cocina, desde donde ve que el espectáculo continúa en el jardín. De vuelta a los fogones, remueve el sofrito, que después de tanto rato ha quedado espectacular, le añade la sepia que ya tenía preparada y decide sorprenderlos a todos con un pequeño aperitivo.

Pone otra sartén al fuego y con un poco de aceite, cilantro y unos granos de pimienta, saltea unos berberechos que tenía en remojo con sal en un táper para que expulsaran la arena. «Ya que tenemos espectáculo, vamos a verlo con un buen tentempié —se dice a sí misma—, y como tenemos brandy, le echamos un buen chorro y lo flambeamos».

—Vamos a dejar el tema, que esto acabará mal —proclama la madre levantándose para poner la mesa, no sin antes robar un berberecho directamente de la sartén. Y agarrando a su amiga por el brazo y sacando una petaca del bolso le dice—: ¿Quieres un traguito?

—¡Mierda, el vino! —exclama Eva.

6

Cuando un hombre da su opinión, es un hombre.
Cuando lo hace una mujer, es una puta.

BETTE DAVIS

Marina se excita en el trabajo

Marina se arregla para empezar su jornada laboral a tope. Encerrada en el baño del hospital, se engomina un poco el pelo y se maquilla los ojos para disimular las ojeras. El Clínico está a tope hoy. Todo el mundo está más alterado de lo normal, y eso le carga las pilas a Marina. Le encanta su trabajo y le mola sentirse útil. Sabe empatizar con la gente y, por alguna razón que ni ella misma logra entender, es buena dando consejos. Si se los pudiera aplicar a ella misma, la vida le iría mejor. Solo llegar observa a dos viejecitas asustadas porque han comido lo mismo y ambas tienen náuseas.

—¿Te parece normal que estas abuelas contribuyan a colapsar urgencias por una mierda de mareo? —le pregunta, indignado, su compañero Isidro.

—Me parece que nuestro trabajo es atenderlas —responde Marina acercándose a ellas.

Las mujeres tienen unos setenta y cinco años. Mal maquilladas y agarrando el bolso como si estuvieran saliendo del metro en el centro en hora punta, miran a Marina con desconfianza. No son las únicas que están allí. La sala de urgencias es un cuadro. Cierto que hay algunas personas con heridas superficiales, pero Marina entiende que ellas necesitan más atención.

—Señoras, si me dan diez minutos las atiendo yo misma —les dice con cariño tocándole la frente a una con la mano para ver si tiene fiebre.

—Gracias, bonita. Y, por cierto —aclara la viejecita mirando de reojo a Isidro—. No somos abuelas. ¡Estamos solteras!

—Disculpen a mi compañero, es del Opus —susurra la enfermera que en un tiempo récord, las hace pasar a una sala para examinarlas. Les toma la temperatura, les pide que respiren hondo, pero sobre todo las escucha. Les da una receta para el dolor y las manda para casa. Es un pequeño resfriado que no llega ni a gripe, pero las mujeres se marchan felices y se sienten bien atendidas.

—¿Se puede saber por qué les das bola a las abuelas? —se indigna Isidro mientras recorren el pasillo.

—¿No las has oído? ¡Son solteras! ¡No abuelas! —le recuerda mientras saca una llave de su bolsillo.

—Cuando las tengamos aquí todos los días haciendo cola, verás tú qué gracia te harán las Bridget Jones geriátricas.

—¿Por qué siempre estás tan contento? —ironiza la enfermera.

—Eres tú, que me pones de mala leche —responde él con una sonrisa.

—¿Solo te pongo de mala leche? —pregunta picarona Marina mirando a derecha e izquierda y abriendo la puerta del cuarto de la limpieza.

Una vez dentro, el compañero la empotra contra el cubo de fregar y la besa apasionadamente. Ella no puede dejar de reír.

—¡Para, joder! Ja, ja, ja, que nos van a oír.

—¿Y qué más da? ¿Por qué narices tenemos que escondernos? —le recrimina el compañero mientras le mete la mano por debajo de la bata.

—Pues porque no me gusta que en el trabajo sepan con quién me acuesto. Es todo.

—¿Seguro? ¿Eso es todo?

—¿Y qué más puede haber?

—No sé. Nunca hacemos nada. Me siento como una adolescente que va detrás del chico popular del colegio —gime mientras él le muerde el cuello.

—¿Y yo soy el chico popular? ¿En serio? ¿Te gustaría que me vistiera de hombre para ti?

—Pues la verdad es que no —responde tajante el enfermero, apartando la boca de su cuello.

—Ay, qué aburridito eres a veces —le corta ella mientras se pone bien la bata—. Vamos, que tenemos la sala de espera a tope.

El día pasa volando entre enfermos, urgencias y caos varios, pero ha resultado menos ajetreado de lo que parecía de buena mañana. Al finalizar su turno, Marina sale del hospital y, al llegar a la altura del bar de Sharim, se pone el anillo de casada. Siempre lo hace en este mismo punto, así no se le olvida. No ha tenido tiempo de abrir la puerta de su casa, cuando recibe un wasap del enfermero.

Isidro
Eres una tonta, pero me pones muy cerdo

Mari
Lo sé ☺

La enfermera elimina la conversación del móvil un segundo antes de entrar en casa. Son las diez de la noche y se encuentra la mesa puesta y la cena hecha.

—¡Buenas! —saluda a su marido, le da el piquito de rigor y luego enciende la tele y se sienta a comer.

Tienen la típica casa tipo loft en la que está todo integrado, menos el dormitorio y el baño. La cocina es muy pequeña, prácticamente una barra, delante de ella hay una mesa redonda y, junto al sofá, un televisor. Marina prefiere sentarse a la mesa; el sofá solo da para que se tumbe uno. Además, hace tiempo que se acabaron las tardes de sofá, tele, manta y cariñitos. Así que Mario se lo ha quedado para él.

—¿Está rica? Es de guisantes y menta, como a ti te gusta —le dice esperando recibir el reconocimiento de hombre moderno por haber hecho la cena.

—Está muy buena, sí —responde Marina sin apartar la mirada del televisor y comiendo lentamente.

Mario ha salido media hora antes del banco para que le diera tiempo a pasar por la verdulería a por un poco de menta. No suelen tener, y esa crema, sin menta, no tiene ninguna gracia. Pero parece que a su mujer le cuesta mostrar entusiasmo. Decepcionado, decide cambiar de tema para no enfadarse.

—¿Has investigado lo de las pruebas? —pregunta mientras le sirve una copa de vino a su mujer.

—Gracias —dice ella—. No, no he podido. Hemos tenido un día muy loco. Ha tenido que atender un grupo de unos veinte vejetes hechos polvo por culpa de una intoxicación. Mucho estrés.

—¿Seguro?

—¿Seguro qué?

—¿Seguro que quieres hacerlo? —insiste Mario mientras no deja de mezclar la crema de verduras con el cucharón.

—¿De qué me estás hablando?

Mario se levanta de la mesa, arroja la crema al fregadero y se queda mirando la ventana con rabia. No es en absoluto un tipo violento, y si algo le cabrea es perder los papeles.

—Pero ¿qué te pasa? —se sorprende por esa reacción tan rara en él.

—Llevamos meses intentando ser padres. No hay manera de que te quedes embarazada y la verdad es que parece que te importa una mierda. Por no hablar de que follamos cada quince días, y eso si hay suerte. Vienes tarde de trabajar, te preparo la cena con toda la ilusión y te espero para que comamos juntos. No pretendo que me des las gracias, pero al menos, una sonrisa, un cariño... ¡algo!

—Ya te he dicho que he tenido un día de mierda —contesta ella seca sin apartar la mirada del televisor.

—Estoy cansado, Marina.

—Y yo.

—¿Tú? ¿De qué? —le pregunta alucinado Mario y consigue que su mujer aparte la mirada de la tele por un segundo.

—De todo. Me ahogo. Cansada de que me esperes para cenar, de que me presiones todo el rato por todo y de que te creas el puto marido perfecto solo porque haces una mierda de crema de verduras.

Mario se queda cortado y apesadumbrado. Pilla una silla y se sienta junto a Marina.

—No te presiono, Marina, hace meses que hablamos de eso de los hijos, y me prometiste que nos haríamos las pruebas en el hospital donde trabajas.

—Y yo te dije que por la privada iríamos más rápido.

—No te entiendo —replica él apagando la tele con el mando—. Parece que no quieres que lo hagamos.

—Y yo cada día te entiendo menos a ti —se defiende Marina para no afrontar la verdad y desviar el tema—. ¡Y perdona! —apostilla alzando de nuevo la voz y levantándose de la mesa—, pero si cada vez que una mujer tiene que recibir el agradecimiento de su maridito después de cada comida que ella ha preparado, los hombres no haríais otra cosa que dar las gracias. ¡Tiene tela que me tires eso en cara! Pero nada, ¡tú interpreta tu papel de marido perfecto y hazme sentir culpable por trabajar doce horas seguidas! ¡Ah! ¡Y gracias por la cena! —grita mientras se encierra en el baño dando un portazo.

7

Me niego a actuar de la manera que los hombres
quieren que actúe.

Madonna

Mario se confiesa con la chica nueva

Pasan los días y Mario sigue con su secreto escondido en
el armario. No encuentra el momento ni reúne el valor
necesario para sacarlo. En dos meses solo dos veces ha
hecho el amor con su mujer, y desde que compró aquello
en la tienda erótica está más cachondo que nunca. Hoy ha
llovido, y parece que cuando llueve todo el mundo puede
permitirse el lujo de llegar tarde al trabajo. Todos menos
él, que es tremendamente responsable. Encima es martes,
un día que suele presentarse muy aburrido. Nadie hace nada
los martes.

«Seguro que en la tienda erótica no venden nada los
martes», piensa mientras intenta desconectar la alarma al
llegar al banco. Se sorprende al ver que la luz roja está apagada y se da cuenta de que alguien ha llegado antes que él.

—¿Quién hay? —pregunta intrigado.

—Hola, soy yo, perdona.

—No hay nada que perdonar, mujer. Solo faltaría.

Se trata de «Ella», la última incorporación a la oficina. Una chica joven y muy guapa a la que Mario apenas ha dirigido la palabra. Porque, si le da miedo sacarle unas bragas a su mujer, imaginad lo que es para él mantener una conversación con una mujer como Eva. «No debe de tener más de veinticinco años», piensa él. Rubia, alta y grandota. Con sus preciosos ojos azules lleva de culo a todos los chicos de la oficina, pero ella hace como que no se da cuenta.

—¿Un café? —propone Eva.

—¿Por qué no? ¿Quedan cápsulas? —Mario responde con otra pregunta mientras rebusca en el armario.

—¿Y si vamos al bar, para variar?

—Mira, sí —contesta Mario, tranquilo. Y, permitiéndose ser impulsivo por una vez en la vida, añade—: No me gusta nada tomar café en el bar, pero hoy me apetece.

Una vez allí, Eva tiene la sensación de estar con una maldita cita tinder. Mario es muy tímido y le cuesta soltarse, aunque, a ojos de Eva, es el único tipo medio normal de la oficina. Entre sorbo y sorbo de café, aprovechan para cotillear sobre sus compañeros de trabajo.

—La verdad es que cuando me trasladaron a esta oficina lo agradecí. Me pilla muy cerca de casa, pero eso de que no haya ni una sola mujer es una mierda.

—Bueno, eres la reina de la fiesta —afirma Mario creyéndose muy amable.

—Pues no me gusta ser la reina ni la princesa. Quiero ser tratada igual que un hombre. Ni más ni menos —sentencia ella algo cortante.

—No entiendo —balbucea Mario.

—¿No te has fijado cómo Fernán me mira las tetas? ¡Es asqueroso!

Mario se ruboriza. Él también le ha mirado el escote en

alguna ocasión, pero supone que ha disimulado bien, ya que le ha concedido el privilegio de desayunar con ella.

—No lo hacen con maldad. Es que van muy cachondos, los pobres —intenta justificarlos él con un compadreo que a Eva no le gusta nada.

—¿Y a mí qué? Yo también voy cachonda y no voy mirando paquetes por la calle de forma lasciva, y menos en la oficina. ¿Estamos locos?

—Tienes razón —asegura Mario para no cagarla—. ¿Y cómo es que no tienes pareja con lo guapa que eres?

—¿Cómo sabes que no tengo pareja? —pregunta Eva, coqueta.

—Como has dicho que estás… cachonda.

Eva se ríe. Le gusta mucho este punto que tiene Mario entre tímido, conservador y hombre que intenta ser moderno pero no para de meter la pata.

—Sí, tienes razón, no tengo pareja, solo algún rollo de vez en cuando. Pero una mujer puede tener pareja y estar cachonda, créeme —puntualiza ella sonriendo.

«A mí me lo vas a decir», piensa Mario, que percibe que o cuenta algo excitante o el café va a durar dos minutos y va a quedar como un pardillo más de la oficina de *freakies*. Entonces recuerda lo más divertido que le ha pasado en los últimos meses.

—¿Te puedo contar algo?

—Claro, cuéntamelo.

—El otro día fui a la tienda erótica que está dos calles más arriba de aquí. ¿La conoces?

—Ah, sí. Yo voy mucho a esa. Es muy bonita, luminosa y está decorada con muchas plantas. Blanca, la encargada, es una tía superguay. Siempre me aconseja muy bien y me regala monodosis de lubricante y piruletas.

Mario no sabe dónde meterse. Quería hacerse el moderno y ha quedado otra vez como un *loser*. Y, sin saber cómo, vuelve a meter la pata.

—¿Qué necesidad tiene una chica tan guapa y joven como tú de comprar en esa tienda? —dice.

—¿Y eso qué tendrá que ver?

—No sé. Puedes tener el chico que quieras, ¿no? —pregunta dubitativo.

Eva hace una pausa dramática para no explotar. Respira hondo y, levantando un poco el culo de su silla para acercarse más a él y bajando el tono de voz, le da una clase magistral de sexualidad empoderada.

—A ver. Te voy a contar un par de cosas. Primero: yo puedo tener pareja y desear masturbarme con un juguete erótico. ¿Lo pillas? Mi sexualidad no depende ni está al servicio de ningún hombre. Y segundo: que yo esté soltera no significa que no tenga sexo de vez en cuando. Y en esa tienda venden condones, lubricantes, etc., pero la verdad es que... —aquí Eva baja el tono y, tras recuperar su postura inicial en la silla, se sincera— hace tiempo que no tengo buen sexo. Estoy en Tinder pero no encuentro nada. Y solo quiero echar un buen polvo. ¿Tan difícil es conseguir buen sexo?

—Buen sexo clar...

Mario intenta decir algo, pero ella le corta:

—De ese que te hace ver las estrellas y volar hacia el cielo —continúa—. El que te hace olvidar todo lo malo y en algún momento te hace desear hasta la muerte. ¡Quiero ir a la luna! ¿Tú nunca has sido tan asquerosamente feliz follando que has pensado que ya podrías morir?

—Pues... no —responde con mucha sinceridad Mario.

—Eso es que nunca has follado bien —dice Eva taxativa—. Ay, perdona, voy a saco a veces.

—No, tranquila —contesta él nervioso y expectante.

—Quizá yo ya he follado demasiado, ya he hecho todo lo que tenía que hacer y ahora el karma me tiene castigada. Es una mierda. Eso, y que en Tinder ya es imposible encontrar a alguien medio normal. Si dices que solo quieres sexo te follan a saco en cualquier baño sin miramientos. Si dices que quieres una buena relación, se creen que quieres casarte y tener bebés. Si dices que no quieres hijos, no te creen.

—Todo el mundo quiere tener hijos.

Eva no lo tiene tan claro, pero para no marear a Mario con sus pensamientos y sus dudas, le suelta la pregunta cotilla.

—¿Tú tienes hijos?

—Los estamos buscando. Ya te llegará también la llamada.

—O no —apunta ella tajante.

No quería entrar al trapo, pero le da mucha rabia esa manía que tiene la gente en decidir que todas las mujeres tienen que procrear. No se dan cuenta de la presión que nos ponen encima cuando hacen ese tipo de afirmaciones y sentencian a lo grande: «¡Todas las mujeres del mundo quieren y desean ser madres!». Con esa regla de tres, el cincuenta y dos por ciento de las mujeres de la edad de Eva que según las estadísticas no tienen hijos son unas desgraciadas, ¿no? Pues a ella no le mola la idea. Le cabrea tanto, que sus ganas de ser madre desaparecen para convertirse en una «no madre» casi convencida, solo para joder a la sociedad y dejar claro que nadie le impondrá lo que tiene que ser.

—Bueno, esperemos que sí —insiste Mario.

—O no. Puede que no lleguen, ¿no? ¿Crees de verdad que es necesario dar la vida a este mundo de mierda? Pues yo a veces creo que no. Por eso yo no quiero hijos y quiero sexo.

Ya sabemos que Eva no está muy segura de lo que está diciendo, pero Mario le gusta. Y sabemos también que, si quieres sexo con alguien, mejor no abrir el melón de los hijos o decir directamente que no quieres. El tema de la maternidad asusta a los hombres. ¡Es así! Aunque Eva no sabe qué opina Mario del tema, él es el único chico de la oficina con el que se atrevería a hacer algo. No la mira como un trozo de carne, es culto, atento y siempre le caen los clientes plastas; hasta tiene mano para la gente mayor que acude a la sucursal y no le importa dar cambio el día que no toca. Vamos, podría ser un hombre con el que a Eva no le importaría tener un escarceo, porque encima está bueno. Así que mejor no espantarlo con sus ideas sobre la maternidad, mejor hablar de sexo.

—¡Quiero vivir el presente, quiero ser feliz y follar! Que hace mucho que no follo, joder. ¡Tengo treinta y dos años! —exclama conociendo de antemano el efecto que sus palabras tendrán en Mario, quien no puede evitar sentir envidia. Envidia del próximo hombre que practicará sexo con ella sin compromiso alguno… Se la imagina con el conjunto rojo que compró en la tienda erótica. No puede dejar de mirarla fascinado mientras ella habla y habla de lo difícil que es permanecer soltera a los treinta y tantos.

—¿Qué miras? —le pregunta Eva.

—Nada, perdona, pensaba que tenías… pareces más joven…, y estos días estoy un poco ausente —intenta disimular Mario.

—¿Por qué? —pregunta ella después de darle un sorbo al cortado.

«Menuda pregunta, ¿por qué? Por mil motivos, pero básicamente porque mi mujer y yo solo practicamos sexo a oscuras, porque me gustaría follarte ahora mismo encima de esta mesa bien iluminada a la vista de todos los clientes, orgulloso de su aplauso al final»; eso es lo que Mario piensa, pero no lo dice en voz alta, claro.

Mario sigue mudo, inmerso en sus fantasías, como un zombi. Y Eva sigue esperando, con la taza de café en las manos y el labio superior manchado de leche. «Si no fuera tan guapa, daría risa. Pero no, está preciosa y sexy. Y sabe que lo es y cómo jugarlo», piensa Mario equivocadamente.

La verdad es que Eva es un desastre con las relaciones, siempre se enamora de idiotas y a los tíos interesantes que le tiran los trastos ni siquiera los ve. Ella también sigue en silencio con sus ojos azules clavados en Mario, que no sabe qué decir. En ese momento se produce un clic dentro de él. O se la folla, cosa que le parece del todo improbable, o le cuenta la verdad y se confiesa con ella. «Parece que sabe escuchar», se dice mentalmente.

Un par de cafés y un cruasán de chocolate más tarde, Mario se ha desnudado por completo. Como Eva no conoce de nada a su mujer, puede hacerlo. No sabe por qué, pero su compañera le da la confianza que él necesita para contárselo todo.

—¿Y no has pensado en tener una amante? —quiere saber Eva sin doble intención por el momento.

—No. Nunca he sido infiel a mi mujer.

—Pero ¿lo habrás pensado?

—Sí, bueno, he fantaseado. —Se ruboriza al pensar que hace un rato se ha imaginado follándosela a ella encima de esa mesa. Eva sonríe picarona, como si lo supiera. Se pone en posición de joven marisabidilla y dice con contundencia:

—No me parece bien que las parejas tengan que ser monógamas. Me parece totalmente antinatural —afirma imitando a su prima Sara para hacerse la moderna delante de su compi—. El sexo es demasiado importante para vivirlo de una forma tan carca. Eres joven y muy guapo, Mario, no me parece justo que sufras por falta de sexo cuando podrías tirarte a la chica que quisieras. —El chico vuelve a ruborizarse y a ella le encanta observar en sus mejillas el poder de sus palabras—. Te lo digo muy en serio, Lady Melatonina no sabe lo que tiene. Es una mojigata y, si solo le mola follar de noche en plan vampira, es su problema.

Mario suelta una carcajada. Recuerda la teoría del vampiro que le contó la dependienta hace unos meses. Ahora no solamente tiene ganas de follarse a Eva sino que piensa muy seriamente en utilizar el plug anal para metérselo en su precioso y enorme trasero.

—¿Desean algo más? —los interrumpe la camarera.

—¡Madre mía! ¡Pero si es tardísimo! —exclama Mario mientras se levanta, se pone la chaqueta ansioso y busca la cartera en los bolsillos del pantalón. No recuerda que se la haya dejado en el banco y eso le pone aún más nervioso.

Eva le sonríe. Pero su sonrisa dura poco, pues al coger el móvil lee:

Guille Tinder
Buenos días. Mucho trabajo? Yo saliendo del gym

Mira el mensaje, pone el modo avión para volverlo a leer sin que el tinder se dé cuenta.

—Puto plasta. Todavía no lo conozco y ya me carga —dice en voz alta.

La cara de Mario es un poema. Le sorprende tanto esta chica, es tan diferente de su mujer, tan sorpresiva… Eva, en cambio, no se siente tan emocionada ni tan nerviosa. Mientras se levanta de la silla de la cafetería a cámara lenta comparada con la velocidad a la que Mario lo ha hecho, una serie de pensamientos negativos inundan su cabeza. «¿Cómo puedo quitarme al pesado este de encima?». Obviamente no se refiere a Mario, que le ha parecido mucho más interesante y atractivo después de ese café de confesiones. Quien ha comenzado a darle una tremenda pereza es Guille, el Biógrafo de Tinder. No cree que le aporte mucho más que el orgasmo a distancia del otro día.

Alucinaríais con la cantidad de personas cobardes a las que les encanta chatear, hacer sexo por WhatsApp o por teléfono, y que no necesitan nada más. Son los chicos sexting. Hay que localizarlos rápido y quedártelos para que te saquen de un apuro el día que te falta imaginación para masturbarte, pero no ilusionarse demasiado porque es más que probable que no quedes jamás con ellos. Puede que ni siquiera sean como muestran en el perfil. El Biógrafo podría ser uno de ellos y a Eva le está empezando a dar una pereza tremenda. Solo han cruzado unas cuantas conversaciones por chat y ya tiene claro que se queda como follamigo cibernético. De citarse con él, nada de nada. Sabe que sería un desastre.

No es una estadística basada en el miedo ni en la baja autoestima, Eva parte de su propia experiencia para pensar eso. Entra en WhatsApp y lo bloquea; para que desaparezca por completo, también deshace el *match* de Tinder. Así de fácil es zafarse de un plasta en el siglo XXI.

Mario se ha dado cuenta de todo, pues no ha dejado de mirarla, y Eva, al verse descubierta se pone roja como un tomate. No sabe cuándo, ni cómo ni dónde, pero algo le dice que Mario podría ser el amante que estaba esperando. Guarda el móvil en el bolso, deja cinco euros encima de la mesa y suelta:

—La próxima invitas tú.

8

Cuando las autoridades nos hablan de los peligros del sexo, hay en ello una importante lección que aprender: no tengas sexo con las autoridades.

MATT GROENING

Mónica cuenta su secreto

Pasan las semanas y parece que para las hermanas la vida no es como ellas desearían. Miran atrás y ha pasado un montón de tiempo y muchas cosas, pero se plantan en el presente y se preguntan: «¿Qué narices ha pasado?». Pues no mucho, la verdad. Siguen encalladas en las mismas dudas, los mismos sueños y la sensación de que nada acaba de funcionar como ellas querrían. Se encuentran en una terracita del centro para charlar y tomarse un gin-tonic. La última *in vitro* no salió bien y Mónica se lo puede permitir.

—Pues nada, hermana, que mi vida es un puto asco —se queja Mónica removiendo su copa.

—La mía es apasionante. Ya ves tú.

—¿Sigues con el doctor Miralles?

—Mira, pues no —afirma Eva incorporándose como para decir algo importante—. Esta vez he encontrado a una tía bastante molona. Hace una terapia cognitiva. Me está enseñando a tener pensamientos más positivos. Me ayuda a ver la vida sin tanto dramatismo. De un modo más práctico. Está bien ocuparse de las cosas, pero no hay que preocuparse, ni ser tan exigente en todo, sino ser más felices con lo que tenemos y no pensar tanto en el futuro. Y si algo no nos gusta, pues cambiarlo. Si el camino que estamos siguiendo no mola, escoger otro. Sin culpar a los demás. ¡No puede ser todo culpa de mamá!

—Si te va bien…

—Si estamos bien amuebladas mentalmente, nada puede con nosotras —asegura agarrándole la mano a su hermana—. Nada tendría que ser un impedimento para ser felices.

—Es verdad que en realidad necesitamos muy poco para ser estar bien, neni, pero cuesta renunciar a los deseos.

—Hay muchas personas que no tienen hijos y son muy felices. —Eva sigue hablando, aun sabiendo que igual provoca una discusión fuerte. Como su hermana no dice nada y se limita a beber el gin-tonic mirando a la nada, la menor de las hermanas aprovecha para soltar lo que siente—: Y no lo digo por ti, lo digo por mí también. Por las dos. A veces no sé si quiero tener hijos o si es que la sociedad me obliga a querer tenerlos. Y mientras espero, pienso que hay mujeres felices sin hijos, que no tendríamos que esperar la felicidad de una sola cosa. Yo, por ejemplo, soy muy feliz ahora en esta terracita con este maravilloso sol. —Bostezando, se quita las gafas oscuras, cierra los ojos y mira al cielo como si quisiera abarcar toda la energía positiva del universo.

—¿Cómo se llama la psicóloga? —pregunta Mónica, que no quiere entrar al trapo ni hablar de su problema con la procreación.

—Se llama Sonia. Es joven y me mola que sea una mujer. Me da más confianza para hablarle de ciertas cosas.

—Genial —responde Mónica mirando la hora en el móvil—. No puedo quedarme mucho rato, tengo una reunión en breve, pero te quería contar algo importante.

—Tranqui, yo tampoco tengo toda la tarde, he quedado con Mario para tomar un café.

—Quedas mucho con este chico últimamente, ¿no? —pregunta Mónica intrigada.

—Sí, nos hemos hecho muy amigos. Es un pedazo de pan, pero está casado con una lerda a la que no quiere dejar. Dice que la ama, que no es feliz con ella pero la ama. No entiendo cómo la gente se mete en esas mierdas de relaciones. Solo tenemos una vida. ¿Por qué vivirla a medio gas? A mí, si no me dan fuegos artificiales, no me interesa.

—Neni, ya madurarás y te darás cuenta de que las relaciones tan intensas como las que tú buscas no se sostienen en el tiempo.

—Qué interés en querer alargarlo todo. Todo tiene que ser para siempre y para toda la vida. Por eso la gente tiene hijos, ¿no?, para inmortalizar de alguna manera sus relaciones y tener algo para siempre.

La cara de Mónica se descompone. Mira a su alrededor y observa que el mundo está lleno de personas que viven su vida de mil formas distintas. Hay parejas con hijos, claro que sí. Pero también hay un chico que circula a toda velocidad con un patinete, otro que habla con el móvil a grito pelado sin que le importe lo que piensan de él. Y, en la mesa de al lado, la típica pareja amargada que no se habla. Igual son hermanos, o amigos que se relacionan con otras personas a través del móvil o una pareja que no está amargada, sino que es feliz así.

—¡Ay perdona!, no lo decía por ti —se disculpa Eva rompiendo el silencio incómodo que sin querer ha creado.

—Lo sé. Tranquila. Es que hace rato que quiero contarte algo y ya me has sacado el tema de los niños dos veces —le reprocha su hermana sin dar ningún valor a la confesión de Eva.

—Es verdad, perdona. ¿Qué quieres contarme?

—¿Me prometes que no me vas a dar la charla?

—No. Dime, Mónica, me tienes intrigada.

—Es igual, déjalo —responde la hermana mayor mientras saca un cigarrillo del bolso. Eva le roba otro y enciende los dos.

—¡Venga! No soporto que me dejes así, ¿qué ha pasado? —le suplica a su hermana al tiempo que le entrega el cigarrillo encendido sin antes darle una profunda calada.

—Mr. Rotring ha vuelto.

—¿Cómo? ¿Cómo que ha vuelto? —Eva, que se atraganta con el humo del tabaco y no puede dejar de toser al sorprenderse como si de un asesino en serie se tratase—. ¿Lo has visto o te ha mandado un mensaje?

—Eva, Mr. Rotring jamás ha dejado de mandarme mensajes. ¡Jamás! Primero SMS y luego wasaps. ¡Joder cómo pasa el tiempo!

—Ya te digo. Si no fuera así, no lo llamaríamos Mr. Rotring. Ahora sería Mr. Apple —se carcajea Eva.

—En serio, no se olvida ni de un cumpleaños, ni de un fin de año. Cuando creo que lo tengo fuera de mi cabeza llega un mensaje que de alguna manera me recuerda que nunca se ha ido. Pero esta vez es diferente. —Mónica da una calada intensa a su cigarrillo y Eva nota que su hermana se ha sonrojado y le tiemblan las manos.

—Moni, no tendrías que fumar. Luego viene otra *in vitro* y te vuelves loca —le aconseja mientras ella sigue fumando de forma compulsiva.

Mónica bebe el último trago largo del gin-tonic y por fin suelta la bomba.

—Ha vuelto de verdad. Está a punto de aterrizar en la ciudad.

Eva se queda sin palabras.

Os pongo en situación porque la cosa tiene tela. Dieciséis años atrás, Mónica estuvo enrollada con un famoso arquitecto. Ya he hablado de él antes. Os acordáis, ¿no? Eva rápidamente le puso el apodo de Mr. Rotring, la marca de rotuladores que utilizaban los arquitectos en el pasado, cuando no existían los ordenadores y dibujaban a mano. No revelaré su nombre real para no desvelar su identidad, pero imaginad a alguien muy poderoso que hoy en día tiene millones de seguidores en Instagram, ¿ok? Le llevaba como veinte años a Moni y juntos vivieron la historia más fuerte de sus vidas. Su relación fue tan pasional que dejó a la pobre Mónica sin energía y con una ansiedad brutal. Fue asquerosamente feliz, pero también asquerosamente desgraciada. Lo amaba con una fuerza tan sobrenatural que era difícil de entender. Era una de esas relaciones que hay que vivirlas para saber lo que son. Sórdida, romántica y muy intensa. La broma duró muchos años y no fue fácil de cortar. Mr. Rotring tuvo que pillar un avión e irse a vivir a Los Ángeles para que Mónica pudiera seguir adelante. Años más tarde conoció a Kike, el Señor, y ahora, salvo por los hijos, todo parece estar bien. Pero la sombra del pasado puede volver a perturbar su mundo y todo lo que le rodea.

—¿No dices nada? —se indigna Mónica, que observa cómo su hermana mira el móvil.

—¿No me has dicho que no te dé la charla? —responde Eva sin apartar la mirada del teléfono. No dice nada, pero está cotilleando el Instagram de Mr. Rotring. Tiene un millón de followers y no cuelga nunca fotos suyas. Y ella, como su hermana, se muere de intriga por saber qué aspecto tiene en la actualidad. Era guapísimo, las cosas como son.

—¡Venga, suéltalo ya! —le suplica.

—Pánico, hermana. Eso es lo que tengo. —Aplasta el cigarrillo con rabia en el cenicero y deja el móvil en el bolso—. Ese hombre te dejó hundida en la miseria, ¡te destrozó la vida! Aunque tú lo disfraces de una relación increíble, y me vengas con el cuento de que no te arrepientes, ese tipo te hizo mucho daño y es muy peligroso.

—No sería como soy si no fuera por él. Le debo más de lo que crees —responde Mónica con un tono mucho más bajo que el de su hermana.

—Pues a eso me refiero —confirma Eva.

—¿Tan mal me ves?

—Bueno, dejando aparte ese peinado de Krusty el payaso que me llevas… —añade sacándole una sonrisa a Mónica.

—Sí, pero te aseguro que superar aquello me hizo fuerte no, lo siguiente.

—¿Y crees que por eso puedes soportar un millón de inseminaciones? —le pregunta Eva a su hermana sin ánimo de hacerle daño. Al contrario, por primera vez comprendía la autoexigencia y la obsesión que tiene Mónica por todas las cosas de la vida.

—Efectivamente, yo puedo con todo. Mr. Rotring me hizo más fuerte y me regaló unos años de sexo y pasión que ya querrían muchas.

—No te digo que no, pero si lo vieras desde fuera, con mis ojos…

—Y si tú lo vieras con los míos…, han pasado muchos años. Me puedo permitir una cenita y una conversación con él. Incluso creo que me lo merezco.

—Es peligroso. Puedes volver a engancharte.

—¿De verdad crees que soy aquella niña? Si ni siquiera me reconozco cuando pienso en lo que vivió.

—¿Qué sientes por ella, por la Mónica del pasado?

—Un poco de pena, no te voy a engañar.

—Pues eso, hermana, no juegues con fuego, que te vas a quemar. Aquella relación hoy en día no se podría sostener. Fue un abuso de poder en toda regla. Era tu jefe y mucho mayor que tú. Te manipuló. No se portó bien. Jugaba con ventaja. ¡Qué cabrón! ¡Me da rabia cada vez que lo pienso!

Mónica se queda unos segundos en silencio. Su hermana le acaba de mostrar una versión de la historia muy diferente de la que ella siempre ha tenido, y aunque le jode reconocerlo, es bastante cierta. En aquella relación siempre se acababa haciendo lo que Mr. Rotring decía, quería o deseaba. Lo disfrazaba de tal forma que parecía que era Mónica quien tenía la sartén por el mango. Y así era, pero solo en la cama; fuera de ella, estaba totalmente vendida. Le dedicó sus años más fértiles. Igual con otra pareja hubiera tenido hijos y ahora tendría la familia que tanto desea, pero perdió demasiado tiempo con Mr. Rotring. Aunque a ella le cueste reconocerlo, sabe que su hermana está en lo cierto.

—Y tú, ¿qué tal vas? —le pregunta intentando cambiar de tema. De repente, se siente incómoda hablando de Mr. Rotring y de su pasado—. ¿Cómo va tu vida amorosa?

—Pues como siempre, mal. El mundo virtual es un auténtico desastre. Después del Chico Coda, buscaba el amor, pero viendo el panorama, ya celebro con champán que caiga un buen polvo. De verdad, no sabes lo afortunada que eres de tener a alguien fijo para follar cada día —se sincera Eva.

—Cada día, dices. Ja, ja, ja. —Mónica se ríe mientras Eva hace señas a la camarera para que le lleve otro gin-tonic.

Siente pena por su hermana y a la vez le da envidia la relación que tiene con el Señor. Un tipo que ella no aguantaría ni medio segundo, aunque reconoce que hace feliz a Mónica y que juntos forman un equipo estupendo. Y no solo por el sexo, que sabe que es bueno. También por cómo hablan y se comunican. No hay tensión entre ellos. Todo parece fácil, todo fluye con naturalidad. Es una mierda porque Eva siente que una relación así la aburriría por completo, pero por otra parte la desea. Lady Contradicción. Así se define a sí misma.

—Bueno, pero al menos tienes a alguien y... folláis bien, ¿no? —Sabe que sí, pero al ver a su hermana tan descompuesta tiene dudas.

—Sí, eso sí. Ves, si algo me enseñó la relación con Mr. Rotring es a valorar y reconocer el buen sexo. Y con Kike tengo un sexo maravilloso. ¿No estás bebiendo demasiado, esta tarde?

—Pues eso busco yo ahora, Moni —afirma Eva haciendo caso omiso al comentario de su hermana sobre el alcohol—. Alguien que me ponga. Y te juro que lo intento. Me he comido mil citas de mierda. Algunas acaban en polvo y otras no dan ni para un café. Pero ninguna con recorrido. Mucho tinder malo o correcto, pero ningún tinder bueno.

Se acerca a la mesa la camarera con el segundo gin-tonic para Eva. Antes de que esta lo pueda catar, Mónica le da un sorbo.

—El único tío que me pone un poco es Mario —continúa Eva—, pero no me hace ni puñetero caso.

—Neni, ¿no será que te fijas solo en tíos que no te miran?

—No lo sé. Me fijo en los que me gustan. Y no hablo del físico. Una foto de Tinder no me dice nada. Ahora les hago la prueba del audio antes de quedar.

—¿La prueba del audio?

—Sí, me lo enseñó Sara. Consiste en hacerles grabar un audio de treinta segundos antes de quedar. Es como una especie de audición previa. No sabes la de citas *freakies* que tanto ella como yo nos hemos ahorrado gracias a la prueba del audio.

—Qué crac, la Sari.

—¡La prima se encuentra con cada personaje…! Me reenvió el último audiocasting y la verdad es que yo no podía parar de reír. Parecía que el tipo estuviera encerrado en una cueva. Hablaba bajo y se oía un eco tremendo. No paraba de decir guarradas sin gracia. Luego le mandó una foto polla y ahí sí que lo bloqueó al instante. Si eso no se pide, no se manda. ¿Es o no es?

Mónica se ríe a carcajadas.

—Calla, ¡no te lo he contado! —dice Eva antes de que su hermana pueda abrir la boca—. Viene del pueblo dentro unos días y se me instala en casa. Se ha matriculado en un curso de relaciones sexoafectivas o algo así.

—Uy, átala corto, ¿eh? Que esta te mete gente a follar a casa todos los días.

—Sí, sí. Ya le dije que en casa no se folla.

—Norma de oro. ¡Di que sí!

Eva le pega un buen sorbo al gin-tonic antes de volver a su monotema.

—La cuestión es que no sé dónde buscar rollos y ahora encima tendré que encontrar un sitio donde follar para que la prima no me oiga desde la pared de al lado.

—¿Y si te metes en una web más liberal? ¿Rollo *swingers* y esas cosas?

—Ay, no sé. ¡Todo me da una pereza! Igual ya he follado demasiado y el karma me está castigando.

—Déjate de karmas y tírate al Mario este, si te pone.

—Claro, como si fuera tan fácil. Ains... —Eva suspira fantaseando con la posibilidad de que algún día eso pueda hacerse realidad.

—Lo es. Tú no te valoras. No sabes el potencial que tienes, pero si te vieras con mis ojos.

—¿Qué? —pregunta Eva visiblemente afectada por la repentina sensibilidad de su hermana.

No sabemos por qué, pero siempre valoramos más los gestos de las personas que nos dan poco. Igual por eso a veces nos atraen los gilipollas. Si Mónica fuera una mujer ultracariñosa, quizá Eva no se habría emocionado, pero como acostumbran a gruñirse más que a hablarse, ese ataque de sensibilidad la ha descolocado. Mónica le coloca bien el pelo como cuando eran pequeñas y, haciendo de hermana mayor y con una gran sinceridad, le dice:

—Que eres preciosa, Evita, divertida y tienes mucha energía, pero antes de enamorarte de alguien, quizá te falta enamorarte de ti.

Eva se marcha al acabarse el gin pero Mónica se queda unos minutos más en la terraza del bar pensando en la imagen distorsionada que tiene su familia de Mr. Rotring. Confía y valora mucho la opinión de Eva, aun así, no deja de ser su hermana pequeña. Qué sabrá ella. Jamás ha tenido una relación como la suya. No puede comprenderla. Nadie puede. Coge el móvil, busca a Mr. Rotring y, presa de la ansiedad que le produce su antiguo amante, escribe:

Mónica
Cuándo llegas? Me muero de ganas de verte

9

Todo en la vida trata sobre el sexo, excepto el sexo.
El sexo trata sobre el poder.

Oscar Wilde

Mónica viaja al pasado

Mónica llega a casa agotada. La conversación con su hermana y los recuerdos del pasado la tienen medio nublada. Abre la puerta y Thor y Ulisses están ahí esperándola para besuquearla y darle mimos. Los perros tienen un sexto sentido y saben cuándo su dueña está de bajona. Se tiran los tres en el sofá. Mónica desea que su marido le haya hecho la cena. Bueno, en el caso de Kike, que haya encargado algo. No se lo podemos pedir todo al Señor. No es muy cocinitas, pero es un marido bastante top.

Y aunque muchos no se lo puedan creer por su edad avanzada, es un amante divino y atento. Tienen una gran complicidad y se lo cuentan todo sin juzgarse el uno al otro: deseos, fantasías, fetiches que, por raros que parezcan, les ponen aún más cachondos.

Por eso, esta noche Mónica no se siente bien consigo misma. Le gustaría poder contarle lo de Mr. Rotring, pero eso no sería un ataque de generosidad, sino de egoísmo.

O directamente un «sincericidio». A veces no es necesario contarlo todo, el pobre Señor no se lo merece. Un grito en la habitación de arriba la aparta de sus pensamientos.

—¡He encargado comida tailandesa! Me ducho y cenamos, ¿te parece?

—¡Genial, cariño! —Lo dice casi sin fuerzas, se pone un cojín debajo de la cabeza y deja que su mente vuelva con Mr. Rotring.

La verdad es que todo lo que sabe Mónica sobre, llamémoslas, «sexualidades alternativas» lo aprendió junto a su examante. Empezaron con el arte del *shibari*: ella se dejaba atar y él le hacía unas fotos alucinantes. Luego llegaron prácticas de BDSM realmente extremas. Mónica nunca puso en riesgo su vida física, pero sí la emocional. Y esto no tenía nada que ver con el BDSM, no os confundáis. Eso era lo bueno de la relación. Se lo podían contar todo y hacer todo lo que les excitara. Mónica se dejó llevar como nunca lo había hecho. La verdad es que era muy joven. Pocas mujeres a los veinte años han experimentado con ese tipo de prácticas. Lo que nunca hicieron fueron tríos ni orgías. Solo ellos dos. Tenían una relación medio clandestina, pues en aquella época no era fácil decirle a alguien que te ponía que te chupara los pies o ponerte un arnés para penetrar a tu amante analmente. Qué cachondo se ponía Mr. Rotring cada vez que veía a Mónica vestida de cuero con un arnés y un dildo listo para penetrarlo. Ella nunca olvidará la primera vez que se acercó a su «lado oscuro».

Mr. Rotring estaba tumbado en la cama. Tenía un colchón enorme, de más de dos metros, y un televisor tan grande que parecía una pantalla de cine. Le gustaba poner siempre una peli porno de fondo. Pero porno bueno, elegante y bien iluminado. Con él, Mónica descubrió a Erika Lust y otros clásicos. Si algo tenía aquella relación era mucho misterio. Nunca se decían las cosas a la cara. Sus encuentros estaban llenos de luces y sombras. Planeaban las noches, días y jornadas de sexo como si de una gran producción se tratase. Se pasaban horas chateando en el ordenador y explicándose lo que les ponía y lo que les gustaría hacer.

En una de esas interminables conversaciones, Mr. Rotring le mandó a Mónica una foto de su culo. Pero no penséis en la típica foto de culo de Instagram llena de filtros. Nada que ver. Era una foto de su culo con sus manos abriéndolo y dejando ver el ano depilado y despejado. Supermorbosa y carnal. ¿Conocéis al fotógrafo Robert Mapplethorpe? Bueno, pues si lo buscáis en internet, os haréis una idea de las fotos que se mandaban y el sexo que les molaba. Aquel día Mónica empezó a maquinar seriamente la idea de penetrar a Mr. Rotring, pero no le dijo nada. Tenían una comunicación tan bestia que sobraban las palabras. La foto hablaba por sí sola, gritaba: «¡Quiero que me folles! ¡Que me la metas hasta el fondo! Eso es lo que deseo». Cuando la recibió, Mónica pensó: «Tus deseos son órdenes para mí».

A lo que íbamos. Él estaba tumbado en la cama con un bóxer de cuero muy sexy que Moni le regaló. Ella tenía claro cómo quería hacerlo. Llevaba muchos días planeándolo en su casa. Se subió a la cama, le abrió las piernas y se sentó entre ellas. Se quedó mirando fijamente los ojos de Mr. Rotring y este apagó la tele como diciendo: «Que empiece la juerga. Soy todo tuyo». Moni era muy joven, y aunque la situación le daba un morbazo brutal, también sentía mucha vergüenza, pero eso no la frenaba. El poder que sentía al tener a aquel ser poderoso a sus pies la excitaba tanto que no podía dejar de hacerlo. ¿Cómo superó la vergüenza?, pues privándolo del sentido de la vista y tapándole los ojos con un antifaz de seda negro.

Cuando tuvo a Mr. Rotring tumbado, con los ojos vendados y las piernas abiertas, Mónica se dispuso a trazar su plan. Se levantó y, sin prisa alguna se puso un arnés, con un pequeño dildo. Lo había comprado en un viaje que había hecho con las amigas a Ámsterdam hacía unas semanas. En aquellos tiempos las tiendas eróticas no eran como las de ahora. Mónica lo había visto en un maniquí y se había quedado loca pensando cómo le quedaría a ella. Era una prenda muy sencilla. Unas correas adaptables que se colocaban entre las piernas y, con un sistema de corchetes, aguantaban una anilla metálica donde se colocaba el dildo. Y podéis creerme si os digo que no hay nada que dé más morbo que la sensación que puede sentir una mujer cuando se coloca un pene entre las piernas.

Mónica se sentía poderosa con su arnés. Y no por el pene, más bien por tener el poder. Se subió a la cama intentando que Mr. Rotring no notara nada y empezó a echarle lubricante de silicona por todo el cuerpo. No había nada que pusiera más cachondo a Mr. Rotring que los masajes de silicona. Empezó a gemir sin saber ni intuir lo que le esperaba. Mónica le quitó los calzoncillos con brusquedad y empezó a masajearle el pene flácido y blando. No creáis que Mr. Rotring tenía una gran polla. En absoluto. Le encantaba que Mónica se la estrujara, le apretara los huevos, se notaba que disfrutaba, pero no se le ponía dura como cualquiera esperaría. Pero eso no suponía ningún problema, el tío disfrutaba como nadie. Y eso alargaba mucho los encuentros. Era todo muy lento. Mónica sabía cómo masajearle bien.

Entonces llegó el momento de levantarle bien las piernas para dejar el culo a la vista. Me seguís, ¿no? Mr. Rotring estaba tumbado boca arriba. Moni se apoyaba en las rodillas debajo de su culo para estar cómoda y poder levantarlo un poco más. Antes de pasar al lubricante anal, decidió lamer el interior de su ano por primera vez. Un poquito, solo con la lengua. Mr. Rotring no podía creerlo. Se estremeció pensando e intuyendo que la noche era más prometedora que nunca. Ella siguió lamiendo al tiempo que agarraba un bote de lubricante bacanal (fenomenal para el sexo anal) y se lo colocó en el ano con mucha suavidad entrando un poco el dedo índice. Le acercó la otra mano a la cara para meterle los dedos en la boca. Él, presa de la excitación, le mordió. Le hizo daño, pero a ella le gustó, había sacado la fiera que Mr. Rotring llevaba dentro. Entonces fue él quien se agarró las nalgas con las manos y abrió el culo todo lo que pudo. Como en la foto. Mónica estaba taquicárdica perdida, nadie la tocaba pero sentía que estaba a punto de correrse de placer. El pubis le ardía y los pechos estaban más duros que nunca. Sudaba. En un momento dado no supo si parar para masturbarse o seguir. Optó por lo segundo porque el morbo de la situación lo merecía, pero tuvo que hacer un gran esfuerzo. Entonces empezó a acariciar el perineo de Mr. Rotring con el dedo mientras metía la punta del dildo en su interior. Los gemidos del míster fueron en aumento.

—Princesa, ¡eres la hostia! —gritó.

—Chis —le ordenó ella tapándole la boca.

Cuando tuvo el dildo casi dentro, le quitó el antifaz a su amante, que, sin dejar de mirarla y con voz entrecortada por los fuertes jadeos le dijo:

—Fóllame, fóllame más fuerte.

Mónica alucinaba con tanta excitación. Nunca había visto a su enamorado tan puesto y cachondo. Lo penetró durante un buen rato hasta dejarlo rendido en la cama.

Mr. Rotring le confesó días más tarde que aquel había sido el orgasmo más grande de su vida. Una noche que pasó a la historia sexual de la pareja. Y fue la primera de muchas. El sexo anal se convirtió en su práctica favorita durante mucho tiempo. Este recuerdo de Mr. Rotring aún la humedece como nada y solo imaginar la posibilidad de volverlo a hacer con él la enloquece.

10

Un vestido carece totalmente de sentido, salvo el de inspirar en los hombres el deseo de quitártelo.

FRANÇOISE SAGAN

Eva coquetea con Mario en la oficina

La relación de Eva y Mario es cada vez más estrecha. Se han convertido en algo más que colegas de trabajo. Lo del desayuno en el bar ya es un hábito y cada día se inventan un juego distinto para poder charlar y hacer el tonto un rato.

—Mario, se ha atascado el cajero. ¿Te importa ayudarme? —suplica Eva gritando desde la calle.

—¡Voy! —responde Mario levantándose de la silla contento de poder ir al rescate.

El chico sale a la calle a la velocidad del rayo. Si tiene la oportunidad para hacerse el hombretón, no la puede desperdiciar. Se acerca al cajero, inserta una tarjeta del banco, descubre que todo va bien y mira a Eva con cara de incredulidad.

—¿Qué le pasa?, no veo nada raro. —Lo vuelve a comprobar poniendo y sacando la tarjeta de forma compulsiva.

—Pues claro que está bien —aclara Eva sacando la tarjeta y aprovechando la ocasión para rozar su mano—. De esos gilipollas me lo espero, pero ¿de ti? ¿Te crees que no sé arreglar yo solita el cajero? —le susurra al oído.

—Vale, me la has colado. —Mario sonríe e introduce la tarjeta una vez más para alargar el momento y arrancarle una carcajada a Eva—. ¿Qué es lo que quieres?

—Muchas cosas quiero. No sé. ¿Comemos juntos hoy? —Mientras coquetea le da a las teclas para que los compañeros de oficina no sospechen nada raro.

—Venga, sí. He traído táper, pero me lo puedo comer para cenar. Porque si espero a que mi mujer me haga la cena, lo tengo claro.

—¡Serás machista! —bromea ella pagándole un cachete en el brazo.

—Sabía que saltarías. Madre mía, no dejas pasar ni una —contesta él, chistoso, riéndose.

—Pues no conoces a mi prima la Sari. Llegará dentro de unos días y se quedará en mi casa. Fliparás con ella. Lo suyo no es feminismo, es un nivel superior. ¡Y solo tiene veinte años!

—Pues ya la sacaremos a pasear —responde él mostrando interés.

—Sari no necesita que nadie la saque, sabe pasear sola. Es muy linda, pero ni tocarla, ¿eh? —puntualiza Eva, celosa.

—¿Cómo puedes pensar eso de mí? Si no me atrevo contigo, ¿cómo quieres que lo haga con tu prima? —Se gira bruscamente al darse cuenta de que se ha formado una cola de tres personas que esperan para sacar dinero, y también porque siente un poco de vergüenza por lo que acaba de soltar casi sin darse cuenta.

—Ya sé que tú solo tienes ojos para Lady Melatonina —bromea Eva notando que su rostro se ha puesto ultrarrojo por el halago que acaba de recibir de su compi.

—¿Tienen para mucho? —pregunta, ansioso, un chico joven con rastas que parece que se ha dado cuenta de todo.

—¿No funciona? —le pregunta una viejecita, que es la siguiente de la cola.

—Sí, señora, ¡arreglado! —la tranquiliza Eva al tiempo que se aparta del cajero—. ¡Todo suyo!

Mario se parte de la risa con el apodo de Lady Melatonina que Eva le ha puesto a su mujer. Le encantaría contárselo a Marina, pero le gusta tener ese secreto con Eva. En su mente conservadora, es como si le fuera infiel solo por esconderle esa pequeña amistad, y eso le parece excitante. Eva no tiene que engañar a nadie, pero el flirteo que se lleva con Mario le encanta. Los diez metros que separan el cajero de sus respectivas mesas les parece una eternidad y saben cómo aprovecharlo.

—Ay, Mario, algún día te liaré. —Eva coquetea con él y le guiña el ojo antes de sentarse.

—¿En qué me vas a liar? —le pregunta cogiendo unos rollos de datáfono que están al lado de Eva y rozándole sutilmente la espalda con su cuerpo.

—Ya sabes en qué —le susurra de forma sexy al oído.

—No sé de qué me hablas —replica él con disimulo sentándose en su sitio.

—No, ni poco.

Eva sonríe al tiempo que ordena la mesa como buena *control freak* que es. Mientras han estado fuera, algún compañero le ha cogido la grapadora y la ha puesto en el sitio equivocado, algo que Eva no puede tolerar.

La verdad es que Mario y Eva cada día coquetean más. Es más bien un juego inocente y, al trabajar juntos, es como si supieran que jamás pasará nada. Bueno, eso lo piensa Mario, Eva va más allá. Después de otro finde de bajón, ha tenido una idea superdivertida para activar su vida sexual y ligarse a Mario. Le quiere proponer su excitante idea durante la comida y desea con todas sus fuerzas que le salga bien. Mario no tiene ni idea de lo que Eva le va a decir, pero lo cierto es que las ganas de tener algo con ella cada día van en aumento, aunque le parezca imposible que suceda.

Diez minutos antes de ir a comer, Mario se encierra en el baño de la oficina. Se baja los pantalones para mear, pero lo que en realidad desea es masturbarse pensando en Eva. Apoya su cabeza en las baldosas de la pared y se agarra el pene con la mano. En medio segundo ya la tiene dura, durísima. Con el dedo gordo se acaricia el glande pensando en todo lo que le haría a Eva: agarrarla del pelo, lamerle las tetas, morderle las nalgas. Con ella no sería delicado como con su mujer, con ella podría ser como un animal. Le arrancaría el precioso vestido de flores con el que se ha presentado hoy al trabajo... Le excita imaginarlo y a la vez le aterroriza. «¿Y si no estoy a la altura?», «¿Y si no se me levanta?», piensa. Lleva casi toda la vida follando con Marina y no sabe si podrá ser tan explosivo como Eva. En cualquier caso, desearlo sin sentirse culpable ya le parece un logro.

—Venga, dispara —le sugiere Mario, cuando ya van por el segundo plato. Eva aún no le ha contado nada de su plan.

—Mierda, me da mucha vergüenza.

—¿Vergüenza tú? ¡No me lo creo! —exclama Mario observando lo roja que se está poniendo Eva.

—Bueno... —empieza a decir Eva, excitada—. Se trata

de un plan que me ha salido y que me da rabia no aprovechar. Se lo iba a proponer a algún tipo de Tinder, pero ninguno me pone lo suficiente.

Eva da un trago de vino blanco, mira a su alrededor para asegurarse de que no hay ningún conocido cerca y acaricia de forma muy sutil la mano de Mario sobre la mesa.

Mario se da cuenta de que la cosa va en serio y el mundo se para. Solo el roce con la piel de Eva ya le ha puesto más cachondo de lo que ha estado en los últimos dos meses. Se siente como un niño de siete años a punto de robar una chocolatina de la tienda de la esquina. Sabe que no está bien robar, pero es terriblemente excitante. No mueve la mano por miedo a que Eva note lo sudada que está y porque le gusta esa sensación, ese calor, ese intercambio de energía. Es curioso porque la mayoría de las parejas no toleran una infidelidad real, un intercambio de sexo y fluidos, en cambio, no dan importancia a algo como lo que está sucediendo en esa mesa. Una mirada, la complicidad entre dos personas puede ser más fuerte que un polvo cutre con un desconocido. Pero así es como nos han educado.

—Ya sé que solo somos amigos y que está Lady Melatonina…, pero creo sinceramente que nos iría bien a los dos —suelta Eva clara y directa como es ella, sin mover la mano—. Me apetece follar con complicidad, con alguien que me conozca y me entienda. Y tú necesitas ser infiel a tu mujer. Tienes que salir de ese bucle, hasta que no lo hagas no podrás darle el sexo que deseas proporcionarle.

Mario está alucinando. Es como si Eva hubiera entrado en su mente y supiera lo que quiere, lo que desea y lo que necesita. No dice nada, solo escucha. Se ha quedado petrificado y a la vez un poco desconcertado. No está acostumbrado a que le hablen así.

—Propongo un plan de una sola vez. Esto es importante, ¿de acuerdo? —continúa Eva retirando la mano. Mario, nervioso, aprovecha para limpiarse el sudor con la servilleta.

—De acuerdo —responde obediente.

—Pues te cuento... Tengo un colega que trabaja en el hotel Salvador, el del puerto; es el relaciones públicas del restaurante. Me ha dicho que, a cambio de un par de *stories* de Insta, me ofrece un menú degustación y una habitación para hacer la siesta después de comer, ¿cómo lo ves?

Mario se queda en silencio. Piensa que el plan no puede ser más perfecto. Solo un par de amigos que van a comer y luego duermen la siesta. Así es como hay que mirarlo. Pero claro, si solo el roce de su mano lo ha puesto taquicárdico perdido y ha sentido la losa de la culpabilidad aplastándole la cabeza, ¿cómo podrá vivir después de engañar de verdad a su mujer? No sabe muy bien qué pasará, solo tiene claro que esta es una de aquellas oportunidades que solo se presentan una vez en la vida y que uno tiene la obligación de aceptar. Y más si te la ofrece una mujer tan linda como Eva.

—¿Qué me dices?, ¿te atreves? —insiste Eva, que está muy nerviosa y, ansiosa como es, necesita una respuesta ya.

—¿El hotel tiene spa? —pregunta Mario, coqueto.

—Sí.

—Pues, venga, digo que sí —responde, levantando la copa y chocándola con la de Eva.

11

Mi opinión en lo que se refiere al placer es que hay que emplear todos los sentidos.

MARQUÉS DE SADE

Isidro y la Mari juegan con las mordazas

La pareja de enfermeros acaba de echar un polvo en uno de los hoteles que acostumbran a frecuentar. Siempre de día. Esta vez se han marcado una sesión *light* de BDSM. A Marina le gusta atar a su amante y hacerle todo lo que a ella le apetece. A Isidro le encanta el rol de esclavo, aunque fuera de la cama se muestra como un auténtico hijo de la educación heteropatriarcal y no duda en sacar su carácter controlador y desconfiado.

—¿No te cansas de follar siempre en hoteles? —pregunta Isidro tratando de sacarse un bloqueador de muñeca que se le resiste.

—¿Quieres volver al cuarto de la limpieza? —contesta Marina con cachondeo intentando levantarse sin éxito.

Isidro la agarra del brazo, la tira en la cama y se sienta encima de ella dejándola totalmente inmovilizada y agarrándola por las muñecas. Por una vez abandona el rol sumiso y se muestra fuerte ante su amante. Ella intenta huir de sus garras haciendo fuerza con las piernas, pero él no la suelta. Se besan con pasión, pero, incluso inmovilizada, Marina sabe mostrar su fortaleza. Aparta la boca de sus labios y le da un buen muerdo en el cuello. Él se deja morder y levanta la cabeza como si fuera la víctima de un vampiro. Ella le lame y él cae rendido.

—Te lo digo en serio, ¿no te molaría hacerlo algún día en el sofá de tu casa o en el baño de la mía? —le susurra Isidro mientras le agarra el pelo con la mano.

—Soy alérgica a los gatos, ya te lo dije. No puedo ir a tu casa, me pondría enferma. —Marina miente entre gemidos, como ya habréis deducido.

—¿Y en la tuya? —insiste él.

—No me apetece —responde seca dejando de gemir.

El típico jarro de agua fría que acostumbra a tirar Marina cuando algo le incomoda. Isidro pretendía sacar algo tierno de su amante, pero se ha llevado un buen chasco. Está harto de hacerse el loco y quiere que su relación avance, así que se incorpora y se sienta en la cama esperando que Marina desarrolle un poco más su argumento.

—Me encantan los hoteles, lo sabes —le recuerda ella acariciándole el brazo—. Me siento segura. Nada malo nos puede pasar aquí. Es morboso, excitante y cómodo. No es necesario que durmamos juntos, podemos soñar a cualquier hora del día y gritar sin miedo a que nos oigan los vecinos. Me gusta porque no hay nada que huela a ti ni a mí, solo a nosotros. Me gusta que vengas con tu maletita y me muestres todo lo que te gusta: las fustas, las cintas de satén, las cuerdas de yute que tanto me gustan… Me gusta ser tu zorra, tu ama o tu esclava. Me gusta no sentirme juzgada y me gusta cómo me follas. Adoro tu pene. —Marina tumba a Isidro en la cama como si este fuera un niño, recupera su rol, se sienta encima de él y le acaricia el pene como si fuera suyo. Le da morbo colocarlo de forma que parece que ella tenga polla. Le gusta jugar a este juego. Y a Isidro le encanta pensar que está con una persona trans, con una buena polla y unos pechos divinos. Marina masajea el tronco del pene arriba y abajo mientras coloca la mano de su amante en su pecho.

—Me gusta cuando me entra por el coño, por el culo o por la garganta —susurra—. Me gusta que dejes que te ate a la cama, que te venda los ojos y te observe mientras bebo una copa de vino. Eres como un ángel para mí, Isidro, pero no quiero nada serio contigo. Solo sexo. Lo entiendes, ¿verdad?

Isidro se siente herido. Marina no para de echarle jarros de agua fría. Ya van dos en menos de diez minutos. Así funciona su relación: una de cal y otra de arena. Él no lo dirá nunca en voz alta, pero le encantaría dormir con Marina y tener una relación más convencional. Le encantaría follar sin condón. No le gusta nada esconderse y no entiende por qué tiene que hacerlo. Se siente idiota cuando en el hospital le preguntan si tiene pareja y tiene que mentir.

Normalmente es él el que fastidia a sus amantes llevándolas por donde quiere. Es de los que contesta los wasaps con tres días de retraso, si hace falta, pero con Marina no. Con ella, sabe que no puede contestar tarde porque es muy probable que pierda la oportunidad de echar un buen polvo. Al principio sus pensamientos eran muy simples. «A esta chica le tengo que decir siempre que sí porque no se sabe cuándo le va a volver a apetecer tener sexo conmigo», pensaba, y esta sensación se ha acabado convirtiendo en una dependencia emocional enorme. Isidro está todo el día pendiente de Marina y del móvil. Está enganchado a ella como si de una droga se tratara, y no soporta sentirse así. Siente que está perdiendo el control y que ha llegado a un punto en que tiene que poner los cojones encima de la mesa. Está siendo ninguneado, y esto no puede ser. Nunca se había sentido así y no sabe cómo gestionarlo. Se levanta de la cama apartando a Marina con brusquedad.

—¿Hay más hombres en tu vida? —le pregunta, nervioso, tras apurar la copa de vino.

—¿Qué pasaría si los hubiera? —responde ella en tono desafiante. No soporta que la trate de una forma tan brusca.

—¡Pues que me jodería! ¿A ti no te jodería que me comiera otros coños?

—La verdad es que no. La monogamia está sobrevalorada —afirma ella toda chula mientras se pone la ropa interior aburrida de mujer aburrida que no quiere escandalizar a su maridito.

—¡¡Venga, vaaa!!, no te creo. Llevamos más de un año juntos. No te comportes como si no te importara. —Isidro se muestra agresivo, le acerca su boca como si la fuera a morder.

—Claro que me importa y me importas. ¿Quién ha dicho lo contrario?

—No lo sé. ¡Eres tan misteriosa a veces! Yo también te miro cuanto te ato o te vendo los ojos. Sobre todo cuando acabas de correrte y me aprietas tan fuerte la mano que pienso que la vas a desintegrar. Veo una cara excitada, pero también perdida. —Se pone los pantalones sin los calzoncillos y busca los calcetines debajo de la cama—. A veces me cuesta saber si eres feliz. En el hospital nadie sabe nada de ti. Eres la rarita del equipo. Lo sabes, ¿no?

—¡No me digas! Pues yo pensaba que era la más popular del centro —ironiza ella.

—A tu manera eres popular, sí. Una popular rarita y *freaky*.

—Me da igual. Estoy acostumbrada a ser la rarita. Bueno, oye, me voy a ir —dice ofendida. Se levanta de golpe y acaba de vestirse.

—¿Te ha molestado lo que te he dicho? —pregunta Isidro mientras se ata las deportivas.

—No, para nada. Solo que estoy cansada y tengo cosas que hacer esta noche.

Marina se lava la cara a la velocidad del rayo, se cepilla los dientes y se marcha pitando. Isidro tira el condón a la basura, recoge todos los juguetes y los coloca con delicadeza en su maletita *fetish*. Un piquito de rigor deja al pobre enfermero desconcertado y cabreado. No le gusta nada sentirse vulnerable y nota que en esta relación da más de lo que recibe.

—Voy saliendo, ¿vale? Nos vemos mañana en el hospi.

—Piensa en lo que te he dicho, ¿ok? —grita Isidro mientras observa cómo su amante huye.

—¡Que sííí! —responde Marina desde el pasillo.

Marina sale del piso, se monta en el ascensor y marca el cero.

Isidro, que también está listo, baja corriendo por la escalera sin que ella se dé cuenta, para observarla desde la calle. El enfermero no puede con tanta intriga. Lo suyo empezó como un rollo tonto, pero después de un año no se conforma solo con eso. Quiere más, pero antes tiene que descubrir si Marina es una chica misteriosa y rarita o si en realidad esconde algo. Se dispone a seguirla, primero andando, luego en el metro, hasta su casa. Escondido detrás de un coche, observa que un hombre moreno, alto y guapo se acerca a ella y le da un beso en los labios. Entran juntos en la portería. Isidro está confundido, no sabe si se trata de un amigo, de su pareja o de su último rollo. Le hace una foto con el móvil y llama a un taxi.

12

El sexo forma parte de la naturaleza, y yo me llevo de maravilla con la naturaleza.

MARILYN MONROE

Llega Sara y lo pone todo patas arriba

Se abren las puertas de cristal de la zona de llegadas del aeropuerto y aparece ella. Lady Luz, así llama Eva a su prima Sari. Brilla tanto que no hay que hacer esfuerzo alguno para verla. Alta, regordeta, con el pelo rizado como ella, pero de color oscuro, llena de piercings y tatuajes, y con suficiente energía para poner en funcionamiento una central nuclear. Viste fatal pero a ella le queda bien. Qué rabia da eso, ¿verdad? Esa gente que cuanto más cutre viste más guapa está. En fin, que Sarita ha llegado a la ciudad y su prima Eva ha ido a recogerla en coche al aeropuerto para llevarla a cenar a Villa Moni.

—¡Guape, qué estrés! Con lo que me apetece una ducha ahora, tengo que ir a ver a la familia. Estoy muerta, ya te vale, ¿eh?

—Tienes que ir, prima. Esta reunión familiar necesita tu compañía —insiste Eva mientras abre el maletero para que coloque su mochila.

—Madre mía, qué misterio.

—¡Qué ilusión que estés aquí por fin! —dice Eva entusiasmada pisando el acelerador.

—¡No corras tanto, que no llegaremos! —exclama su prima un tanto asustada.

—No sabes la de noticias que tengo que contarte.

—Bueno, empecemos por lo importante. ¿Tenemos al Chico Coda neutralizado?

—Totalmente. Ya ni me acuerdo. Parece mentira que una relación que con el tiempo se demuestra que no valía nada, en su momento te dejara hundida en la miseria. Suerte que el tiempo lo pone todo en su sitio. Me miro y no me reconozco.

Como ya podéis imaginaros, eso no se lo cree ni ella, pero a veces tenemos que decirnos a nosotros mismos las cosas que deseamos, para que se cumplan. A Eva le cuesta mucho trabajo deshacerse de un desengaño y cree que follándose a Mario todo se arreglará. Ya veremos si es así.

—Genial. Y Mario, ¿te compró el plan del hotel, así sin más?

—¡Ay, prima, estoy excitadísima! Ni me lo creo.

Se pasan el viaje contándose sus aventuras y divagando sobre qué tipo de amante será Mario. Aparte de la medida de su pene o de si se ha depilado o no, hay multitud de factores que te pueden cortar el rollo en una sesión de sexo. Hay que tener controlado el lubricante, los condones y no beber demasiado. Follar borracha es como comer borracha, siempre sienta mal y no te deja disfrutar al cien por cien.

—No sé si tengo ansiedad o nervios —le dice recolocando el móvil para ver bien el GPS—. Estoy excitadísima, pero tengo un nudo extraño en el estómago.

—Lo pasarás bien, seguro. ¿Qué puede salir mal?

—No sé. Solo sé que necesito divertirme porque, de lo contrario, me voy a cortar las venas. Mi vida es demasiado aburrida. Y solo pensar en follar con alguien como Mario... ¡me da un morbo! Lo pasamos tan bien en el mundo terrenal que en el sexual tiene que ser la leche.

—¿Y qué haces para que tu vida sea más divertida? —la presiona la prima.

—¿Te parece poco lo de Mario?

—Sí, me parece poco. —Sara sonríe picarona—. Si quieres, el próximo mes te vienes conmigo a una fiesta liberal.

—¿Cómo? —Eva se exalta, gira la cabeza para mirar a su prima y da un leve volantazo—. No llevas ni media hora en la ciudad y ya tienes una fiesta programada. Es que flipo contigo.

—¡Y yo flipo con tu forma de conducir! —responde Sara asustada, agarrándose al asidero del coche.

—Relájate, Lady Luz, que pareces mi madre. ¡Háblame de esa fiesta, anda!

—Pues que tú vendrás conmigo. Pase lo que pase con el Mario este, ¿me lo prometes?

—Venga, sí, me apunto. Total, Mario no dejará a su mujer por mí —afirma deseando estar equivocada.

—¡Aunque la dejara! —exclama Sara indignada—. No tienes que esperar nada de nadie. Tú eres libre y tienes que tomar tus propias decisiones dejando aparte las relaciones sexoafectivas que puedas tener o de las que puedas disfrutar. Por no hacerlo el Chico Coda te dejó hecha polvo, y es que proyectas demasiado. Das demasiado y esperas demasiado de los hombres.

—Ay, no, Sari. Un sermón ahora no, por favor te lo pido —le suplica visiblemente afectada, soltando una mano del volante para pillar el bolso que está en el asiento trasero del coche.

—Ya lo cojo yo —se ofrece Sara en un intento de asegurar su supervivencia—. ¿Qué quieres?

—¡Un cigarrillo! Están en el bolsillo del interior.

—Es que alucino, prima. Te estás colgando de ese Mario y ni siquiera te lo has follado —comenta Sara hurgando el bolso.

—Bueno, me estoy haciendo ilusiones, pero eso no es malo. Si no fuera así, significaría que no me gusta y entonces, ¿para qué tirármelo?

—¿Cuánto queda? —pregunta Sara intentando no entrar al trapo discurseando sobre las falsas creencias que tenemos interiorizadas—. Me estás poniendo enferma y me estoy mareando con tanta curva.

—No queda nada, dos minutos más y llegamos.

—Pues ya te fumas el cigarrillo cuando estemos allí, que no lo encuentro.

Mientras, en la otra punta de la ciudad, Mario y Marina están cenando en casa sin apenas mirarse a los ojos. Mario se comporta como si estuviera enfadado, aunque en realidad está confuso. Por una parte se nota excitadísimo pensando en la siesta que se va a pegar con Eva y, por otra, siente que le está fallando a su mujer. Es curioso cómo las escenas pueden variar según los pensamientos que tengan los personajes. Nos encontramos ante un matrimonio que no se comunica. Él está ultracachondo pensando en el polvo que va a pegar con su compi de trabajo y ella está relajadísima después del polvo que acaba de echar esa misma tarde. Sería bonito que pudieran hablarlo. Pero no. No están en este punto y, seguramente, si Marina supiese lo de Eva, la excitación de Mario caería en picado.

«¿Será por eso por lo que la gente engaña tanto a sus parejas?», se pregunta Mario al notar que la enorme calentura no lo abandona. Mira a su mujer, que está jugando con la comida como si fuera una niña pequeña, y además de excitación siente un sudor frío que lo descoloca. Remordimientos con toda probabilidad.

—¿Quieres más o me lo llevo? —le pregunta Mario al ver el plato de pasta que Marina casi ni ha probado.

—Sí. Ya estoy, gracias —responde ella.

De repente suena el timbre de la puerta. Los dos se sorprenden porque no esperan a nadie. Marina se adelanta y mira por la mirilla. Respira aliviada al ver que se trata de su vecina japonesa, a veces les sorprende llevándoles la comida sobrante del restaurante donde trabaja.

—¡Es Bai! —grita emocionada Marina, que temía que pudiera ser Isidro. Nunca le ha dicho dónde vive y ella no se ha dado cuenta de que la seguía, pero esta noche ha tenido una extraña corazonada y, viendo cómo actúa últimamente, teme que sea capaz de eso y de mucho más. La relación con su amante ya no se sostiene y sabe que, tarde o temprano, descubrirá su gran mentira.

—¿Habéis cenado, vecinos? —pregunta Bai superamable.

—¡Nooo! —mienten los dos a la vez.

—Pues para vosotros la bandeja entera. Hoy ha sobrado mucha comida en el Kin Sushi Bar.

—Gracias, Bai. Eres la mejor vecina del mundo —afirma Marina muy agradecida.

—Ídem. —Mario se suma al agradecimiento y agarra la bandeja repleta de maquis y sashimis.

Se cierra la puerta y, de repente, el sushi se convierte en una enorme pipa de la paz. Marina recuerda aquellos tiempos en que no paraban de comer y de follar. Se deseaban con solo tocarse, y una noche de sushi y sexo arreglaba cualquier bronca y toda sombra de aburrimiento. Hace años que no hay noches de sushi. Una enorme nostalgia invade el ambiente. De pronto se acuerda de que hay una botella de sake en el congelador y piensa que ha llegado el momento de sacarla.

—Cari, ¿te apetece volver a cenar?

Mario, sorprendido de que su mujer le llame así después de tanto tiempo, sonríe y abre la bandeja de comida emocionado.

—¡Adelante! —grita.

Eva se está fumando el cigarrillo a la puerta de Villa Moni mientras espera que su hermana les abra.

—¿Por qué tarda tanto? —pregunta Sara mirando a través de la verja.

—Es así, siempre lo hace. Antes me ponía histérica, pero hay que aceptar las cosas como vienen, al menos, eso dice mi psicóloga. Así que he comenzado a aplicar su consejo y, si mi hermana tarda, yo aprovecho para fumar.

—Bien visto —apostilla Sara.

Como si la hubieran invocado, Mónica se asoma a la ventana y les tira la llave para no tener que bajar. Las dos primas entran, saludan a los perros y se dirigen directamente al comedor, donde está toda la familia.

—¡Ya era hora! —les reprocha la señora Sala al ver entrar a las dos chicas por la puerta.

—¡Tía Julia!, ¿no te alegras de verme? —pregunta Sara riendo y dándole un par de besos.

—Claro, tesoro. Pero hace media hora que la cena está servida. —La señora Sala, impaciente, mira de reojo a Eva y da un sorbo a una copita de vino.

—Culpa mía, el vuelo ha salido con retraso —se disculpa Sara para proteger a su prima.

—¡Ni caso! —grita Mónica, que va corriendo a abrazarla y analiza el look estrafalario de Sarita para luego poder criticarlo.

—Primita, ¡cómo te has puesto! Frena que pronto no pasarás por la puerta —concluye, después de repasarla de arriba abajo.

—Igual la que tendría que frenar un poco eres tú. No me avergüenza mi cuerpo, me gusta y me siento bien con él —contesta Sara dejando claro que la primita ha crecido y tiene las ideas muy claras.

—Claro, perdona. Si estás guapísima. Más gordita, pero monísima —intenta arreglarlo Mónica.

Sara ni contesta. Se limita a dejar la mochila en la entrada, se quita la chaqueta y se lava como puede en el baño. Llega de un viaje largo y huele a sudor. Cuando regresa al comedor, observa que toda la familia está sentada esperando a que la invitada dé su bendición para empezar a comer.

—¿Y qué nos cuentas, Sara? ¿Cómo está tu madre? —pregunta la señora Sala como si no hablara con su hermana ochenta veces al día.

—Viva —responde seca la benjamina.

Todos se quedan mudos y la esclava suelta una carcajada.

—Pues me alegro mucho por ella. Di que sí. Cumplir años a nuestra edad es una bendición —afirma Aurelia, la esclava.

—Bueno, ella es un poco más joven, se lleva solo diez años con Mónica —puntualiza Sara devolviéndole el dardo a su prima mayor y lanzándole una mirada asesina.

Moni coge con desdén la bandeja del arroz con pollo con ganas de ponérsela de gorro a Sara, pero respira hondo y, como buena anfitriona, se dispone a servir a los comensales. Al llegar el turno de la prima, esta le aparta la bandeja con la mano.

—¿Qué pasa ahora? —pregunta Mónica resoplando.

—Que no como pollo, soy vegana.

—Pues nada, te pongo solo arroz —dice Mónica.

—¡No! Ese arroz ha estado en contacto con el pollo. No me lo puedo comer.

—Qué gilipollez —sentencia la señora Sala—. Cómo se nota que no habéis pasado ninguna desgracia. Si mi padre levantara la cabeza, te metía el pollo por...

—Es una cuestión ideológica —salta Eva en defensa de su prima.

—No me parece bien que haya que matar animales para comer —aclara Sara, que ya se ha puesto en modo Lady Luz—. Tampoco me parece bien que los usen para hacer abrigos o bolsos como ese que está colgado en la entrada. Si no tomamos consciencia, este mundo se va a ir a la mierda y, lo siento, pero a mí me quedan muchos años por vivir.

—O sea que lo haces por ti, ¿no? —pregunta cínica la señora Sala mientras pincha una enorme pata de pollo con el tenedor.

—Y por el planeta, claro —responde Sara.

—Pero si te dijeran que te queda una semana de vida y te pusieran aquí un asado argentino, ¿no te lo comerías? —pregunta socarrona la tía.

—No me lo comería ni de coña.

—¿Dirías que no a una entraña, un chorizo criollo, un vacío a la leña? ¡No me lo creo!

—Qué más me da.

—No, si yo estoy muy de acuerdo contigo —asegura la esclava—. Hay que cuidar el planeta. La chaqueta que llevabas al entrar, por ejemplo, la que has dejado colgada en el pomo de la puerta del baño, ¿cuánto te ha costado?

Todos escuchan atentamente a Aurelia, saben que, cuando se pone así, es porque va a soltar alguna perla de las suyas.

—Pues seguro que menos que tu bolso de marca —contesta Sara.

—Segurísimo, pero ¿sabes cuál es la diferencia entre mi bolso de marca y tu chaqueta? Te lo voy a decir: mi bolso está hecho de piel de vaca muerta que ha sido sacrificada para el consumo de carne —dice la esclava—. Es un bolso un millón de veces más sostenible que esa mierda de chaqueta que seguramente han fabricado en el sudeste asiático con mano de obra infantil, y que, como es una auténtica mierda, te va a durar tres días. El mundo se llenará de miles y miles de chaquetas que cuestan cinco euros, mientras que mi bolso de marca de origen animal se mantendrá intacto por los siglos de los siglos. Amén.

—¡Brindemos por ello! —dice la señora Sala, emocionada. A continuación inquiere a su sobrina con tono burlesco—: Porque beber, sí bebes, ¿no, querida?

—Bebidas sin gluten, sí.

—¿También eres celíaca?

Mónica y Eva se miran y no pueden evitar una carcajada.

—Intolerante. Bueno, toda la vida me ha sentado mal el pan y todo lo que lleva trigo. Por lo visto, según me dijeron en una constelación familiar, todo el problema viene de que mi madre no me dio el pecho. Eso agudiza los traumas, y también es fatal para el aparato digestivo. El estómago es nuestro segundo cerebro.

—Qué curioso, ¿no? —Eva alza la voz impresionada por las palabras de su prima.

—¡Tonterías! —sentencia su madre mirando a Sara—.

Yo di de mamar a Eva, y a Mónica, no. Y míralas, comen como cerdas. ¡Las dos! —suelta. Sus hijas, que están comiéndose el pollo con las manos como si no hubiera un mañana, al oír estas palabras, frenan en seco avergonzadas.

—¿No me diste de mamar? —pregunta Mónica escandalizada—. ¿Por qué?

—Porque entonces no era moda. No se llevaba. ¡Qué sé yo!

—Y a Eva sí le diste, ¿no? Ahora entiendo por qué siempre tenéis más conexión y... —Hace una pausa dramática y se levanta, alterada—. ¿Tendrá que ver con eso mi miedo al abandono? ¿Me siento abandonada por mi propia madre desde el día en que nací porque me negó su leche?

—No lo sé, tesoro. Pero está claro que tu miedo al abandono te empuja a escoger hombres como los que eliges —responde con tranquilidad la señora Sala. El Señor no ha ido a cenar y no puede escucharla.

—¿De qué hablas? —pregunta, sorprendida, Mónica.

—Del perfil. Todas tenemos un perfil, ¿verdad, mami? —añade Eva buscando el reconocimiento de su madre.

—Yo no. Yo me dejo sorprender en cada relación —afirma Mónica, que en realidad no puede sacarse a Mr. Rotring de la cabeza.

—Todas lo tenemos. No lo buscamos, pero lo atraemos —subraya la esclava—. Tu madre, por ejemplo, atrae a hombres más jóvenes que ella.

—¡Te quieres callar! —exclama con enfado la señora Sala pegándole una patada por debajo de la mesa.

—¡Anda!, la mami ha ligado —se ríe Eva.

—¡Nada! —se excusa la madre—. Un vecino guapetón que se esfuerza mucho en ayudarme con la compra y esas cosas. Pero ahora que lo pienso, igual es cierto. Vuestro padre era cinco años más joven que yo.

—¿Será porque eres una controladora y con un joven es más fácil? —aventura Eva para picar a su madre.

—¿Y tu perfil, Eva? —le pregunta Mónica consiguiendo que la cara de su hermana cambie por completo.

Eva se queda un segundo pensativa y decide sincerarse delante de su clan.

—Qué sé yo. Hombres con pinta de buenas personas que luego son unos cabrones con mirada tierna y triste. Hombres que parece que no te harán daño, pero luego te das cuenta de que ya vienen heridos de serie. Tú te esfuerzas en cuidarlos y protegerlos, ellos se dejan y llega el día en que te conviertes en su madre, y nadie quiere follar con su madre. Sí, ese es mi perfil. Hombres heridos que buscan una madre.

A Eva se le hace un nudo en el estómago después de soltar ese discurso. Piensa en el Coda pero también teme que esté repitiendo perfil con Mario. Le angustia y no quiere pensar en ello. Cree que Mario es muy buena persona, pero es cierto que está herido. Muy herido.

—Gatos —proclama Aurelia.

—¿Cómo? —preguntan todas en voz alta.

—Lo tuyo es muy típico, querida —prosigue la amiga esclava—. Se trata del síndrome del plato de leche. Te das demasiado a los hombres heridos porque los ves desvalidos. Es como si dejaras un plato de leche todos los días a la puerta de tu casa para que vaya un gato callejero a comer. Llegará un día en que te cansarás y entonces el gato te hará daño, reclamará su plato de leche de forma cruel y feroz. Eso es más o menos lo que te pasó con el sordo, ¿no?

—¡Que no era sordo! —grita Eva indignada porque ni Aurelia ni su madre han entendido que el Coda era intérprete de signos pero oía perfectamente.

Sin embargo, la esclava lo ha clavado. Eva ofrece demasiado y cuando se cansa porque no recibe nada a cambio ya es demasiado tarde. El chico herido, el gato hambriento, no agradecen nada, solo reclaman lo que les das gratis desde el primer día. Las relaciones son un toma y daca. Si solo das, la cosa acaba mal. Y sí, el perfil de Eva es ese claramente, gatos heridos que te arañan a la mínima que les pides un poco de atención.

—¿Y tu perfil, Aurelia? —Eva intenta sonsacarla para no pensar más en ella.

—Mi perfil son los hombres gorrones que solo me quieren por mi dinero. Es triste, pero es así.

—Bueno, después de este momento *Sex and the City*, ¿podemos hablar de mí? —pregunta Mónica, que se ha vuelto a levantar para demostrar que ahí la importante es ella.

—Os habréis dado cuenta de que mi marido no está, ¿no?

—Es verdad, ¿y el Señor? ¿Os habéis separado? Sería la bomba —insinúa Eva, histérica.

Han estado sentadas a la mesa durante toda la cena, ya van por los cafés, y parece que nadie había reparado en la ausencia del Señor. La esclava está con su copita de whisky, la señora Sala moja un trozo de melocotón en el vino tinto, Eva y Sara comparten un té *chai* que Lady Luz ha traído del pueblo, y Mónica bebe agua con gas, lo que hace sospechar que se ha vuelto a inseminar. Todas esperan atentas el monólogo que se avecina.

—¡Claro que no!, lo he mandado a casa de su madre porque no quería que escuchara según qué conversaciones, y he hecho bien, teniendo en cuenta la opinión que tiene mi madre de los hombres con los que me junto.

—Yo hablaba de los de antes, tesoro, Kike es adorable —se justifica la señora Sala—. Consérvalo porque pocos hombres te lo consentirían. Si yo le hubiera dicho a tu padre que se largara para que no asistiera a una cena familiar, creo que no habría vuelto nunca más.

—¿Has dicho consentir? —alucina la prima, que no puede evitar meter la puntilla—. Creo que estamos en un punto en el que no necesitamos ni pedir permiso ni que nos lo den. Este comentario es muy machista. Igual lo haces sin querer, tía Julia, pero creo que está bien decirlo en voz alta para que todes os deis cuenta del machismo interiorizado que llevamos dentro.

—Tesoro, mete el freno —la marca su tía.

—¿Has dicho «todes»? —pregunta la esclava pillando la botella de whisky y llenándose otra vez su vaso ancho.

—Mi madre tiene toda la razón, Sara —le aclara Mónica—. Pocos tíos entenderían que haga lo que voy a hacer y necesito que vosotras, mi familia, estéis al corriente.

A veces Eva no cuenta lo que le pasa porque siente que no tiene sitio en esa familia, su hermana lo acapara todo. Ahora mismo igual nos cuenta una gilipollez como algo hiperimportante, pero ella monta el *show* como si le fueran a dar un Oscar.

—Ese es mi perfil. Hombres de verdad. Hombres buenos.

—Dios, qué suplicio —resopla su madre—. ¡Venga, dispara!

—El tema es que Mr. Rotring ha vuelto a la ciudad y voy a quedar con él para demostrarme a mí misma que ya lo tengo superado.

—¿El famoso arquitecto con el que estuvo hace años? —pregunta bajito Sara a su prima Eva.

—Sí, prima. Aquí se masca la tragedia.

Todas guardan silencio, Mónica se sienta y su madre añade un cubito de hielo a su vino blanco antes de preguntar muy seria:

—¿Y nosotras qué pintamos en eso, tesoro?

—Nada. Quería que lo supierais por si no lo supero y eso. Me dijo mi psicoanalista que mejor preparara una red afectiva antes del gran salto.

—¿Y nosotras somos tu red? —pregunta la madre, desesperada, que está harta de las relaciones tóxicas de sus hijas y cree que es mejor pasar de todo y no sufrir.

—Cambia el vino por el whisky y no preguntes más —le recomienda la esclava a su amiga del alma acercándole la botella.

Durante la velada recuerdan los viejos tiempos, charlan sobre lo bien y lo mal que lo pasó Mónica con Mr. Rotring y valoran la posibilidad de que se vuelva a liar con él y que todo se desmorone. Aunque no estén de acuerdo en todo, son una familia unida y saben que, si ella las necesita, allí estarán todas. Un poco más tarde, salen al jardín para observar la luna desde las tumbonas y Eva recibe un wasap de Mario que la deja en shock.

Mario

Lo siento. No puedo seguir con tu plan ☹

13

Solo podéis sentiros sexualmente conectados con el otro si cada uno se siente conectado consigo mismo.

John Welwood

A la mañana siguiente, Eva no puede salir de la cama

Eva está completamente hundida, no se esperaba este chasco. Otro nombre para añadir a la lista de hombres heridos. Suerte que es sábado y no verá a Mario hasta el lunes. Se siente avergonzada y tiene la autoestima por los suelos. Pero lo que más le jode es pensar que el plan en el hotel no tendrá lugar.

Ha pasado horas imaginando cómo sería la velada y sus expectativas eran muy altas. No es la primera vez que se siente así, y sabe que quedarse mucho rato tumbada en la cama alimenta la tristeza y es peor. Hace unas cuantas respiraciones profundas y se levanta. Va directa a la cocina sin pasar por la ducha. Abre la nevera y mira qué hay. Tiene un montón de manzanas, puede hacerse un zumo. Le da pereza porque luego cuesta mucho lavar el colador y, como es engorroso, todos se conforman con el zumo de naranja, aunque el de manzana es mil veces más rico y sano. Lo mismo pasa con las relaciones: nos venden que somos media naranja incompleta cuando en realidad somos la fruta que nos dé la gana ser.

A Eva le encantan las manzanas y, con la puerta de la nevera abierta, piensa en las distintas posibilidades. Puede hacerse un zumo, o cocerlas al horno con canela, o preparar un puré con ellas. Al final se decide por una tarta. Para no complicarse demasiado, pone un poco de harina, mantequilla, agua, azúcar y sal en un robot para preparar la masa. La pone en un molde de metal y coloca los trozos de manzana, perfectamente cortados, uno encima del otro. Luego le añade un poco de canela y azúcar, y al horno. No sabe por qué ha decidido hacerla ni quién se la va a comer. Pero cocinar le sirve de terapia. Deja la tarta en el horno y se va a la ducha.

Mientras se viste, piensa que igual puede disfrutar del plan del hotel ella sola. ¿Una buena comilona y una siesta en un hotel de lujo?, pues no está tan mal.

Siguiendo con el plan original, lo primero que hace es ir a su tienda erótica favorita a comprarse algo. Después de todo, cuando una está mal, consumir y comprar ayuda a levantar el ánimo. Solo entrar por la puerta, la dependienta la saluda con la amabilidad de siempre.

—Hola, Eva, ¿qué tal? ¿Condones, lubricantes?

—No, Blanca, hoy necesito algo que me suba la autoestima. ¿Tienes algo nuevo en lencería?

—Pues nos han llegado unos monos de rejilla que son una auténtica pasada. Te lo pones y te sientes Superwoman. En serio, te transforman. Están abiertos por la entrepierna y los hay que dejan los pechos al descubierto.

—Guau —dice Eva observando la caja de la lencería—. Mira si tienes talla L, que esto lo veo demasiado pequeño para mí.

—Son talla única, pero te va a quedar bien, créeme. De hecho, cuanto más corpulenta, más se nota la rejilla y mejor queda.

—Venga, me has convencido. ¡Qué buena vendedora eres!

—No me digas eso, que se me ha ido Alba y no encuentro a nadie. Parece un trabajo fácil, pero no lo es en absoluto —dice ordenando la lencería—. Si se te ocurre alguien a quien le pueda interesar, me lo dices.

Eva piensa enseguida en su prima. Aunque es muy joven, se le daría de maravilla este trabajo, y seguro que lo puede compaginar con el curso de sexualidad que ha venido a estudiar a la ciudad. Además, la tienda de Blanca no es un sex shop de esos cutres y oscuros, y está buscando a alguien en la misma onda del local. La verdad es que Sarita encajaría muy bien, habla inglés a la perfección, tiene una mente muy abierta y su manera de ver la sexualidad le encantaría a Blanca.

—Sé de alguien que creo que podría encajar. Pero déjame que se lo pregunte antes, ¿vale?

—Genial, me das la vida.

—Y tú a mí —responde Eva agradecida mirando el body—. Me encanta. Aunque no sé quién lo va a disfrutar —añade con mirada tierna esperando algún consejo molón de los que suele dar Blanca.

—Bueno, tú te pones un vestido encima, quedas con un tinder y si la cosa sale bien, ¡tachán!... ¡sorpresa! —Hace el gesto como si se levantara el vestido.

Eva se queda callada pensando que lo que acaba de oír no es ninguna tontería. ¿Por qué iba a desperdiciar el hotel, el body y la tarde de sexo? Si Mario no la quiere, otro lo hará.

—Me lo quedo. Y ponme unos condones de tamaño estándar de esos elásticos que van más o menos bien a todos los hombres.

—El condón del follamigo, di que sí. —Blanca sonríe mientras coge una caja de seis.

Eva sale de la tienda excitadísima, con la aplicación de Tinder ya abierta. No hay tiempo que perder. Mientras se fuma un cigarrillo, va repasando sus *matches* uno por uno y de repente... ¡Bingo! Allí está Javier el Informático. En las últimas semanas ha estado hablando con él de sexo de madrugada, pero todavía no habían quedado. No es el tipo ideal desde el punto de vista intelectual, pero es guapetón y alto, y siempre se ha mostrado muy dispuesto a quedar. Justo lo que necesita en esta ocasión.

Eva
Hola! Tienes planes para hoy?

En menos de una hora, Javier Tinder ya ha confirmado. Eva ha llegado al hotel, ha comido sola como una reina, ha hecho las *stories* prometidas, se ha duchado y se ha vestido para la ocasión. No ha desperdiciado el momento ducha divina de hotel y se ha manoseado de lo lindo. Hay quien dice que no hay que masturbarse cuando sabes que te espera un buen polvo, que es como gastar la calentura de tu cuerpo, pero entre el disgusto de Mario y las ganas de follar, Eva no puede evitar erotizar su cuerpo. Primero con la alcachofa de la ducha y luego en la cama con sus propias manos.

El mono le queda cañón y, como la habitación del hotel está llena de espejos, aprovecha para hacerse fotos mientras se toca. Deja el móvil encima de la mesita, le da al temporizador y se hace un montón de selfis. Sin saber cómo, le sale un fotón increíble de su culo. Se lo mandaría a Mario para que viera lo que se está perdiendo, pero ha quedado con su tinder en diez minutos. No hay tiempo que perder. Se pone el vestido encima y cuando se dispone a bajar al vestíbulo, siente que golpean la puerta.

«Mierda, ¿ya está aquí?, si no le he dado el número de la habitación», se pregunta inquieta mientras se acerca a la puerta mirando la hora en el móvil.

—¿Hola?

—Soy yo, Javier. ¿Me abres?

Eva se pone bien el escote, se huele los sobacos, abre la puerta superexcitada y pone la típica cara como si se conocieran de toda la vida.

—Pensaba que quedaríamos abajo —dice mientras observa un cuerpo y una cara bastante diferentes de los del perfil de Tinder.

Todos queremos algo más que un cuerpo bonito, menos cuando quedas con alguien que no conoces de nada solo para follar. No me negaréis que es una cortada de rollo que se te presente alguien que no se parece mucho, por no decir nada, al personaje que te ha atraído en el perfil de Tinder o de cualquier otra aplicación. Nunca entenderé cuál es el objetivo de quien falsea su verdadero físico en las fotos. ¿Decepcionar? No lo sé. De todos modos, Eva lo observa y, aunque no le flipa, lo da por válido. Hay que darle una oportunidad. El tipo habla tanto de sexo que seguro que es de los que se lo trabaja.

—No he podido esperar y me han dado el número de la *room* en la recepción —deja claro mientras la agarra, le pega un morreo enorme y la tira encima de la cama.

—¡Calma! ¿No quieres un poco de agua o una copa? —lo frena ella.

—No, te quiero a ti. Por eso me has llamado, ¿no?

—Sí, claro.

Entonces Eva se da cuenta de que el tipo va muy a saco, quizá demasiado. Le entran dudas, aunque piensa que igual es lo que necesita: un polvo rápido que le haga ver las estrellas y olvidar a Mario. Ha llegado el momento de su actuación estelar. Se quita el vestido y deja el mono al descubierto esperando una reacción por parte de Javier que jamás tendrá, porque, por increíble que parezca, está más ocupado en bajarse los pantalones que en observar el conjunto de Eva.

—¿Has traído condones? —pregunta él mientras se saca la camisa a toda prisa.

—Sí, claro. Los tengo en el cajón —responde Eva un poco sorprendida por la prisa que tiene el chico por acabar cuanto antes.

—Pero no vas a metérmela todavía, ¿no? —reacciona ella, un poco asustada.

—¿Por qué no? ¿No me has llamado para eso? ¿Para que te empotre y te deje loca? —pregunta mientras le abre las piernas y se le abalanza encima.

Eva está empezando a sentirse incómoda. Eso no es lo que esperaba. Se encuentra en la típica situación en que o paras el polvo o te haces la loca, dejas que te follen en plan conejo y cierras los ojos esperando que todo pase lo más rápido posible. No han pasado ni dos minutos y el tío ya está empalmado, y no hace más que comerle la oreja babeándole el cuello y agarrándole el pelo con la mano.

—Sácate esa cosa —le grita. Eva no sabe muy bien a qué se refiere.

—¿Qué cosa?

—Eso que te has puesto —dice señalando el mono de

rejilla—. Quiero verte bien —aclara mientras intenta romper el envoltorio del condón con la boca.

—Mira, no —lo frena Eva apartándole las manos.

—¿No qué? —pregunta alucinado Javier.

—Primero, que los condones no se abren con la boca. Los puedes romper. Y, segundo, que no lo voy a hacer.

—¿Qué es lo que no vas a hacer?

—Ni sacarme esto ni seguir. Lo siento, no estoy a gusto. No es tu culpa. —Miente para evitar que la situación se vuelva todavía más incómoda. No conoce a este tipo de nada y siente que no tiene por qué darle más explicaciones. ¿Y si se enfada? ¿Y si le monta un pollo? ¿Y si se pone agresivo? El temor aparece, como tantas veces en estos casos, y considera que es mejor ponerse a salvo siendo políticamente correcta—. Es que no me siento conectada, y así no puedo.

—Pero me lo podías hacer dicho antes, ¿no? —objeta él, con un tono un tanto despectivo, elevando la voz y separándose de ella.

—Antes no podía saberlo.

—Pero has visto mi foto, hemos hablado. No sé por qué me haces perder el tiempo si no querías follar.

—¡Sí quería! —grita ella.

—¿Entonces?, ¿qué ha pasado? Me gustaría entenderlo.

—Pues nada. Que no hemos conectado, eso es todo.

—Pues no me había pasado nunca.

—Bueno, igual no te lo habían dicho. A veces pasa y no es culpa de nadie. Solo que...

—Solo que eres de esas a las que les gusta calentar y luego nada, ¿no...?, ya veo. —dice levantándose por fin de la cama.

—Oye, perdona. Creo que he sido bastante educada contigo. No te pases.

—Aquí la que se ha pasado, y mucho, eres tú —afirma con brusquedad mientras recupera su ropa y se viste a toda prisa.

—¿Ah, sí? ¿Y qué se supone que tenía que hacer? ¿Follar sin ganas? —Eva alucina, está inmóvil, acurrucada dentro de la cama, como si las sábanas la protegieran del lobo.

—¡No te entiendo, tía!

—Claro que no. No entiendes nada. Para empezar, no te pareces en nada al de la foto del Tinder. Eres más bajo de lo que decías y hueles raro.

—Vengo del gym, ¿vale? —contesta él, avergonzado.

—Te comportas como salido de una peli porno cutre y ni siquiera has traído condones.

—Venga, va, tía. Estás loca —la insulta mientras se sube los pantalones.

—¿Loca? Loca estaría si hubiera follado contigo. Si es que lo que íbamos a hacer era follar, claro.

—¿No te ha gustado mi polla tampoco? —pregunta acercándose mucho a Eva, como para intimidarla.

—Chico, eres muy básico. —Atrevida, se levanta de la cama, coge el móvil por si tiene que llamar a alguien que la venga a salvar y continúa hablando—. No sé qué coño hago dando explicaciones a un desconocido, pero si las quieres te las doy. Me importa una mierda cómo es tu polla si antes de metérmela no me acaricias los pechos, el culo y el coño. Si no me lo comes todo y no me masajeas bien con un buen lubricante. No puedes ir tan a saco, tío, en serio. Y «esa cosa» —dice mostrando la caja de la lencería vacía— es un mono divino que no te has dignado ni a mirar.

Javier el Informático se larga sin decir nada más y Eva se queda tirada en la cama, triste pero a la vez contenta de no haber hecho nada con semejante cromañón incapaz de valorar una buena lencería. Porque, parar un polvo, empodera.

14

En todo encuentro erótico hay un personaje invisible y siempre activo: la imaginación.

OCTAVIO PAZ

Mónica se lanza a la piscina

Mónica se ha citado con Mr. Rotring en un hotel a las afueras de la ciudad. Lejos de todos y de todo. Este fue siempre su *modus operandi*, que nadie los viera, solo ellos dos encerrados en su burbuja de sexo y pasión. Está muy inquieta, con una ansiedad de las gordas. No tiene muy claro para qué quiere ver a su examante ni qué va a conseguir, pero se lanza a la aventura como cuando tenía veinte años.

Pide un vino caro. Una botella entera de Clos Figueras, los vinos del Priorat siempre han sido los favoritos de Mr. Rotring. Se sienta en la terraza. Le sudan las manos y se le disparan los sentidos. Oye perfectamente la conversación de una pareja que está a tres metros de distancia y el sonido de una cotorra que picotea la rama de un árbol. Moni intenta relajarse. Si estuviera en casa, se metería en la bañera y se masturbaría. A eso lo llama la «paja terapéutica», le sienta la mar de bien, le quita el dolor de cabeza, la ansiedad y lo que sea. En efecto, si pudiera, ahora llenaría la bañera hasta los topes y se metería dentro. Con la mirada puesta en los dedos de los pies, como a ella le gusta, acariciaría su vulva con el chorro de la ducha mientras se apretaría con suavidad los pechos. El agua caliente y la sensación de desaparecer la envolverían... Pero no. No está en casa ni dispone de una bañera ahora mismo. Así que decide beber el vino y esperar.

Ya pasan quince minutos y Mr. Rotring no se ha presentado. Odia que le haga eso. Se lo hacía a menudo cuando eran amantes. Ella le mandaba un mensaje o lo llamaba, y él podía tardar horas en contestar, incluso días. Mónica empieza a recordarlo todo mientras su cuerpo se va calentando. Y no, no se calienta de forma cachonda, sino de cabreo. Viaja al pasado y recuerda la de veces que Mr. Rotring la dejó tirada con cualquier excusa. Luego la llamaba «princesa» y con cuatro arrumacos la tenía otra vez a sus pies. Moni respira hondo, intenta relajarse y confiar en que él irá, en que ya no es aquella niña asustada y puede esperar tranquila, como la mujer adulta que es, bien digna, tomándose, eso sí, otra copa de vino.

Al cabo de dos horas y sin respuesta a sus mensajes, Mónica sale del hotel decepcionada. Camina calle arriba dando tumbos por la exagerada ingesta de alcohol, no puede dar crédito a lo que acaba de pasar. Se siente gilipollas. Minutos más tarde, suena una notificación de WhatsApp. Su corazón pega un vuelco, su pulso se dispara, abre el bolso, cierra los ojos y se dispone a enfrentarse con la cruda realidad. La Mónica del pasado estaría preocupadísima pensando que le ha pasado alguna desgracia, pero podéis creerme si os digo que jamás tuvo ni un accidente, ni un ingreso en el hospital ni sufrió la muerte súbita de un ser querido. ¡Nunca! Su excusa fue siempre colocarse él en primer lugar. Abre el

WhatsApp y la decepción es máxima al descubrir que quien le ha escrito es su hermana.

Eva
Qué tal, guapi? Cómo lo llevas?

Mónica
Pues mal. No se ha presentado

Eva
Mierda. Lo siento, pero también me alegro.
Este tío es veneno

Mónica
Ya, pero me hubiera gustado poder considerarlo un amigo, después de todo. Al fin y al cabo, es alguien con el que he compartido cosas bonitas. Me hacía ilusión verlo

Eva
En serio, hermana? No te lo crees ni tú.
Por qué quieres ser amiga de un gusano?

Mónica
Ay, Eva, por favor!

Eva
Bueno, ya está, no?

Mónica
El qué?

Eva
Esta absurda historia. Sabes que no le ha pasado nada, verdad? Te ha dejado tirada otra vez y te llamará en un par de días suplicando tu perdón, como siempre hacía

Mónica
Igual ni eso. Veremos, tengo curiosidad

Eva
Ya me contarás. Chao

Mónica pilla el primer bus que encuentra y se pasa todo el viaje revisando sus conversaciones de WhatsApp. Hace horas que Mr. Rotring ha leído su mensaje, pero, por lo visto, tiene cosas más importantes que hacer que contestar con un simple: «Lo siento, se me ha complicado el día, no me esperes». Sería pedirle demasiado.

Mónica no soporta los desplantes, tampoco puede, ni ha podido nunca, con las personas que no contestan de forma fluida y normal los mensajes o las llamadas de teléfono. Considera que la gente que es capaz de dejarte una hora en «visto» y contestar luego como si hubiera pasado un minuto son perfiles asquerosamente egoístas a los que les gusta tener a la gente pendiente. Mónica no lo tolera. De alguna forma, cuando alguien se comporta así con ella, su cuerpo se pone en modo ansiedad y se sitúa en aquel pasado oscuro, en aquella época en la que tenía que aguantar el desdén de Mr. Rotring. Y eso es algo que no está dispuesta a aguantar de nadie. Nunca más.

Mr. Rotring no tiene ni idea, pero dejar tirada a Mónica hoy sin una explicación es lo peor que le podía hacer. Pero claro, él sigue pensando que habla con la Mónica de hace veinte años, y aquella cría sí se lo aguantaba y lo toleraba, eso y mucho más. Por suerte hace tiempo que ella dejó de ser la chica sumisa que conoció Mr. Rotring. Bueno, le sigue poniendo juguetear con esa idea de modo sexual con Kike en la cama, pero luego tienen una relación basada en el respeto. Es más, una de las cosas que más le gustan de Kike es que no tarda ni un segundo en contestar sus mensajes. Y si tarda es porque no los ha leído. Otra cosa que le encanta de su marido es que es asquerosamente puntual, como ella, que llega siempre media hora antes. Mr. Rotring, en cambio, siempre llegaba tarde, y eso... ¡cuando llegaba! Porque la dejó tantas y tantas veces plantada... Mónica se reprende a sí misma por haber pensado que hoy sería diferente, pero es que si algo tenía, y tiene, Mr. Rotring es la capacidad de ponerla supercachonda y anularle el sentido común.

Eva tiene razón, ese hombre es su criptonita. Y aunque, no ha querido reconocérselo a su hermana, lo que esperaba en realidad de esa medio cita era un buen *remember* sexual.

Antes de salir de casa, se ha depilado el pubis como sabe que le gustaba a su examante y se ha echado unas gotas de aceite esencial de ylang ylang, que a él le volvía loco, y no ha perdido la oportunidad de estrenar una lencería negra que tenía reservada para algún momento especial. También ha ido a la pelu, se ha quitado aquel absurdo color rojo con el que se tiñó y ha recuperado su melena castaña natural. Y todo para nada.

Después del plantón, Moni se encierra con el ordenador en el baño de su casa. Sentada en la taza del váter, revisa su antiguo disco duro, donde guarda todas las conversaciones subidas de tono de aquella época, las fotos eróticas y las películas porno caseras. Nadie sabe de la existencia de ese disco, ni Kike, ni su hermana ni siquiera su psicólogo. El archivo se llama «Mr. Rotring», apodo que él jamás supo que tenía. Abre las carpetas y los correos como si fueran pequeños cajones de su memoria y vuelve a vivir los últimos meses de aquella tortuosa relación, la más pasional y la que más la ha lastimado.

Me has hecho mucho daño. Me hice una película que jamás existirá. Por eso estoy tan triste. Planeamos juntos nuestra vida. Me dijiste que querías tener un hijo conmigo y tengo cada día más claro que esto no va a suceder jamás. Pero por alguna razón absurda seguimos alargando nuestra relación. Continúo teniendo necesidad de saber de ti, de contestar tus mensajes, de contarte mi vida y hablarte de sexo. ¿A quién le contaré mis fantasías ahora? A veces deseo que te mueras. Sé que es horroroso, pero pienso que quizá es para mí la única manera de asumir que ya no estamos juntos. Básicamente, porque no existes. Estoy hundida y me parece muy fuerte que una relación me haga sentir tanta ansiedad y angustia, tanto miedo y tan pocas ganas de vivir. Supongo que eso pasa cuando sueltas más energía que la que tu cuerpo y tu mente son capaces de dar. Cuando dejas de ser tú misma.

Mónica cierra el ordenador incapaz de seguir leyendo y se sorprende de sus propias palabras. Realmente, no hay polvo que se merezca esto. Entonces suena el WhatsApp, esta vez sí es Mr. Rotring:

Mr. Rotring
Qué tal princesa? Por dónde paras?

Mónica
Pues ahora en casa. Se supone
que habíamos quedado, no?

Mr. Rotring
No te vas a creer lo que acaba de pasarme

Mónica
A ver, sorpréndeme

Mr. Rotring

Estoy en un coche viaje a Bruselas
a punto de tener una entrevista con Norman Foster.
Quiere proponerme algo importante ☺

Mónica hace una pausa dramática, respira hondo y piensa seriamente en mandarlo a la mierda de una vez por todas. La Mónica del pasado ya no existe, pero Mr. Rotring parece no darse cuenta, vive ajeno a ello. Le gustaría decírselo a la cara, pero cae en la cuenta de que ahora tampoco ella es nadie para exigirle nada a él. La responsabilidad también es suya, una puede tropezar dos veces con la misma piedra, pero lo que no puede es encariñarse con aquello que la hace caer de bruces. Al fin Mónica contesta el mensaje de forma educada, como siempre ha hecho con él, mientras se plantea por enésima vez si de verdad tiene ganas de volver a verlo o si es simple adicción. Tras escribirle, se mira en el espejo redondo del lavabo y se siente muy tonta, con la maldita colonia que llevaba dieciséis años atrás y esa mierda de tanga de seda negro que le está destrozando el coño.

15

La coquetería es una propuesta de sexo sin garantía.

MILAN KUNDERA

Mario y Eva se reencuentran después del plantón

Las cosas están tensas en la sucursal del banco. Es lunes, hay mucho trabajo acumulado, pero Mario y Eva casi ni se dirigen la palabra. Ella está muy cortada y un pelín cabreada, Mario le ha hecho algo muy feo y por su culpa se ha comido una cita horrible. Él está confuso, teme haber perdido a la única amiga íntima que ha tenido en su vida y no le gusta nada la idea de tener que prescindir de ella. Aun así, en su cabeza se ha entablado una lucha entre el deseo de tener una amante como Eva y el de recuperar a su mujer.

—Eva, ¿tendrás un momento para mí? —grita Mario para que todos lo oigan y así ella no pueda decir que no.

—Sí, claro, dame un minuto —le pide ella mientras ordena los papeles y con la mano le indica que pueden quedar en la calle.

Eva intenta hacerse la fuerte, como siempre. No le gusta mostrarse débil y siente que lo mejor que puede hacer es comportarse como si no hubiera ocurrido nada. Enciende un cigarrillo para tratar de calmar los nervios y la ansiedad mientras espera a que salga Mario. Encima, el día no acompaña, está nublado y va a llover. A Eva le tiembla la mano con la que sujeta el cigarrillo y aunque aparente que es debido al frío, ella sabe que es por los nervios. Cuando se encuentra en este estado ansioso, se siente impotente. Piensa que la gente no sufre tanto como ella y le parece injusto. No quiere entrar en un bucle de negatividad, pero no puede evitarlo.

La nueva psicóloga le enseñó un truco: cada vez que sienta que entra en este bucle, tiene que «cerrar aplicación» en su cabeza. Apartar los sentimientos negativos como si de una app de móvil se tratase y no dramatizar. Nada es tan grave. Aprender a pasar un poco de todo es también parte de la terapia. Asumir y aceptar que, a veces, las cosas se tuercen. De nada sirve ahora pensar en qué podría haber dicho o hecho para no estropear la cita con Mario. No es cosa suya. Eso es importante también, tener claro cuándo ocurren cosas sin que tú puedas hacer nada. Eva no sabe por qué su compi canceló la cita, pero algo muy dentro de ella le dice que no fue por su culpa.

Mario sale de la puerta del banco y observa que Eva está temblando pero deja de hacerlo en cuanto lo ve.

—Dime —pregunta muy seria Eva, esforzándose por disimular los nervios.

—Nada, que lo siento. Me apetecía de verdad, pero…

—Oye, no te preocupes —lo corta ella—. Ya te dije que fue una ida de la olla, una cosa del momento. Ya está. En serio, no lo pienses más.

—Vaya —se sorprende Mario.

—¿Todo como siempre? —Eva sonríe, está ofreciéndole la posibilidad de hacer borrón y cuenta nueva.

—Como siempre —repite Mario con una triste sonrisa.

—Me quedaré aquí hasta que acabe el cigarrillo, tengo que hacer una llamada.

—Ok. —Mario se marcha, pero justo antes de abrir la puerta de la oficina se vuelve y pregunta—: ¿Comemos juntos? —Solo quiere confirmar que todo está bien y quedarse tranquilo.

—Venga, genial —asiente ella, obligada por la situación.

Observa cómo Mario entra en el banco y ella llama corriendo a su prima Sara. Casi se quema con el cigarrillo por culpa del temblor de la mano.

—Guape, ¿qué tal?

—Mal prima, mal. Estoy atacada, tía. Llevo un cabreo encima…

—¿Has hablado con Mario? ¿Qué te ha dicho?

—Nada, ni he dejado que se explicara. Le he quitado importancia al asunto. Quiero olvidar esta mierda cuanto antes, no hay que gastar energías en personas que no te hacen caso. ¿Cuándo será nuestra fiesta liberal? —Para Eva esa fiesta es un atajo para salir del bucle en el que anda metida.

—O sea que al final te apuntas. ¡Qué bien! —Sarita se emociona—. Dentro de quince días. He quedado para cenar con una pareja poliamorosa y con un chico bastante novato pero con ganas. Montaremos un grupo de WhatsApp para coordinarlo todo, ¿te parece bien?

—Genial. Te dejo, que antes de entrar a la oficina tengo que concentrarme para que Mario no note lo cabreada que estoy.

—Olvídate de ese *freaky*. ¡El mar está lleno de peces!

—Y de mierda. El mar está lleno de mierda —dice apagando el cigarrillo en el cenicero que hay a la puerta del banco.

—¡Qué dramática te pones!

—Chao.

En el hospital la cosa no fluye mucho mejor. Isidro no para de acosar a Marina con preguntas y esta no tiene ni idea de qué sabe y qué no, pero sospecha que algo ha cambiado desde su última cita.

—En serio, Isidro, me estás cargando. ¡Quieres dejarme en paz! —le abronca mientras recorren el pasillo—. Tenemos una rotura de tibia y peroné esperando en el box 4.

—No hasta que me digas la verdad. —La detiene agarrándola del brazo.

—¿Qué verdad? ¡Suéltame!

—Lo sabes muy bien.

—Yo no sé nada, dímelo tú.

—No me trates como si fuera un gilipollas.

—Mira, cálmate primero y luego hablamos. Dame un respiro, ¿vale? —Marina mira a Isidro fijamente a los ojos dejando claro que no piensa permitir ni que la agarre del brazo ni que la obligue a confesar nada que ella no quiera.

Pasan el día gruñéndose el uno al otro, y Marina aprovecha que Isidro está preparando las pruebas de un paciente para fugarse sin que la vea. Tras decirle a su superior que no se encuentra bien, sale cagando leches del hospital, de modo que llega a casa antes de lo previsto. Mario se sorprende al verla entrar tan acelerada y tan pronto. Es casi la hora de cenar, y se supone que Marina tenía guardia. Se le nota que ha venido corriendo, tiene el pulso y la respiración disparados.

—¿Qué te ocurre? —pregunta él preocupado—. ¿Ha pasado algo?

—Nada, que he subido las escaleras andando, eso es todo —miente descaradamente.

—Vale, disculpa. ¿Un mal día en el trabajo?

—Una mierda de día, sí —reconoce mientras agarra el móvil, que no para de sonar, para ponerlo en silencio.

—¿Quién es? —pregunta Mario intrigado.

—Nadie —miente mientras observa la foto que le acaba de mandar Isidro en la que está besando a Mario a la puerta de su casa.

—Pues ese nadie parece que tiene muchas ganas de hablar contigo, ¿no?

—¡Quieres dejarme en paz! —exclama Marina, muy alterada—. ¡Que entre todos me tenéis harta!

—¿Entre todos? ¿Pero yo te he hecho algo?

—No te hagas la víctima, ¿quieres?

—¿Quién coño es? —dice acercándose al móvil—. ¡Contesta!

—¡Que no quiero contestar! —grita. Entonces empieza a sonar el interfono.

—¿Ahora el interfono? —Mario alucina.

—Voy —contesta rápida Marina temiéndose lo peor—. ¡Se confunde!

Mario se está poniendo nervioso al observar que su mujer mira por la ventana. No entiende nada de lo que está pasando. Desconcertado y asustado, se asoma él también a la ventana, pero no reconoce a nadie. Aunque sí, efectivamente, Isidro está abajo. Ha seguido a Marina y está dispuesto a conocer la verdad.

—¿Qué miras? ¿Quién es ese tipo?

—Nadie.

—¿Cómo que nadie? Marina, ¿te está acosando alguien? ¿Hay algo que yo no sepa?

—No quiero tener hijos —vomita Marina casi sin pensarlo.

—¿Cómo? —pregunta alucinado Mario.

Marina no deja de mirar por la ventana, lo hace por vergüenza, pero Mario lo percibe como auténtico desprecio.

—Pues eso, no quiero tener hijos. Nunca he querido y nunca querré. Llevo años tomando pastillas anticonceptivas y he pensado seriamente en hacerme una ligadura de trompas.

Mario se levanta sin decir palabra, coge la chaqueta y se las pira. Podría aprovechar para decirle cuatro cosas al individuo que ha visto desde la ventana, pero ni siquiera repara en Isidro, que sigue junto a la puerta ofuscado, llamando y mandando mensajes a Marina de forma compulsiva.

Ella está en shock. Se siente liberada después de haber confesado a su marido que no quiere tener hijos, pero sabe que el modo en que lo ha hecho ha sido más que incorrecto. Su mente ahora está centrada en controlar a Isidro. Y no solo por si le cuenta su historia a Mario, sino porque lo ve fuera de sí y le está empezando a dar miedo.

Mario no puede quitarse las palabras de Marina de la cabeza. Camina calle abajo sin saber muy bien adónde ir. Está confuso, triste y agobiado. Su novia de toda la vida, su pareja, la media naranja con la que tanto habían soñado juntos, con la que había planeado formar una familia. No logra comprender qué ha pasado ni en qué momento. Se siente como si estuviera dentro de una pesadilla de la que no logra despertar. Coge el móvil y manda un wasap a la única amiga que tiene: Eva.

Mario
Amiga, te necesito, podemos hablar?

Eva oye el sonido del teléfono y grita como una loca a su prima, que está en el baño.

—¡Sari!, wasap de Mario, te lo leo: «Amiga, te necesito, ¿podemos hablar?».

La prima sale corriendo medio desnuda, mira el móvil y le dice a Eva en tono de guasa:

—Creo que no quiere follar.

—Qué rabia me da. «Amiga», dice. ¿Por qué los hombres solo me quieren como amiga?

—Te recuerdo que este tío está casado. No te quiere porque es un conservador de narices y no tiene huevos de estar con otra mujer que no sea la suya.

—Prima, pues esto es lo que más me gusta de él. Es un tipo legal, pero esta vez no le voy a contestar corriendo, que sufra un poco —dice mientras aparta el móvil y se pone a cortar verduras.

—¿Qué estás haciendo? —pregunta la prima, que no entiende la actitud de Eva.

—Una empanada de verduras. Enciéndeme el horno, anda.

—¿A ciento ochenta grados?

—Sí. Y ayúdame a cortar los pimientos, el calabacín y la cebolla.

—Vale, te ayudo si dejas que me vista y me prometes que quedarás con él. ¡Me muero de la intriga! —grita dirigiéndose al cuarto para ponerse algo de ropa.

—¿Qué crees que querrá? —pregunta a gritos Eva, que ha empezado a cortar las verduras a cubitos asquerosamente perfectos.

—No lo sé. ¡Pero algo me dice que se masca la tragedia!

—¡Lady Luz! No me digas eso. ¡Tú no!

16

Las mujeres son capaces de fingir un orgasmo, pero los hombres pueden fingir una relación entera.

SHARON STONE

Mónica se reencuentra con su pasado

Al final Mónica ha accedido a volver a quedar con Mr. Rotring. Pero esta vez no piensa bajar la guardia. Tiene las ideas muy claras: se ha puesto unas bragas de algodón blanco y ha cambiado la colonia. Entra en el hotel diez minutos después de la hora de la cita y el personal de recepción le comunica que el señor está esperando en el jardín, en un reservado. Mónica pide una copa de champán y se dirige hacia allí.

Ahí está él. De espaldas, con un sombrero muy elegante. Ella se acerca y le sopla la nuca, como hacía cuando eran jóvenes. Mr. Rotring se levanta y le da un enorme abrazo sin decir absolutamente nada. Mónica no puede ni abrir los ojos. Se siente otra vez como aquella chiquilla enamorada rendida por completo a sus encantos. Ese olor. Han pasado dieciséis años y huele exactamente igual. Entonces lo mira a la cara y se da cuenta de que el tiempo no ha sido generoso con él. Está cascado. No solo por las arrugas o porque use bastón, sino por el color grisáceo de su rostro y el ronquido áspero de tanto fumar que ha eclipsado su atractiva voz grave. Cada cuatro palabras se tiene que parar para toser. La escena le resulta bastante desagradable. La verdad es que Mónica no puede disimular su sorpresa al ver la decrepitud en el que fue su primer amor. Y él, que siempre ha sido un tipo muy listo, se ha dado cuenta enseguida.

—Te lo dije, princesa.

—¿Qué me dijiste?

—Que, si seguíamos juntos, cuando tú tuvieras treinta y tantos, yo sería un viejo decrépito y ya no me desearías.

—Eso no es cierto —afirma Mónica, convencida—. Sigo pensando que la edad no es importante, lo que importa son las personas. La edad no existe, es un invento social para controlarnos y poner orden. Podría, y puedo, tener perfectamente una relación estable con un hombre de tu edad.

—Bueno, qué sorpresa. Esto se pone interesante —responde él con tono de coqueteo. Tiene un ego tan grande que no puede ver más allá.

—No, perdona, no lo digo por ti, lo digo por mi marido —le aclara Mónica mientras le da un sorbo al champán.

—Es verdad, ¿sigues casada? —pregunta sorprendido y un poco confundido al reparar en esa Mónica más adulta.

—Sí, y mi marido también es muchos años mayor que yo. A él nunca le dio miedo la diferencia de edad. Eso nunca ha sido un problema para nosotros.

—Lo pasamos bien, ¿verdad? —dice él cogiéndola de la mano para llevarla a otro lugar e intentando cambiar de conversación.

Es increíble el arte que tiene el tipo en darle la vuelta a las situaciones. Como si de una niña pequeña se tratase, la lleva a la otra punta del jardín. El sitio perfecto para grabar un plano de amor de una película cursi de Sandra Bullock. El momento romanticón no sorprende a Mónica y, por supuesto, no le hace cambiar de idea. Ese viejo truco ya no cuela.

—Lo pasamos muy bien, sí. Una cosa no quita la otra. A veces miro el pasado y no me reconozco. La ciudad ha cambiado —dice observando las maravillosas vistas—. Y hemos cambiado nosotros también.

—Fue todo muy loco, sí. Eras tan bonita, tan joven, tan inocente...

—Demasiado —puntualiza Mónica separándose de él, que le sigue agarrando la mano.

—¿Demasiado joven? ¿En qué quedamos? ¿No dices que la edad no importa?

—No importa cuando los dos somos personas maduras. Aquello fue un poco, no te tomes a mal lo que voy a decir, un poco abuso por tu parte.

—¿Cómo? ¿De verdad te sentiste acosada por mí? —balbucea él desconcertado.

Es como si la pregunta se le hubiera atascado en la garganta y comienza a toser. Tiene la mirada perdida y, apoyándose en el bastón, se sienta en uno de los bancos cercanos al hermoso mirador. En la mentalidad de Mr. Rotring, un hombre como él, con su poder y su posición, no puede ser un abusador y no tolera oírlo de su más ferviente admiradora y amante. Eso no puede ser.

—No te sientas mal, son cosas que he pensado ahora de mayor. El punto de vista ha cambiado. El mundo está avanzando a mucha velocidad y nuestra relación estaría muy mal vista ahora. Puede que ni siquiera hubiéramos empezado. Igual, no sé...

—No entiendo adónde quieres llegar —la frena él—.

Éramos adultos, descubrimos juntos nuestra sexualidad y lo que nos gustaba realmente. No veo nada malo en ello. Yo te adoraba y te sigo queriendo.

—Lo sé. Nunca has dejado de decírmelo. Pero tal vez lo que te gustaba de mí era que yo no tenía nunca un «No» para ti. Estaba tan fascinada contigo que era incapaz de negarte nada. Tú lo sabías y te aprovechabas de ello. En aquella época yo no tenía armas para lidiar con aquello. Me dejaba llevar y confiaba en ti. Tú eras el maestro, el amo, el que mandaba. Yo nunca escogí nada en realidad, solo obedecía.

Los dos examantes se quedan callados después de que Mónica haya pronunciado estas palabras. Ella, sorprendida por lo que acaba de salir de su boca, y él, intentando procesarlo. Mónica nunca había imaginado que podría hablarle así a Mr. Rotring. Ni en el pasado ni ahora. Pero tras haberlo hecho, se siente liberada. El mismo alivio que sientes cuando has tomado una decisión muy importante que te angustiaba. No sabes si la decisión es buena o mala, pero puedes respirar.

—Eras feliz, ¿no? —insiste Mr. Rotring, que intenta llevarla otra vez a su terreno.

—Claro que sí. Tan feliz como lo soy… ¡fumando! —responde Mónica encendiendo un cigarrillo y dando una enorme calada—. El tabaco es una mierda, lo sé, pero me cuesta dejarlo. Estoy enganchada a él y no lo abandono porque creo que me hace feliz. En realidad lo que me provoca es una ansiedad enorme y la felicidad solo es la respuesta a esa adicción.

—¿Me estás comparando con el tabaco?

—Pues un poco sí. Me sentía feliz contigo porque estaba absolutamente enganchada a ti. La prueba es que cuando no estábamos juntos sufría una gran ansiedad. No me tenías en cuenta para nada, en realidad. ¡Joder! Tú decidías si me dabas un cigarrillo, dos o tres. Y yo en casa todo el día con un mono del carajo. ¿Me explico? Luego me daba miedo enfrentarme a ti o decirte lo que no me parecía bien. Eras mi jefe, yo estaba empezando a vivir y me sentía muy insegura. La verdad es que lo nuestro fue un abuso de poder en toda regla, yo no era más que una niñata enamorada y perdida. Me manipulaste y me pongo triste cuando miro a la Mónica del pasado, me da mucha pena.

—Pues a mí no. Yo la veía como una mujer muy talentosa y fuerte que me dio el mejor sexo que he tenido en mi vida. Nunca he podido tener otra relación con ninguna otra mujer. He tenido amantes, eso sí, pero nada serio. Una mujer de verdad, nunca más. Y me da mucha rabia que mires a la Mónica del pasado con pena.

—Bueno, la puedo mirar con compasión, si te parece mejor. La pobrecita hizo lo que pudo con las armas que tenía.

—No la trates así —le reprocha realmente ofendido—. Yo la miro con mucha nostalgia. Te veo hablándome con este tono y no la reconozco. Me duele, princesa.

—Princesa… —Mónica suspira—. ¿Sabes qué pasa? Que la princesa creció, se convirtió en príncipe y se salvó sola. Esas mierdas ya no funcionan. ¡Te has quedado muy antiguo, joder! —le suelta dándole un golpe en el brazo.

Los dos se ríen a carcajadas, aunque ese zasca no le ha hecho ni pizca de gracia a Mr. Rotring, seguramente porque sabe que ella tiene razón, pero se ríe porque es incapaz de reconocer lo que dice Mónica y lo último que quiere es discutir o disculparse.

—Estoy pensando en mudarme a la ciudad, tengo un proyecto entre manos. Uno aquí y otro en Londres. Pero antes de decidirme, necesitaba decirte que eres y siempre serás la mujer más importante de mi vida.

—¿Aunque ya no exista?

—Aunque ya no existamos ninguno de los dos —le susurra al oído dándole lo que no sabe que será su último abrazo.

Mónica sale del hotel con un nudo en la garganta y una alegría que no le cabe en el pecho. El fantasma se ha esfumado, se ha convertido en una triste sombra de lo que fue. Está claro que las drogas y las adicciones no le han sentado muy bien. Y Mónica ha sacado tres grandes conclusiones: es una mujer libre, tiene un marido maravilloso y ha decidido dejar de fumar. Le importa un rábano dónde viva Mr. Rotring.

17

El arte del sexo es el arte de controlar el descontrol.

PAULO COELHO

Marina y Mario toman decisiones

Mario siente una rabia enorme, como un volcán a punto de explotar cuya lava no sabe cómo salir al exterior. Mira el móvil esperando la respuesta de Eva y piensa que quizá no está bien llamarla para contarle sus dramas. Después de todo, le dio plantón y, aunque ella se esfuerce en disimular, Mario sabe perfectamente que Eva está dolida. Su cabeza va muy rápido. Piensa en las conversaciones que ha mantenido con su mujer sobre los hijos y la maternidad en los últimos meses, piensa en el día de su boda, en los polvos exprés que echaban en el coche de sus padres cuando se conocieron en el instituto, en los polvos nocturnos que vinieron después y en que le habría gustado no ser tan conservador y hacer el amor con Eva.

En este momento sus pensamientos se detienen. Si su mujer lleva años engañándolo con algo tan importante como la maternidad, ¿por qué tiene él que ser tan correcto? De pronto se da cuenta de que quizá está todavía a tiempo de vivir su gran aventura. ¿Qué es lo peor que le podría pasar? ¿Que Eva lo mandara a la mierda? De perdidos al río. Coge el móvil y sin esperar su respuesta al mensaje anterior escribe:

Mario
Crees que podríamos hacer retroceder el tiempo y recuperar nuestra cita?

Eva, que está en la cocina acabando la empanada de verduras, flipa al leer el mensaje. Le da rabia porque confirma la teoría de que, cuando no contestas los mensajes, es cuando te hacen caso, pero se alegra tanto de recibirlo que casi se quema al meter la mano en el horno. Sus dedos van más rápidos que su mente. Deja la empanada encima de los fogones, pilla el teléfono y escribe mientras grita para que su prima la oiga:

—¡Lo ves, prima! ¡Sí quiere!

—Contesta ya, antes de que se arrepienta —le aconseja Sara, que va a la cocina corriendo.

Eva
Por supuesto.
Llamo a mi amigo y que nos busque un hueco el sábado a las 13.30?

Mario
Ok ☺

Eva sirve un par de copas de vino blanco. La ocasión se merece un Electio del Penedès. Lo compró hace tiempo pensando en su prima, ya que es un vino vegano, ecológico y biodinámico. Se sientan las dos en el sofá.

—¿Se puede saber qué significa esto? —pregunta Eva emocionada mientras relee los últimos mensajes de Mario. No acaba de entender ese giro repentino de su compañero de trabajo y teme otro cuelgue de última hora.

—¡Que vas a follar con Mario, guape! Eso es lo que significa. ¡Que se lo ha pensado mejor! —exclama dándole un enorme abrazo.

—Sí, ¿no?

—Pues claro —la reafirma feliz Lady Luz.

—Van a flipar los del hotel cuando vean que tengo una cita con otro. —Eva se ríe.

—Si fueras un tío no fliparían para nada —sentencia Sara mientras disfruta del vino que su prima ha elegido para ella.

Marina se ha citado con Isidro en el bar hindú para dejarle las cosas claras y poner las cartas encima de la mesa. Aunque se haya comportado como un gilipollas, merece una explicación. Tras los últimos sucesos, ella ha decidido que quiere intentarlo con Mario y empezar a ser sincera consigo misma y con el mundo, y para eso tiene que dejar a Isidro atrás. En su nueva vida, el enfermero no encaja para nada. Cinco minutos después de la espantada de Mario, Marina ha contestado el interfono y le ha pedido por favor a Isidro que la esperara en el bar de siempre. Ella se presenta quince minutos más tarde. Sentados a la mesa del fondo, la favorita de Marina, Sharim les sirve el té lentamente y percibe la tensión que hay entre ellos.

—Déjalo aquí —propone Isidro claramente alterado— ya nos lo serviremos nosotros.

—Os dejo solos. Si queréis algo de comer, me avisáis —añade amablemente el camarero, que se ha quedado con la copla.

—Ok. Gracias, Sharim —responde Marina guiñándole el ojo con complicidad.

Uno de los dos tiene que cortar el silencio y Marina se siente con la obligación de hacerlo. Nota a Isidro muy cabreado y cree que ella puede conducir la conversación hacia un lugar amable, sin agresividad. Mientras la mano temblorosa de Isidro sirve el té, Marina arranca mostrándose clara y directa.

—Lo siento, Isidro. Te he mentido y no he sido cien por cien sincera contigo.

—De eso ya me he dado cuenta —contesta él, sarcástico.

—Tarde o temprano, la verdad habría salido. Pero no quiero que pienses que lo nuestro no fue importante.

—¿Fue? ¿Ya hablas en pasado? ¿Descubro tu gran mentira y me dejas por ese tipo?

—No te dejo por mi marido. Lo hago por mí.

—¿Tu marido? Estás de coña, ¿no? —Isidro pone cara de alucine total. Eso sí que no se lo esperaba.

—Pues no, no es coña —dice tocándose el anillo de casada.

—Pues sí era grande la mentira, sí.

—Quizá no te lo creerás, pero soy yo quien toma las decisiones sobre mi propia vida. Y aunque no te hubieras enterado, tarde o temprano lo habríamos dejado igual.

—¿Y se puede saber por qué ahora es tan buen momento? —pregunta alzando la voz, enfurecido.

—Bueno, estoy en un momento de inflexión en mi vida. Comprendo que te cueste entenderlo.

—Es que lo tuyo es muy fuerte, Mari. Me siento tan utilizado. ¡Un año! Un año haciéndome creer que estabas soltera.

—Venga, no te hagas el ofendido. Jamás nos prometimos nada. Lo nuestro fue solo sexo.

—Buen sexo —aclara Isidro, esta vez bajando el tono de voz, como si la palabra «sexo» fuera mala.

—¿Acaso he dicho lo contrario?

—¿Y por qué quieres dejarlo? —insiste Isidro, que se resiste a perderla.

—Pues porque has dejado de ser la persona que admiraba. Has dejado de respetarme. Me has perseguido, me has acosado..., Isidro, ¡hasta me has chantajeado con fotos! ¡¿Qué esperabas?! Francamente, no quiero follar con alguien como tú.

Marina teme haber sido demasiado dura con sus palabras e intenta arreglarlo acercando su mano a la de Isidro, pero este la aparta con desprecio.

—Claro, y tú te crees perfecta ¿no?

—Para nada, pero no es de eso de lo que estamos hablando ahora.

—No entiendo nada ¿Tú estás bien con tu marido? —pregunta bajando la guardia, con tono triste.

—Bueno, estamos peor que nunca. Pero me he dado cuenta de que no lo quiero perder —se sincera Marina dejando a Isidro con cara de póquer.

Isidro se muere de rabia por dentro. Le ha seguido el juego a Marina todo este tiempo y ahora no puede decirle que está enamorado. Sí, es ese tipo de hombres que creen que, si se muestran vulnerables, su masculinidad se verá afectada y quedarán mal.

En realidad, lo que sucede es todo lo contrario. Lo que echa para atrás a Marina es precisamente el carácter de cromañón que parece que Isidro no quiere abandonar. Si mostrara su parte tierna, tal vez podría conseguir algo. Pero él, como muchos hombres de su generación, no sabe hacerlo de otra forma. No tiene la culpa, nadie le ha enseñado. Incapaz de expresar sus sentimientos, se levanta, deja un billete de cinco euros sobre la mesa y suelta su gran frase:

—Muy bien, yo tampoco quiero estar con una mujer casada. No me va para nada ser «el otro». Quédate la vuelta.

18

Dar placer. Aceptar placer. El sexo es así de fácil.

Kenneth Hanes

Mario y Eva tienen un orgasmo de piel

Tras una semana en la que Eva y Mario se han comportado como si no pasara nada entre ellos, llega el día que los dos llevaban tiempo deseando y soñando. Mario está ultranervioso. Se ha duchado dos veces y es la cuarta que se cambia de ropa. Duda entre ponerse unos calzoncillos normales pero bonitos de marca o unos bóxeres negros, más atrevidos. Al final se inclina por los bóxeres. Le marcan bien el culo y se siente mejor.

Eva sigue por segunda vez su plan, en esta ocasión con mucho más de entusiasmo. Sube a la habitación una hora antes de la cita, se ducha, se arregla, regula las luces y lo deja todo preparado. Esta vez tiene que salir bien. Espera pacientemente la llegada de Mario tumbada en la cama con el mono de rejilla, mirándose en el espejo del techo. Se gusta mucho. Se toca los pechos, le han crecido porque en los últimos meses ha pillado algunos quilos, y se siente poderosa. Al cabo de un rato se levanta, se recoge el pelo en un moño alto y se pone un vestido lila encima del mono. Se calza los zapatos de tacón y espera a que Mario le diga algo. Porque no estamos con un Javier Tinder maleducado, Mario sería incapaz de presentarse en la puerta sin antes avisar. Y, en efecto, a las 13.55 recibe un wasap.

Mario
En el hall del hotel

Eva
Genial. Ahora bajo

Mario
Ya estás arriba? Eso es trampa! Jajaja

Eva
Me estaba poniendo guapa para ti

Mario
Tú siempre estás guapa. Para mí, para ti
y para el mundo entero

Madre mía. Eva se derrite al leer esas palabras. Sabe que, si sigue por ese camino, se va a colgar de él y lo pasará fatal. Por eso decide darle un giro a la conversación y empezar a jugar. Busca la foto que se hizo el otro día, en la que se ve su enorme y precioso culo con el mono de rejilla y se la manda por WhatsApp, sin texto ni nada. Espera paciente la respuesta de Mario que no tarda en llegar.

Mario
Guau!

Eva sale de la habitación, se monta en el ascensor y, taquicárdica perdida, marca el cero. Cuando se abren las puertas, ve a Mario al fondo, de pie. Al igual que ella, intenta disimular los nervios. Eva sale del ascensor como si fuera una actriz de Hollywood, andando sobre sus taconazos con la mirada firme.

—Pase lo que pase, yo ya me lo estoy pasando bomba —le susurra Eva a la oreja sin poder parar de sonreír.

—¡Qué locura! —exclama Mario.

—¿Qué sería la vida sin locuras?

—Aburrida como la mía —confiesa Mario medio en serio, medio en broma.

—Hasta hoy —responde, coqueta, Eva.

—Di que sí. ¿Oye, te importa si subo a la habitación para cargar el móvil? Me queda poca batería.

—Claro, en diez minutos tendremos la mesa a punto. Vamos bien de tiempo.

Entran los dos en el ascensor y se quedan sin palabras. No se dicen nada, pero sus pensamientos están coordinados. La habitación está en la octava planta y cuando van por la cuarta Mario se vuelve hacia ella, le acaricia el cuello con la mano y la besa. Como era de esperar, Mario sabe besar bien. Es un beso dulce y nada pasional, pero muy tierno y sincero. Eva siente un nudo en el estómago cuando se abre la puerta del ascensor. Siguen besándose hasta llegar a la puerta de la habitación, que abren con torpeza.

—La comida puede esperar —susurra Mario—, antes quiero ver eso que me has mandado.

Eva sonríe, se quita el vestido y le muestra sus pechos orgullosa. Mario se queda fascinado, ni en sus mejores sueños húmedos los había imaginado así. Son grandes y firmes, con el pezón pequeñito. La tumba en la cama con delicadeza y le besa sus tersos senos.

—Son preciosos.

—Lo sé, a mí también me gustan —replica ella mientras se los acaricia de forma sensual para provocarlo.

Mario, que ni siquiera se ha quitado la ropa, desciende por su cuerpo y se acerca al pubis. A través de la apertura del mono en la entrepierna lo empieza a oler con sensualidad, como si quisiera disfrutar de lo que desde hace años anhela y no se atreviera a hacer. Un coño que no es el de Marina. Le gusta porque no está depilado del todo, porque huele a coño y no a toallita íntima, porque está húmedo, y siente cómo Eva se rinde y abre las piernas todo lo que puede. Él le toca la vulva con los dedos y observa que no es muy grande. Los labios sí lo son, uno mucho más que el otro. Los acaricia con suavidad y oye cómo Eva suspira y su respiración se acelera.

—Me encanta esa piel —se sorprende diciendo Mario mientras toquetea el labio grande.

—Es raro mi coño, ¿verdad? —afirma ella entre orgullosa y avergonzada.

—Para nada. Es precioso —responde él, sincero, acercando sus labios a la vulva para besarla con dulzura.

Eva está en la gloria, se relaja a tope mientras Mario le come el coño como hacía años que nadie se lo comía. Como buen perfeccionista que es, lo hace todo con lentitud, siguiendo los pasos correctos. Primero le pone un lubricante con efecto calor y sabor a coco, y le masajea bien la vulva con las manos. Luego, sopla, lame y come, como le dijo la vendedora que tenía que hacerlo.

En una de sus visitas a la tienda, Blanca le contó lo importante que era el lubricante y cómo, bien empleado, podía dar tanto placer. Echa un chorrito encima del clítoris de Eva y lo acaricia con la palma de la mano, luego acerca los labios y sopla lentamente. Su amante gime cada vez que lo hace. El siguiente paso es saborear el coco con la lengua que desliza por la vagina hasta llegar al clítoris, donde sigue lamiendo guiado por los sonidos de placer de Eva, que se comunica a la perfección. Ella se siente en el quinto cielo encadenando un orgasmo con otro.

Mario coge otra vez el bote de lubricante y echa un chorro encima de sus pechos para seguir lamiendo hasta llegar a la boca, que morrea con pasión. A los dos les arde la boca, y sus cuerpos se masajean y se mueven con una sensualidad increíble, aunque la ropa empiece a ser un engorro. Eva se incorpora e intenta sacarle la camisa a Mario, que se pone nervioso y ella lo nota. Por eso lo desnuda con mucha lentitud sin dejar de besarlo en ningún momento.

Qué importantes son los besos cuando practicas sexo, ¿verdad? Saber darlos y recibirlos, a veces también depende de la actitud. Si estás pensando en si fumas, si te has lavado los dientes o si llevas ortodoncia, jamás besarás bien. De hecho, no hay que pensar cuando uno besa, hay que besar y punto. Con ganas, con alegría, con garra y deseo. Así se besan Mario y Eva, como dos adolescentes. Un buen beso puede ser más excitante que muchos coitos sin amor. En cambio, hacer el amor sin beso es como bailar sin música, como cantar sin que nadie te oiga o escribir sin que nadie te lea. Quizá los besos gustan tanto porque es lo único que no podemos hacer solos.

Eva, que sigue con el mono puesto, se refriega encima de su amante haciéndole un bonito masaje con los pechos. Mario está casi desnudo, solo lleva los calzoncillos. Parece que se resiste a quitárselos, y los dos amantes forcejean entre risas y suspiros hasta que Eva lo consigue. Coloca su coño encima del pene de él, que no está muy duro. Agarra el lubricante de silicona y se unta con él la vulva para masajear con ella el pene. También se unta los pechos. Llega un momento en que el mono está ya tan pringado que le pregunta a Mario si se lo puede quitar. Este no solo accede, sino que se lo rompe para dar continuidad a la batalla que habían iniciado con los calzoncillos. Se lo arranca de golpe dejando a Eva completamente desnuda frente a él. Ella se ruboriza, y él suspira muy fuerte y la abraza.

Sus cuerpos están sudados, calientes y resbaladizos, con tanto lubricante de coco. Tan relajada está Eva que teme dormirse, y Mario intenta disimular los nervios al notar que su pene no está lo suficientemente duro. Está súper a gusto, pero su miembro no le sigue el rollo. Eva ni siquiera se ha dado cuenta, pero cuando se dispone a comerle la polla Mario la frena.

—Espera.

—¿Qué pasa?

—Necesito un poco de tiempo.

—¿Estás bien?

—¡Súper! Pero no sé qué me pasa.

—Por mí no te preocupes.

—No quiero que pienses que no me gustas —le dice abrazándola para que no le vea ni la polla ni la cara de avergonzado.

—¿Cómo voy a pensar eso después de la comida de coño que me has hecho? —lo reconforta sin dejar de besuquear todo su cuerpo mientras las manos de Mario no dejan de acariciarle la piel.

Los dos amantes permanecen abrazados en la cama, suspirando y disfrutando de sus cuerpos, que no paran de moverse. Como si de un sensual baile se tratase, se refriegan, se acarician y se aplastan cambiando lentamente de posición. Los dos sienten un orgasmo de piel increíble. Se huelen, se notan y se besan a tope. Lentamente.

Ninguno de los dos olvidará este encuentro.

19

Solo el latido unísono del sexo y el corazón puede crear éxtasis.

ANAÏS NIN

Marina se sincera con Mario

Después de una semana de morros e incómodos silencios, Marina ha tomado la decisión de sincerarse con su marido. Llevan una semana sin apenas hablarse, él parece disgustadísimo por el tema de los hijos, o eso cree ella, y está claro que ninguno de los dos sabe cómo afrontar la situación. Hace demasiados días que dura esa absurda tensión y, por primera vez en años, Marina decide agarrar el toro por los cuernos.

Lo está esperando con una copa de vino en la mano, y con ganas, o la necesidad, de mantener con él una buena conversación, pero parece que hoy su marido se retrasa.

Cuando llega a casa, Mario, que venía relajadísimo después de su gran siesta, feliz por primera vez en mucho tiempo, se topa de nuevo con la realidad. Deja las llaves en la entrada, se quita la chaqueta y saluda a su esposa sin apenas mirarla. Desde la última discusión siente que ya no la conoce, aunque, si ella supiera de dónde viene él, probablemente también pensaría lo mismo.

—¿Quieres que hablemos? —pregunta Marina levantando la copa para darle a entender que busca la paz.

Mario se sirve una copa de vino, se sienta delante de su mujer sin demasiadas ganas de entablar conversación con ella.

—Adelante, creo que te toca a ti hablar. Yo no tengo fuerzas —dice.

La verdad es que está agotado física y mentalmente. Hacía años que no se sentía tan bien y tan confundido a la vez. Él no se reconoce como el típico hombre que engaña a su mujer, pero tiene que admitir que le ha sentado muy bien. No tiene claro si será una cosa puntual, si eso cambiará la relación con Marina o si no significará absolutamente nada.

Para él, el sexo pasa a un segundo lugar, su mujer lo ha engañado de una forma mucho más profunda. Le ha estado mintiendo durante años y su proyecto en común se desvanece. Se siente triste, perdido y muy extraño. Huele a Eva, a semen y a sudor. No se digna ni a pasar por la ducha. No quiere desprenderse de esa sensación, de ese olor tan maravilloso y diferente. Él, que se creía incapaz de tener una aventura, se da cuenta de lo excitante y bonito que puede ser tocar y descubrir un nuevo cuerpo, una nueva piel.

Marina suspira y suelta todo lo que le pasa por la cabeza como si estuviera tendida en el diván en una sesión de psicoanálisis.

—Estoy perdida. Llevo mucho tiempo así, sin tener muchas cosas claras y sin saber cómo comunicártelas. Cuando no tengo claro algo prefiero no decir nada por temor a equivocarme y tomar una mala decisión. No creas que nunca he querido tener hijos. Cuando nos casamos quería formar una familia contigo, claro que sí, pero han pasado los años y me he dado cuenta de que la mayoría de las decisiones no las he tomado yo. O igual sí, pero no las he tomado desde la madurez o desde la necesidad de querer algo realmente. Las he tomado desde el miedo.

—¿Sientes miedo cuando estás conmigo? —la interrumpe asustado Mario.

—No es eso. Tú eres perfecto, Mario —continúa diciendo ella agarrándole la mano—. Eres el mejor marido que una mujer pueda tener, pero yo no soy la mejor mujer para ti. Todo lo que hicimos desde que nos conocimos en el instituto parece sacado de un guion de una película romántica. Era lo que tenían programado para nosotros, pero no lo que yo quería. Hasta ahora no me había dado cuenta, nada de lo que hicimos fue decisión nuestra.

—Me estoy perdiendo —declara Mario confundido, mientras se sirve más vino.

—Pues que la sociedad nos lleva o nos obliga a casarnos, a tener hijos, a formar una familia y toda esta mierda que, lo siento, pero yo no quiero. He tardado años en darme cuenta y no he sido sincera ni conmigo ni contigo, pero es que ni siquiera lo sabía.

—Yo tampoco he sido sincero contigo —sentencia Mario.

—¿Tú? —pregunta Marina—. A ver, sorpréndeme, aunque creo que yo te gano por goleada.

—Me he pasado el día follando con una compañera de trabajo que ni siquiera te he contado que existe y ahora me siento terriblemente culpable. Porque, aunque tú no la quieras, esa vida de mierda con niños yo sí la quiero. Y siento que te he fallado y eso no me gusta. No soy del tipo de hombres que engañan a su mujer. Pero, si quieres que te sea sincero, ahora mismo estoy en un globo. Hacía tiempo que no me sentía ni tan feliz ni tan vivo. Culpable pero feliz. No hay quien lo entienda.

Marina respira aliviada. De alguna forma, la confesión de Mario la hace sentir mejor. No es ella la única mala en esta historia, si se puede calificar de alguna forma.

—Tú nunca me has engañado, Mario.

—¡Pero me has escuchado! —grita Mario ofendido por la reacción de su mujer, a la que parece importarle un bledo que se haya follado a otra.

—Sí. Te has acostado con otra y me lo has dicho a los diez minutos de llegar a casa. Yo no veo engaño ahí, veo mucha sinceridad. Eso es lo que tú también te mereces y yo no te he dado.

—¿Me has puesto los cuernos?

—Si solo fuera eso…

—Joder, Marina, me estás asustando.

—Vamos a ser totalmente sinceros, ¿no?

—Llegados a este punto, creo que sería lo más honesto, sí.

—Pues tienes que saber que llevo años engañándote. Por no querer reconocer lo que te estoy diciendo ahora, durante los últimos dos años he llevado una doble vida. Cuando me dieron el trabajo en el nuevo hospital, decidí no decirle a nadie que estaba casada para poder ser la Marina soltera que nunca dejé que fuera. La dejé salir, y no veas cómo se esforzó en ser ella misma.

—Soy todo oídos.

—Mari, que así se llama mi otro yo, es muy extravertida. Nada le da miedo, pero ha vuelto a caer en la trampa.

—¿Qué ha hecho?

—Se echó novio, se llama Isidro. Él descubrió a Marina y me está haciendo la vida imposible.

—¡Joder! Sí que ganas por goleada. ¿Es el tipo que te acosa?

—Sí.

—Sigue —le pide sirviéndose más vino.

—He ido a clubes de intercambio de parejas. He follado con hombres y mujeres. He practicado BDSM y he participado en orgías.

Mario se levanta, se bebe la copa de vino de golpe y se pone a llorar. Marina corre a abrazarlo muerta de pena y de remordimientos.

—Lo siento.

—Soy gilipollas. He vivido una mentira, no entiendo nada. ¿Por qué nunca me contaste nada? ¡No sé quién eres!

—Lo intenté.

—¿Cuándo?

—Muchas veces, pero, Mario, tú no puedes evitar ser quien eres. No leías las señales y sabes que si de buenas a primeras te hubiera dicho que quería follar con otra gente no lo habrías aceptado. ¿Cierto o falso?

—Cierto, pero me jode que no me hayas dado ni una oportunidad.

—Creo que vivimos en universos diferentes. Tú hablas croata y yo suajili.

—¡Venga! No me trates como si fuera idiota, ¿quieres?

—Que no es eso. Solo que no nos entendemos y no quiero forzarte a hacer algo que no quieres.

—Veo que sabes mejor que nadie lo que quiero, ¿no? ¿Conoces, acaso, mis sentimientos mejor que yo?

—Mario, ¿tú aceptarías que tuviéramos una relación abierta?

—Creo que no.

—Pues eso.

—¿Y ahora qué?

—Ahora tendremos que aprender a relacionarnos de otra forma.

—No sé si quiero separarme de ti —sentencia Mario.

—Solo tenemos que cambiar nuestra forma de relacionarnos. Creo que ha llegado el momento de empezar a crear, y hablo sobre todo por mí, una relación basada en la sinceridad y en nuestros deseos reales. No ceder, ni aguantar ni hacer nada el uno por el otro. Solo pensar en nuestro propio placer.

—Esto suena muy egoísta.

—Lo es.

—Pues qué bien...

—Ser egoísta es lo que necesito ahora. Amarme más que nunca.

—¿Y qué pasa con lo que necesito yo?

—Pues que tendrás que descubrirlo y conseguirlo sin mi ayuda. Tu felicidad no puede depender ni de mí ni de ninguna otra pareja.

Al cabo de unos días, la cosa no mejora en casa de Mario y Marina. Decidieron ser sinceros el uno con el otro, pero la tensión y los absurdos silencios siguen presentes. Y hay otra conversación pendiente que Mario no sabe cómo afrontar.

20

Si vas a hacer algo relacionado con el sexo, debería ser cuando menos genuinamente perverso.

GRANT MORRISON

Eva se esfuerza por pasarlo bien

Por fin ha llegado el día. Sari se encuentra con sus amigos modernos para ir al club liberal y se lleva a su prima Eva, que, aunque sigue pillada de Mario, no quiere abandonar la idea de conocer gente nueva y tener nuevas experiencias. En el fondo, busca algún rollete para olvidarse de él. Cierto es que tiene tendencia a engancharse de personajes con los que folla bien, por eso siente que la fiesta puede ayudarla a librarse emocionalmente de Mario.

Eva no se considera una mujer de esas que van de rollo en rollo, y su nueva terapeuta le habla de lo importante que es no actuar como lo ha hecho siempre, si no desea obtener los mismos resultados de siempre.

Después de su cita con Mario, se ha sentido un poco incómoda en el banco, pero ella se ha esforzado en disimular cuanto ha podido. Tanto se ha esforzado que Mario está convencido de que ella no tiene ningún interés en volver a repetir la experiencia. Por otra parte, siente que siguen siendo amigos y confidentes. Y a Eva no se le escapa el hecho de que el hombre que le gusta sigue colado por su mujer y que, en el fondo, espera que sus desavenencias con ella acaben solucionándose.

Así que ahí está, sentada a la mesa del restaurante alucinando con el personal. Tiene tela que la niñata de su prima le tenga que abrir el mundo liberal, pero así es, y aunque le joda un poco se siente agradecida por ello. A la cena han acudido Marcela, su marido Pepe y un tal Julián que no le gusta nada. Marcela es una mujer de edad indeterminada, muy elegante y experta en el mundo liberal; de hecho, conoció a su marido en una fiesta como la de hoy y jamás se han separado. Julián es un amigo de ellos recién divorciado, argentino, muy peludo y con pinta de cromañón.

Aunque no deberíamos basarnos en el físico para saber si alguien nos pone o no, a Eva no le van nada las barbas ni los pelos. Pero está tranquila pensando que nadie la obligará a hacer nada que no desee.

Toman el primer plato entre risas, hasta que Eva cambia de tema.

—Igual me largo rápido o me quedo en el bar —aclara a los compañeros de cena apartando la mano de Julián, que no para de sobarla por debajo de la mesa.

—Puedes hacer lo que te apetezca. Tú vuela libre, pero créeme que lo pasarás bien —le asegura Marcela mientras rebaña la salsa de los ñoquis.

—Deja de pensar en Mario y relájate —le susurra la prima por lo bajini.

—Lo intento —responde ella sonriendo.

—Quédate tranquila, Eva —le explica Pepe con un tono claramente paternalista—. En el mundo liberal hay mucho respeto. Si alguien te toca y no te gusta, solo con apartar la mano quienquiera que sea te dejará en paz. Confía, todo saldrá bien —le dice aguantándole la mirada y guiñándole el ojo.

«Pues qué bien», piensa Eva mirando de reojo a Julián, que parece que no sigue muy bien las normas.

—¿Queréis que os lea el mail que me han mandado con toda la info de la fiesta? —exclama Marcela muy excitada.

—¡Adelante! —contesta emocionada Sara.

—Tenemos espectáculos de Shibari, masaje erótico, tarot sexual, juegos de rol, *pole dance fetish* y diferentes espacios: una discoteca, tres *playrooms*, cabañas privadas en el jardín, piscina climatizada, yacusis, *gloryhole* para hombres y para mujeres. ¿Cómo lo veis?

Eva se cree muy moderna, pero en ese mismo instante ha salido la niña Disney que lleva dentro y se ha agobiado. Le da un poco de vergüenza reconocer que la mitad de las palabras de ese mail no le suenan de nada y que daría todo el oro del mundo por estar en una cama de hotel abrazando a Mario. Sin embargo, se encuentra sentada en un restaurante italiano, que no es nada del otro mundo, con un desconocido a su lado que no para de manosearla por debajo de la mesa.

—¿Qué es el *gloryhole*? —pregunta inocente.

—Es superdivertido —responde Marcela.

—Es como un cuarto oscuro —la interrumpe Pepe—, pero con agujeros en las paredes para que puedas sacar las piernas y dejar libre el pene o el coño para que un desconocido te lo coma todo.

—Madre mía, no tenía ni idea —alucina Eva, que siente que le queda mucho que aprender.

—La traducción literal es «el agujero de la gloria» —aclara Marcela, picada porque su pareja no la deja hablar—.

Y más que un cuarto oscuro, es como un cajón oscuro —puntualiza.

—Quizá sea demasiado para ti, Eva —insiste Pepe—. Podemos ir a otro sitio si no te sientes preparada.

—¡Qué dices, Pepe, cariño! Vamos al club y si Eva no se siente a gusto, se puede quedar en el bar o en la zona de la piscina o en el jardín —propone Marcela, que no piensa perderse la fiesta por nada del mundo.

A Eva no le gusta nada que hablen de ella así, como si no estuviera. ¿Y eso de no sentirse preparada? ¿Qué sabe ese tipo de si se siente o no se siente preparada? ¡Que tampoco es para tanto! Si algo le ha enseñado su nueva terapeuta es a no dar tanta importancia a las cosas. Ella irá a la fiesta y si le entra el sueño o se aburre se largará. No hay drama, es así de simple. ¿Hay que dejar claro que es una persona adulta y que puede pirarse de los sitios cuando le dé la gana?

—Sí, nadie te va a obligar a hacer nada que tú no quieras hacer —la tranquiliza su prima.

—Claro, claro. Ya me lo imagino. —Eva no sabe dónde meterse ni qué decir, no ha conectado nada ni con Pepe ni con Julián, y ese lugar ya no le suena tan divertido como le pareció en un principio—. Prima, ¿me acompañas fuera a fumar?

—Claro —responde Sara levantándose de la mesa.

Las dos primas recorren el largo pasillo del restaurante sin decir una palabra. Sari ya se ha dado cuenta de que su prima no está a gusto y que lo de fumar es una excusa. Aunque Eva es una fumadora, digamos, más bien social, odia fumar mientras come. Ya se han llenado el estómago de aperitivos, están esperando la pizza y ella sabe que entre plato y plato no se fuma, pero tiene claro que quiere salir a airearse un poco y respirar, aunque sea el humo de su tabaco.

—Uno me mete mano por debajo de la mesa todo el rato

y el otro me habla como si fuera idiota. ¡Qué mierda de cena es esta! Por no hablar de la comida. ¿Dónde se ha visto una *parmigiana* sin carne? Ya no les pido que pongan mortadela de Bolonia, que sería lo suyo, pero ¿ni un poco de carne picada? Y demasiada albahaca. Perdona, ¿qué te estaba diciendo? ¡Ah, sí! Pepe, que, si me hace un *mansplaining* más, me levanto y me voy.

—Que no prima, que no es así. Es un pelín pedante, pero, créeme, Pepe y Marcela son buena gente. Y la *parmigiana* es vegana. La he pedido yo así.

—Marcela me ha caído bien. No entiendo qué hace con un tipo como este.

—Pues no sé. Él es director de cine, tiene muchos amigos, la invita a fiestas privadas y follan con quienes quieren. Son felices, tía. No prejuzgues.

—Igual nos estamos equivocando —piensa en voz alta Eva dando una profunda calada.

—¿De qué me hablas ahora?

—Hace tiempo me enamoré de un chico que tenía un padre superdivertido. La verdad es que me gustaba más el padre que el hijo. Me gustaba su mujer, su casa, cómo cocinaba…, me sentía muy a gusto allí. Pero tuve que cortar con el hijo, entre muchas otras cosas porque no podía ser que me cayera mejor su padre que él. Últimamente he estado pensando que igual me equivoqué, si hubiéramos seguido ahora pasaríamos los fines de semana en la casa del padre, haríamos excursiones, nos daríamos grandes comilonas, charlaríamos hasta las tantas de la madrugada, jugaríamos a las cartas y seríamos todos muy felices.

»Ay, Lady Luz, miro a mi alrededor y veo muchas personas que no están enamoradas de sus parejas. Están enamoradas de lo que sus parejas tienen, de su entorno.

—Qué materialista, prima —la ataca Sara, que no entiende adónde quiere ir a parar Eva con su discurso.

—No es nada materialista, no te confundas —le aclara Eva mientras saca una foto de la fachada del restaurante con el móvil para hacer un post de Instagram más tarde—. En realidad, de lo que te hablo es de algo más afectuoso, de cariño y compañía. A ver... ¿cómo te lo explico? Tu marido es una seta, pero tiene diez hermanos y os reunís todos en la casa familiar los domingos y os lo pasáis bomba. Aprecias tanto eso que cuando te pone los cuernos te haces la loca para no perder esos domingos. O, mira, un ejemplo mucho mejor: tu marido es un pedante insoportable, pero tiene muchos amigos y los amigos tienen unas mujeres encantadoras con las que te llevas genial e incluso folláis entre vosotras. ¿Me sigues?

—¿Las amigas encantadoras somos nosotras? —pregunta Sarita, que sigue sin saber adónde la llevará esa verborrea de su prima.

—Y él ese pedante idiota, sí. ¡Lo has pillado! —concluye Eva—. Me pregunto si llevo demasiados años equivocada buscando un hombre que me haga feliz, en lugar de buscar un entorno que me proporcione la felicidad. Supongo que tener pareja debe de ser algo así, ser feliz todo el rato con todo lo que tienes a tu alrededor, aunque tu marido sea un completo gilipollas. No sé si llevo años engañada o es que soy una romántica empedernida que todavía busca al hombre perfecto. Al final será verdad eso que dicen de que el príncipe azul es como Mortadelo, un personaje de ficción.

Las dos primas se echan a reír imaginándose también al personaje de Ibáñez en esa peculiar cena de liberales desconocidos.

Lo cierto es que Eva se esfuerza mucho por entender el

mundo de la pareja, pero no siente envidia de ninguna. Igual por eso está sola, porque no podría aguantar a ese pedante de Pepe aunque fuera el director de *Juego de tronos*. Reflexionando y mirando al pasado, cree que hizo bien en dejar al novio del padre perfecto. A la larga, esas relaciones, las que se basan en algo que no es amor ni deseo hacia la pareja, acaban mal. Y eso se nota. En cenas como las de hoy aparece la Eva antisocial y profunda. Pero por suerte, y gracias a la nueva terapia, se da cuenta de que quizá está siendo demasiado dura con los comensales que la acompañan y se dispone a ir a por la pizza con una actitud más positiva y receptiva, aunque esta noche no brinde con Mortadelo.

—Te ha afectado lo de Mario, ¿eh? ¡Lady Drama! —dice Sara empujándola para dentro.

—Tienes razón, Lady Luz. Me he dejado llevar por el lado oscuro. Esta noche la pasaremos bien ocurra lo que ocurra.

—¡Esta es mi prima!

Después de la cena deciden ir todos al club con el coche de Pepe, que, como no podía ser de otra manera, es un Saab descapotable de coleccionista. Solo llegar los colocan por parejas y no dejan que Sara y Eva se registren juntas. Por lo visto, estas normas son para que no haya más hombres que mujeres y lo contabilizan por parejas hetero: hombre y mujer.

—Esto no me gusta —deja claro Eva mientras entrega el bolso y la chaqueta—, es muy machista.

—A mí tampoco me mola demasiado, pero calla y sígueles el rollo —le aconseja la prima.

—Podrías aplicar el cuento a las cenas familiares, ¿no?

—¿Te imaginas a tu madre aquí?

—Calla, por Dios, ahora no podré quitarme esa imagen de la cabeza.

—Hija, ¿tú crees que tu madre no folla?

—Pues como no sea con la esclava.

Las dos primas se tronchan de risa. Dejan los bolsos con sus respectivos móviles en la recepción y, a cambio, les dan una llave por pareja. Como el grupo es impar, Eva se las ingenia para conseguir una llave para ella sola. Eso la hace feliz. Podrá ir a su bola y hacer lo que le dé la gana. En cualquier momento se marca una bomba de humo y se larga. Para una persona con ansiedad, eso es media vida.

Eva alucina con la energía que desprende el lugar, entre bonito y sórdido. Con la llave de la salvación en su muñeca y agarrada de la mano de la prima, siguen a los expertos que tienen claro adónde hay que ir. Bajan por una escalera de caracol y entran en la primera sala, la discoteca.

Parece una disco normal, pero lo que no es tan normal es la gente. Bueno, vamos a utilizar otra palabra, porque normales somos todos. Digamos que van vestidos, o desnudos, de una forma diferente que en un bar o una disco cualquiera. Hay bastantes personas vestidas de cuero y con accesorios de BDSM, collares, arneses, máscaras. También las hay que van desnudas. Eso ya le da más vergüenza a Eva. Siente que la gente está muy relajada y piensa que después de un par de copas, también ella lo estará.

Pero de entrada, alucina un poco con todo. Tras el primer gin-tonic, siente que su cuerpo se acalora. Ha dejado el jersey en la barra y lleva una minifalda, una camiseta escotada y unas botas de esas molonas que llegan a las rodillas. Si algo se le da bien a Eva, aparte de cocinar, es bailar. Pilla a su prima de la mano y se marcan un baileteo de lo más sexy a ritmo de Shakira. Los amigos modernos las miran entre orgullosos y cachondos. De pronto Eva decide soltarse y se quita la camiseta. Le mola mucho la sensación de libertad que siente. Es como cuando vas a una playa nudista, primero te da corte, pero a los cinco minutos ya no ves a nadie desnudo y eres feliz. Marcando los pechos con un sujetador negro de escándalo, baila y observa que nadie la mira mal. La prima sonríe y la deja sola bailando. Un par de canciones más tarde, Pepe se acerca y la saca de su globo.

—Querida —le sugiere susurrándole a la oreja—, ¿te animas a entrar a la zona de aguas?

Eva se sonroja como una adolescente a la que pillan bailando en su cuarto y asiente con la cabeza mientras se acerca a la barra para recuperar el jersey. Salen de la sala y se dirigen a los vestuarios, dos pisos más abajo.

Está claro que ha llegado la hora de la verdad. Aquí sí que o te desnudas o te vuelves a la disco. Aunque Eva se ha atrevido a sacarse el jersey, no tiene muy claro si quiere que todos la vean en bolas, pero la idea de bañarse la pone bastante, así que decide no darle más vueltas y entrar con ellos. Deja sus cosas en la taquilla y se pone un pareo y unas zapatillas que ha encontrado dentro. Al llegar al spa, sin pensarlo demasiado y para sacarse la vergüenza de encima, se tira de cabeza, dejando el pareo y las zapatillas al borde de la piscina, a fin de recuperarlos y taparse enseguida cuando salga.

Una vez dentro, charlan y bromean. La naturalidad con la que se comportan todos tranquiliza mucho a Eva. Todo fluye hasta que observa a su prima comiéndole la polla a Pepe; en ese momento vuelve a salir la niña Disney a la que le da un repelús tremendo la imagen de su inocente prima comiendo penes delante de ella. Intentando no mirar, se dirige a un jacuzzi pequeño que hay en la otra punta dando sorbos al gin-tonic que le han servido en un vaso de plástico. En el camino observa a una pareja joven muy mona que al verla se mete dentro. Se abrazan y se acarician dando la espalda a Eva, no deben de tener más de veinticinco años.

De pronto Eva vislumbra la oportunidad de probar algo nuevo. No se atreve ni de coña a preguntar ni insinuarse, pero con mucha lentitud se acerca a la pareja. Nota que no se apartan, más bien lo contrario, retroceden de manera que los pechos de Eva tocan la espalda de la chica. La pareja se besuquea mientras Eva deja que sus preciosos y duros pezones bailen con la espalda de la chica. En un momento dado, no puede evitar darle un suave pero excitante lametazo casi desde dentro del agua, para disimular y hacerse la loca si pasan de ella. Lo hace medio en broma, convencida de que la apartarán. Pero no. De repente la mano del chico le acaricia la cara y la atrae hacia su pareja. Eva no sabe muy bien qué hacer, pero le apetece tocar los pechos de la chica. Son blanditos y diferentes, es como si la llamaran. La joven suspira de un modo extraño.

—Perdona, soy novata. Si os molesto, os dejo —se presenta Eva, un poco asustada.

—No nos molestas para nada, lo que ocurre es que se ha puesto los piercings hace un par de días y le duelen un poco —responde el chico, que mira a su chica como pidiéndole que interactúe con Eva, que se acerca y la besa.

Es la primera vez en la vida que Eva besa a una mujer o se deja besar por ella, y la verdad es que no le disgusta en absoluto. Tampoco le parece algo apasionante, es simplemente excitante. Diferente. Todo resulta muy confortable dentro del jacuzzi. La pareja es monísima. Los dos lo son, pero Eva se siente atraída por lo nuevo, lo diferente, por la chica.

Se siente libre y con unas ganas de experimentar enormes. Y sin pizca de ansiedad. No sabe si es debido al agua caliente, pero lo cierto es que su cuerpo está ardiente. Abrazada a la chica, nota las piernas del chico y lo que no son las piernas. La sensación es nueva y excitante, pero no tiene claro si quiere ir más allá. Aun así, se deja llevar, como cuando bailaba en la discoteca. Parece que nada malo puede pasar en ese curioso lugar. La chica deja de besar los labios de Eva para concentrarse en sus pechos mientras nota cómo el chico le acaricia la vagina por debajo del agua.

De repente, fuera del jacuzzi, en la zona del jardín, ve a una mujer que no para de mirarla. Es pequeña, tiene el pelo corto, podría ser un hombre, pero no, es una mujer con unos pechos muy bien puestos y una actitud desafiante. Eva tiene la mirada fija en ella y, sin darse cuenta, deja de acariciar a la pareja. Ningún problema, ellos siguen a lo suyo.

A Eva empieza a gustarle este sitio porque puede hacer lo que le da la gana sin más explicaciones.

Ahora su deseo ha cambiado. Atraída como un imán e intrigada por esa mujer, decide salir de la zona de aguas y entrar en la de folleteo, lugar de paso obligatorio para salir al jardín. Por un momento, fantasea con la idea de quedarse delante del cristal observando a la chica misteriosa y masturbándose al mismo tiempo, pero sabe que no será capaz. Aun así el cuerpo le pide que se acerque a ella, aunque tenga que recorrer medio club para llegar al lugar donde se encuentra. Al sacar sus piernas del jacuzzi, da la falsa impresión a la parejita joven de que quiere ir a follar con ellos.

—¿Te acompañamos? —pregunta excitada la chica, que esta vez da un paso más y le acaricia el pubis con la mano al tiempo que le da un excitante beso.

—Mejor nos vemos luego —responde sincera Eva mientras se pone el pareo como si fuera una minifalda y se despide de ellos entre besos.

De camino al jardín, Eva se queda colgada al observar cómo folla el personal a su alrededor. Salas llenas de gente montándose tríos y orgías varias. «Qué mal ha hecho el porno», piensa ante esos falsos gemidos y esas penetraciones a ritmo de golpeteo, que más que sexo parecen clases de gimnasia.

Sigue el tour lentamente. Todavía no se cree que esté en un lugar como este, pero es fascinante, el ambiente invita a dejarse llevar, a participar. En el fondo, Eva desea que alguien la pare. Aunque no le apetece ser penetrada en ese momento, sí le da morbo toquetear y que la toquen.

A medio camino descubre una pareja que le gusta. Él está tumbado sobre una esterilla y ella lo cabalga lentamente. Al verlos tan sincronizados, Eva fantasea con la idea de que el chico le coma el coño, pero no se atreve a proponerlo. «Venga, has venido aquí a probar nuevas experiencias, ¿a qué esperas?», piensa. Siguiendo su deseo, Eva se tiende junto a la pareja y los observa mientras se toca. El chico la mira con lascivia y acelera la penetración. Está claro que ver a Eva masturbándose le ha puesto cachondo, y ella se toca los pechos y la vagina, pero no llega a correrse. Está súper a gusto y en este momento piensa en la mujer misteriosa. No quiere perderla. Detiene el ritmo de sus dedos poco a poco y desaparece sin decir nada a la pareja, que sigue cabalgando.

Minutos más tarde sale al jardín y allí la encuentra. Sentada en un sofá blanco, completamente desnuda, la está mirando y levanta su copa en dirección a Eva.

—¿Me acompañas? —le dice.

21

No es el sexo lo que nos da placer, sino el amante.

Marge Piercy

Mario se presenta en el hospital

Desde que Mario sabe todo lo que sabe, no levanta cabeza. Todo aquello en lo que creía se ha desvanecido, siente que ha perdido el rumbo. No se puede quitar a Eva de la cabeza y aunque disfrutó como no lo hacía en años, la ansiedad apenas le deja respirar. Tendría que odiar a Marina por haberlo engañado y fugarse con Eva, pero es incapaz de dejar de amar a su mujer de un día para otro. Tampoco es eso lo que desea.

Al llegar a casa después del trabajo se hunde en el sofá sin quitarse siquiera la chaqueta ni pillar una cerveza de la nevera, como tiene por costumbre. Se queda mirando al infinito, pensando en cuál va a ser el siguiente paso. La verdad es que no tiene ni idea. Solo se siente culpable, triste y asquerosamente solo. Mario es de ese tipo de personas que lo dan todo por la pareja y no construyen nada para sí mismos. Toda su vida ha girado en torno a Marina. Ella es su centro. Creía que sería recompensado por ser honesto y bueno, pero ya sabéis que el amor no funciona así y que la vida es todo menos justa.

Completamente agotado, no sabe si podrá soportar otra noche de incertidumbre. Otra noche sin Marina, sin saber si irá a cenar o no. La duda y la desconfianza se apoderan de su mente. Se supone que su mujer está de guardia en el hospital, pero algo en su interior le dice que no es verdad. Repasa todas las veces en que Marina lo ha podido engañar a lo largo de su relación. Aquella epidemia que hubo en el hospital, que la tuvo cuarenta y ocho horas seguidas trabajando o el avión que perdió a la vuelta de aquel congreso y la retuvo tres días en una ciudad lejana. No quiere pasar lista y saber en qué la ha engañado y en qué no, pero su cabeza no para de dar vueltas y se tortura reconociendo su parte de culpa. No ha sabido comunicarse con su mujer, no ha sabido darle lo que ella necesitaba, no ha sabido verlo y ha dejado que el tedio y el aburrimiento se adueñaran de su relación. Ha sido muy cobarde. Al pensarlo, se arma de valor y decide ir al hospital en busca de algunas respuestas. Sabe que a Marina no le hará mucha gracia, por no decir ninguna, pero se ha cansado ya de hacer siempre lo que se espera de él.

Decidido, coge una moto de alquiler de esas que se pillan por la calle y se presenta a la puerta de urgencias del hospital. Ya desde la entrada, el panorama que le rodea es desolador. Un hombre con la cabeza abierta, unos padres con un bebé que no para de llorar, camilleros arriba y abajo y una mujer que habla a gritos por el móvil, pese al cartel gigante donde dice que está prohibido. Mario, desconcertado y avergonzado, prefiere esperar sentado en una silla de la sala. Es como si estuviera a la espera de alguna señal que le dijera lo que debe hacer. Al cabo de media hora, ve al final del pasillo a un enfermero que no deja de mirarlo. Aparta la mirada un rato pensando que igual son imaginaciones suyas, pero cuando vuelve a levantar la cabeza, el hombre sigue allí. Tiene una mirada extraña. Si no fuera porque lleva el uniforme del hospital pensaría que es un psicópata.

—¿Está usted bien? —le pregunta una enfermera al notar su incomodidad y el sudor frío.

—Sí, perdón. Pensaba que tenía fiebre, pero ya estoy mejor —se excusa Mario levantándose sin dejar de mirar al tipo extraño.

En ese momento el hombre del final del pasillo se acerca a toda prisa y lo empuja hacia fuera con violencia dejando alucinado al personal del hospital y al propio Mario, que, debido al empujón, casi cae al suelo.

—¿Se puede saber qué haces aquí? —le increpa el hombre como si le conociera.

—¿Perdona? —contesta confuso Mario intentando mantener el equilibrio.

—No te hagas el loco. Sé perfectamente quién eres —subraya con un tono nada amistoso.

—Pues yo no sé quién eres tú.

—Soy el novio de tu mujer —sentencia él presionándolo para provocar una pelea.

—¿El acosador? —contesta Mario haciendo amago de marcharse—. No tengo nada que hablar contigo.

—¡Soy el que lleva un año follándosela! —exclama mientras sigue empujándolo para echarlo del hospital, ante la mirada atónita de sus compañeros, que no saben cómo actuar.

—Bueno, parece que ya no. Si no te importa, tengo prisa. —Mario intenta dejarle claro que las peleas no van con él, aunque las ganas de devolverle el golpe son cada vez más fuertes.

—¿A qué has venido, sino a buscar bronca?

—He venido a por mi mujer.

—Marina no trabaja hoy, así que has venido a provocarme.

—¿Cómo que no? —pregunta Mario desconcertado.

—¡Pues que no trabaja hoy! —le vuelve a decir—. Estará follando con otro o metida en algún tugurio cutre. Tratándose de la Mari, todo puede ser.

Isidro continúa con sus provocaciones, como si tuviera ganas de batirse en un ridículo duelo con el marido de su exnovia.

Los hombres hetero cis blancos y ese machismo interiorizado del que no pueden desprenderse. Ese comportamiento producto de la educación heteropatriarcal recibida. Los dos machirulos peleando por una mujer que ni siquiera está presente. Por suerte, a nuestro Mario no le van estas mierdas y, aunque se defiende, intenta no entrar al trapo.

—Oye, no te pases, ¿vale? —le avisa Mario elevando un poco el tono.

—Uy, pero si el maridito tiene sangre en las venas —se burla el enfermero alzando la voz para que la gente de la calle los oiga.

—¿Por qué tendría que creerte?

Isidro se acerca a la puerta de cristal que se abre de forma automática y a chillidos se comunica con la recepcionista.

—¡Tere, dile a la Mari que venga!

—Sabes que Mari no tiene guardia hoy. ¿A qué juegas?

—¿Has oído, maridito? ¿Me crees ahora? —le pregunta con retintín.

—¡Mierda! ¿Dónde andará? —masculla Mario en voz alta mientras saca el móvil del bolsillo.

—Yo pensaba que estaba en casa jugando a las familias, pero ya veo que no. Con la Mari nunca se sabe, nunca sabes lo que le pasa por su cabecita.

—Yo solo sé que ya no quiere nada contigo. Te has pasado acosándola. Esto no va a quedar así —le aclara al tiempo que se dispone a llamar a su mujer.

—Mira, idiota —le grita agarrando a Mario del cuello y consiguiendo que se le caiga el móvil al suelo—, no pienso renunciar a ella, ¿entiendes? Porque la quiero y porque sé que ella también me quiere. Me niego a pensar que lo nuestro no significa nada para Marina. Voy a luchar por ella. ¿Te ha quedado claro?

Mario lo mira asustado y permanece en silencio aguantándole la mirada. La escena es surrealista, qué habrá visto su mujer en semejante energúmeno. ¿De verdad son amantes? ¿De verdad se quieren? ¿Es este tipo la razón por la que Marina no quiere tener hijos? Mario no para de darle vueltas a todo, pero no logra entender qué está pasando.

—¡Te he preguntado si te ha quedado claro! —insiste Isidro con tono amenazante.

Mario se arma de valor, asiente con la cabeza, le aparta la mano, recoge el móvil del suelo y, sin dirigirle una sola palabra, se larga, mientras Isidro sigue dando voces.

—¡Vete, cobarde! Corre a casita a esperar a tu mujercita.

Sufriendo por su mujer y con las manos temblorosas, Mario pulsa el nombre de Marina en el móvil. Le salta el contestador y no le queda más remedio que dejar un mensaje.

«Cari, estoy preocupado por ti. Cuando puedas llámame. Te espero en casa».

22

Para las mujeres el mejor afrodisíaco son las palabras, el punto G está en los oídos, el que busque más abajo está perdiendo el tiempo.

ISABEL ALLENDE

Eva juega a ser liberal

Eva permanece impasible delante de la mujer misteriosa. Se parece a Juliette Binoche en la película *Herida*, tremendamente bella y natural. «¿Cómo se puede ser tan elegante estando desnuda?», piensa Eva, cuyo cuerpo está chorreando, no sabe si a causa del agua del jacuzzi o de la excitación. Se nota empapada. Se queda quieta, impasible, como si esperara el permiso de la mujer misteriosa para sentarse a su lado y comunicarse con ella.

—Siéntate, que no muerdo. Hoy no he venido a follar, solo a desconectar.

—Pues menudo sitio has ido a escoger —se sorprende diciendo Eva, todavía de pie.

—Este es el sitio ideal. No se sabe si es de día o de noche, ni qué hora es. Es como un casino, pero aquí no te arruinas. La gente se deja medio sueldo en gimnasios, masajes, spas, drogas, citas de mierda…, pero esto sale mucho más a cuenta y, además, nadie te juzga. Solo por eso ya vale la pena venir. Además, no te entran babosos borrachos; si alguien no te gusta, con apartarle la mano vale.

—Eso me han dicho, pero yo me he pasado media noche apartando la mano del mismo tipo.

—¿Te vas a sentar o no?

—Sí, claro, disculpa. —Eva obedece y se sienta con torpeza, colocándose bien el pareo—. Yo soy Eva, y tú ¿cómo te llamas?

La mujer misteriosa hace una pausa dramática antes de pronunciar su nombre.

—Me llamo Marina. Pero puedes llamarme Mari, si quieres.

Marina está sentada en un sofá con cojines blancos, desnuda por completo, mientras que Eva se ha currado un vestido monísimo con el pareo y se ha sentado en una silla. La situación le parece excitante. Aunque esté junto a una mujer, no está de más protegerse y le deja claro que no está sola.

—Yo estoy con unos amigos. ¿Tú siempre vienes sola?

—A veces. Hoy tenía ganas de escaquearme.

—¿De qué?

—De mi vida en general. Pero, sobre todo, de mi marido —se sincera antes de darle un sorbo largo al gin-tonic.

—¡Anda! ¿Y cómo no vienes con tu marido?, si esto está lleno de parejas —pregunta Eva mirando a su alrededor.

—Pues te lo voy a contar, me parece que te gusta escuchar.

—Soy más de hablar, pero dispara. ¿Puedo? —le inquiere robándole un sorbo de gin-tonic.

—Pues yo soy más de escuchar. No está mal cambiar de rol de vez en cuando, ¿no crees? —pregunta señalando el jacuzzi.

—¿Lo dices por la parejita de antes? —Eva se muestra incrédula y sorprendida. Ahora constata que no han sido imaginaciones suyas, sino que, en efecto, Marina la estaba observando mientras se magreaba con la pareja.

—Sí, me he fijado en ti.

—Se nota que soy novata, ¿no?

—Se nota que eres muy hetero —sentencia dejando constancia de que la ha estado observando tanto que incluso la ha etiquetado.

—¿Qué pasa con tu marido? —quiere saber Eva, a quien no le apetece nada hablar de su heterosexualidad.

—Que está apagado. Esto es lo que pasa, ¡está apagado! —exclama y le da un trago al gin-tonic, sorprendida de sus propias palabras, como si lo acabara de descubrir—. Hoy he decidido no mentir nunca más. Ser sincera conmigo misma y con el mundo entero. ¿Y sabes? Voy a empezar contigo.

Eva la escucha con atención. Nunca se ha fiado de las personas a las que no conoces de nada y te cuentan su vida, pero algo le dice que Marina es diferente.

—Estoy casada y he venido aquí porque me da pánico la soledad. Me he pasado los últimos años de mi vida teniendo relaciones de mierda, muy superficiales. No me llenan y me siento culpable, muy culpable.

—¿Por?

—Por todo.

Marina nota por primera vez un cambio en su interior. Le dijo a Mario que sería sincera, pero no lo fue. Lo único que hizo fue vomitarle todo lo que tenía dentro, llevada por la culpa y los remordimientos. Fue más bien un acto de egoísmo que de sinceridad, y no tiene muy claro qué ha conseguido con ello. Ahora su marido está fatal y ella se siente más perdida que nunca entre ser la Mari y Marina.

—Y tú, ¿qué haces aquí, novata? —pregunta incorporándose y sentándose en posición de flor de loto. Se vuelve para ponerse el pareo en modo poncho y Eva observa el bonito tatuaje que tiene en el hombro izquierdo.

—He venido con unos amigos. ¿Eso que llevas tatuado es un treinta?

—No. Es el símbolo Om. Del yoga. Me da paz.

Eva no puede dejar de admirar la elegancia y la seguridad con la que se muestra la mujer misteriosa. A ella, en cambio, seguro que se le nota el nerviosismo, sentada con las piernas cruzadas, tensa, pendiente del pareo y tocándose el pelo todo el rato, convencida de que lo debe de llevar fatal, mojado y alborotado.

—Es la primera vez. Es curioso y divertido, pero no me veo follando con nadie, aquí, la verdad —añade sin dejar de observar todo lo que pasa a su alrededor.

—Nunca digas nunca, que al final solo es sexo.

—Ya lo sé. Pero es que a mí el sexo por el sexo no me interesa demasiado. Bueno, sí me interesa, pero si no es bueno no me llena. Necesito conectar y mirar a los ojos a mi amante. Prefiero no follar a follar mal. No sé cómo explicarlo —dice jugueteando con la llave de la taquilla que lleva en la muñeca atada a una pulsera.

—Te explicas perfectamente. Has vivido demasiado para follarte al primer *freaky* que pasa. La emoción de las primeras veces se desvanece con los años. Por eso algunas acabamos aquí, en busca de nuevas experiencias, nuevas primeras veces aun sabiendo que al igual que pasa con el primer polvo, cuando lo has hecho quince veces ya no te excita tanto.

Marina se levanta al ver una cara conocida.

—¡Paco, me das la vida si me traes un par de gin-tonics del bar! —grita.

El chico le dice ok con el pulgar y Marina vuelve a sentarse en el sofá, esta vez mucho más cerca de Eva. La invitaría a abandonar la incómoda silla y a tumbarse con ella, pero piensa que es mejor no hacerlo, Eva sigue demasiado tensa.

—Al final lo que importa son las personas y no el acto sexual en sí —prosigue Marina, retomando la conversación—. Pero ¿qué pasa cuando conectas mucho con alguien?

—¿Que te cuelgas? —aventura, emocionada, Eva como si estuviera en un concurso de la tele.

—Y te hacen daño.

—¡Y es un puto drama!

—Pues eso. Conectar mola, pero parece que cuando conectas con alguien también le das el poder de herirte —alega Marina demostrando que es más frágil de lo que parece.

—Eso es verdad, pero hay que arriesgarse. Porque el sexo mola cuando es...

—¡Buen sexo! —dicen las dos a la vez.

—Pues eso. Sexo consciente, sincero, con complicidad. En el que te sientes libre diciendo lo que quieres o lo que no quieres. Lo normal, vamos.

—Muchas veces no es así —la corrige Eva—. Cuántas veces hemos aguantado, cedido o callado cosas para no herir a alguien. —Marina se queda muda y asiente con la cabeza—. Sin ir más lejos, yo el otro día paré un polvo.

—¿En serio? Bien por ti, ¿y cómo se lo tomó el amigo?

—Fatal. Me montó un pollo, ofendidito, fue muy desagradable.

—Qué valiente eres, tía.

—Para nada. Soy todo menos valiente. Créeme. Estaba bien protegida, en un hotel. El DNI estaba en la recepción y mi prima Sara tenía su contacto. Siempre lo hacemos así cuando quedamos con un desconocido de Tinder. Es triste, pero las tías tenemos que protegernos y ayudarnos. Siempre.

—Es verdad. No todos los hombres saben estar a altura. Yo he cortado con mi novio y no me deja en paz.

—¿También tienes novio?

—Sí, amiga, sí —dice levantándose otra vez para ir a por los dos gin-tonics—. ¡Gracias, Paco! Te debo una.

—Me debes dos —contesta el chico, que se acerca y, con manifiesta confianza, le da un gran morreo a Marina.

Eva alucina, intenta retenerlo todo en su cabeza para contárselo luego a su prima. Son demasiadas cosas y algo se le olvidará, fijo. Marina continúa contando su historia y ella escucha con atención.

—Desde que se enteró de que estoy casada, se está portando bastante mal conmigo, la verdad. No lo acepta, me acosa, me amenaza con contárselo todo a mi marido, me manda ochenta millones de mensajes al día. ¡Me tiene harta! También por eso me gusta este sitio, nos obligan a dejar los móviles. ¡Esto es mejor que meditar, joder! —exclama levantándose, gritando al cielo y estirando los brazos.

Es una noche increíble, la luna ilumina todo el jardín y Eva no puede dejar de mirar a Marina, su energía la tiene hipnotizada. Tiene el cuerpo menudo pero muy bonito, todo lo contrario a ella, que es grandota. Parecen don Quijote y Sancho Panza. Suena una suave música *chill out*, ha bajado la temperatura y corre una brisa muy agradable. Las dos nuevas «amigas» se sienten muy a gusto compartiendo gin-tonics y confidencias.

—Háblame de tu novio, perdón, de tu exnovio —le pide Eva que, sin saber cómo, se ha atrevido a pasar de la silla al sofá y con este gesto le ha sacado una bonita sonrisa a Marina.

—Pues teníamos un sexo alucinante. Era un poco cromañón, pero nunca pensé que llegara a esos extremos. Es enfermero, ¿sabes? Y yo pensaba que solo las buenas personas pueden ser enfermeras.

—¡Uy!, un clásico.

—¿Qué?

—Buscarse tipos que crees que no te harán daño y deducir que son buena gente solo por la profesión que tienen. Mi último novio era intérprete de signos, asistía a personas sordociegas. —Por un momento Eva siente que han pasado siglos desde que lloraba por el Coda.

—Uy, sí, profesión de santo.

—Pues fue un cabrón conmigo, a eso iba.

—¿Qué te hizo?

—Nada. Solo hacerme creer que me quería.

—¿Por qué haría algo así?

—No sé, hay gente que funciona así.

—Yo creo que cuando alguien te hace creer que te quiere es que te quiere en realidad. Solo que no de la manera que a ti te gustaría —dice Marina para justificarse a sí misma al verse reflejada en la actitud tan cobarde que a veces tiene ante Mario. Lo quiere, pero no como él desearía.

—No sé. Nunca me lo había planteado de este modo.

—Pues quizá haya que empezar a hacerlo, ¿no crees, novata? Autoestima arriba —dice alzando el gin-tonic de plástico para brindar.

—¡Y tetas abajo!

—¿Cómo? —pregunta Marina soltando una carcajada.

—Lo dice siempre mi madre: cuando se te caen las tetas es cuando te sube la autoestima.

—Lo ideal es que siempre la tuviéramos equilibrada. Mi novio sí que la tiene baja. Por eso monta tantos pollos. Estoy más preocupada por él que por mi marido. Es fuerte,

¿verdad? Mi marido es un bonachón, no se merece lo que le estoy haciendo. Por suerte no todos los hombres son iguales.

—No, pero sí que es algo muy masculino.

—¿El qué?

—Insistir en alguien que no te quiere.

—Eso lo hacemos también las mujeres.

—Vale. Te pondré un ejemplo más claro. —Se acomoda mejor y mueve los hombros porque le duelen las cervicales y añade—: Las putas.

—¿Las putas? —pregunta Marina, que flipa con el desparpajo con que Eva se está soltando cada vez más.

—Los hombres van más de putas que las mujeres. ¿Qué sentido tiene follar con alguien que no te desea?, pues eso es lo mismo. Tu exnovio es gilipollas. Si ya no lo quieres, ¿qué busca? ¿Qué pretende? Es como el tío aquel al que le paré el polvo, creo que hubiera preferido que follara sin ganas. ¡Malditos hombres! No sé por qué no nos volvemos todas lesbianas.

—Ya lo somos. Bisexuales, seguro. La sociedad es la que nos quiere hetero.

—Hablas como mi prima, que usa lenguaje no inclusivo y es bisexual.

—Estoy con tu prima.

—Te encantaría Sari. Hace un momento le estaba comiendo la polla a un tío pedante. Ella no tiene tantos miramientos como yo, es disfrutona como nadie. Bueno, las dos lo somos. Creo que nos viene de familia.

—¿Tú tienes pareja, Eva?

—¡Qué va! Está todo fatal —exclama al tiempo que se recoge el pelo con la goma de la llave de la taquilla. Acaba de caer en la cuenta de que lo mismo le puede servir de pulsera que de coletero.

—Voy de tinder en tinder. Tengo un medio rollo con un tipo del trabajo, pero está casado. Así que paso de enamorarme de él. Qué pereza. Anda, hablemos de ti, que me deprimo.

—Yo tengo que hacer algo con mi vida. Con mi marido y con mi novio. Nunca mientas a nadie, Eva. A la que empiezas ya no puedes parar y la bola se hace tan grande que cuando quieres darte cuenta ya ni siquiera eres tú misma. Tenía tantas ganas de salir del cascarón, de dejar de estar casada, de ser libre y hacer lo que me diera la gana, que en lugar de ir de cara y decir la verdad, ¿qué hice?, pues empecé a mentir sin parar. Hasta hoy. —Sonríe al observar el moño que se ha hecho Eva con la goma del llavero—. Háblame un poco de ti. Vale que has venido con amigos, pero algo te habrá motivado aquí dentro, ¿no?

Marina pone su mano en el pecho de Eva por encima del pareo, como si quisiera tocarle el corazón.

—Sí, claro. Me motivan muchas cosas —reconoce Eva sonrojándose.

—Cuéntame alguna fantasía, vaaa —le suplica Marina.

—Pues mira, igual te parece cutre, pero una de las cosas que me dan morbo de este sitio es el cuarto oscuro.

—¿Has entrado en él?

—¡No!

—¿Y eso?

—Es que no hay nadie que me interese.

—Cómo lo sabes, si no has entrado.

—Porque mi fantasía consiste en eso: entrar en el cuarto oscuro sabiendo que mi amante también está ahí. Me da morbo imaginar cómo voy toqueteando y oliendo a la gente hasta encontrarlo. No nos decimos nada porque si hablamos, el juego se acaba.

Marina no responde. Mira a Eva con intensidad y observa que esta se sonroja aún más. A las dos se les acelera el corazón y, como si el mundo se hubiera congelado, se regalan un momento mágico que enseguida se rompe con la aparición de Sara.

—¡Prima!, ¿estás bien? —pregunta Lady Luz con ese tono maternal tan típico de ella.

—Súper. Te presento a Marina.

—Encantada, ¿estáis borrachas? —pregunta la prima al observar la coquetería de ambas mujeres.

—Nos vemos otro día, ¿vale? —Eva se despide de su nueva amiga y se levanta—. Me ha gustado mucho charlar contigo —añade.

Marina le guiña el ojo y las primas se alejan. La verdad es que a Eva le hubiera encantado pedirle el teléfono, pero le ha parecido demasiado forzado. Sin embargo, algo dentro de ella le dice que la volverá a ver.

Marina también siente que ha conectado con Eva y que ya no tiene nada más que hacer en ese lugar, espera un tiempo prudencial para no parecer una acosadora y a los quince minutos abandona el club.

En el taxi de vuelta a casa enciende el móvil. Hay una llamada de su marido y veinticinco perdidas de Isidro. Obvia al desquiciado de su exnovio y llama a Mario.

—Perdona, cariño, ya llego —dice elevando el tono de voz para que el taxista la oiga.

Sí, estas mierdas tienen que hacer las mujeres para sentirse seguras. Como si un hombre detrás del teléfono la pudiera proteger, pero es la manera de decirle al taxista que no se pase ni un pelo, que en casa saben que va para allá.

—¿Mucho lío en el trabajo? —pregunta Mario con intención de pillarle la trola.

—Hoy no tenía guardia. Luego te cuento.

—Lo sé. He ido a buscarte.

—¿Al hospital?

—Sí. Y ha aparecido el psicópata de tu novio, exnovio, amante o lo que sea. ¿Cómo tengo que llamar a ese salvaje? Puesta a ponerme los cuernos, lo podrías haber hecho con alguien más normal, ¿no?

—Tienes razón. Isidro ha perdido por completo el norte. —Baja la voz y vuelve la cabeza hacia la ventana para que el taxista no pueda oír la conversación—. No para de acosarme con mensajes y llamadas.

—Haz pantallazos de todo porque estoy pensando en denunciarlo. Me ha agredido.

Marina se queda en silencio. Su marido tiene toda la razón. Hay líneas rojas que no se pueden cruzar. La violencia es una de ellas.

23

El sexo es una de las nueve razones para la reencarnación... las otras ocho no son importantes.

HENRY MILLER

La señora Sala cumple años

La familia se reúne en un famoso restaurante de la costa con vistas al mar para celebrar el cumpleaños de la matriarca. Si en algo coincide todo el clan es en la pasión y el amor que sienten por el mar, la playa y el agua en general. Y como a la señora Sala no le molan las sorpresas, se ha encargado ella personalmente de hacer la reserva y decidir qué van a comer.

Justo al entrar por la puerta, antes de juntarse con su familia, Eva habla con el jefe de sala sobre el pastel y las velas.

—¿Cuántos años cumple mamá? —le pregunta a la prima mientras intenta hablar sin éxito con algún camarero. El restaurante está a tope y no paran quietos ni un segundo.

—¿A mí me lo preguntas? Ni idea, es tu madre —responde Sara.

—¡Disculpe! Tenemos una reserva a nombre de Sala. ¿Sabe si...?

—Sí, ya han llegado todos —la corta enseguida una camarera mientras toma nota de algo en su tablet.

—¿Han hablado con ustedes sobre el pastel y las velas? —pregunta la prima.

—Sí, señoras, la cumpleañera lo tiene todo controlado. Las están esperando en el reservado del fondo. Mi compañero las acompañará —responde, haciendo un gesto a otro camarero y dejándolas con él.

—¿Me acompañan, por favor?

Efectivamente, están en la mejor mesa del restaurante. En un pequeño reservado en el que pueden gritar sin molestar a nadie. Algo muy valioso para esa familia de locos. En cuanto llega, Eva le da un enorme achuchón a su madre.

—¡Felicidades, mami! Ya me han dicho que lo tienes todo controlado, ¿no?

Eva no es una *freaky* del control porque sí, aunque suene tópico, todo le viene de su madre, la mujer más controladora que conoce. Incapaz de dejar que nadie organice nada si ella no lo ha autorizado y supervisado antes, lo peor que podrían hacerle a la señora Sala si quieren cabrearla es organizarle una fiesta sorpresa, así que desde hace años dejan que la organice ella solita, y todos felices.

—Sí. Este año he decidido que me planto —reconoce mientras acompaña a las chicas a su sitio.

—¿Cómo que te plantas?

—Pues que no quiero velas en mi pastel. Me planto. Siéntate al lado de Mónica, tesoro. Y tú, Sarita, delante, al lado del Señor.

—Nunca he entendido esa manía que tiene la sociedad de querer ocultar la edad de las mujeres —sentencia Sara.

—Qué bonita es la vida desde los veinte años, ¿verdad? Tú espera a que empieces a sumar —advierte la señora Sala.

—Yo estoy con ella, cumplir años es maravilloso. Estamos vivas, por eso nos hemos reunido hoy aquí, ¡para celebrarlo! —afirma la esclava guiñándole el ojo a la veinteañera.

—Cierto. Y como es mi cumpleaños, ¡mando yo! Y como mando yo, no me da la gana de decir cuántos años cumplo. ¿Le parece bien a todo el mundo?

—Di que sí, mami —grita Mónica—. Brindemos por ti. ¡Viva la vida y que vivas muchos más!

—Y viva este vino blanco que nos dará una resaca que flipas —dice Eva mirando el verdejo que ha escogido su madre.

—Es mi cumpleaños y me gusta este vino.

—Te gusta porque hay un perro en la etiqueta, pero hoy nos merecemos algo mejor, ¿no crees? No te digo que brindemos con un Pingus…, pero ¿el Perro Verde?

—Tesoro, no vas a pagar tú, ¿verdad? Pues te bebes el verdejo y te callas —le dice llenándole la copa hasta los topes.

Todos se vuelven a sentar menos Mónica, que sigue de pie. La familia se teme lo peor. Mónica pone su típica cara de afectada y con una sonrisa forzada suelta:

—Kike y yo tenemos una noticia que daros. Hemos decidido no inseminarnos más y yo he dejado de fumar —anuncia.

El silencio se apodera de la mesa. Se miran unos a otros confundidos y, como siempre, no saben si la cosa va en serio o es una ida de la olla más de Mónica. En ese momento, su marido toma las riendas de la conversación para dejar claro que hablan totalmente en serio.

—Cuando conocí a Mónica, no tenía nada claro si quería tener hijos o no. Como sabéis, soy mucho mayor que ella y la idea de ser más abuelo que padre me parecía un poco surrealista. Pero Mónica me contagió su alegría, sus enormes ganas de ser madre y me puse a su disposición para lo que hiciera falta.

Mónica mira con ternura a su marido y no deja que continúe.

—De hecho, cuando llevábamos un tiempo saliendo hablamos del tema de los niños. ¡El temazo! —dice Mónica haciendo un gran gesto con las manos—. Yo estaba acojonada pensando en que me diría que no.

—Acoñonada, si no te importa —recalca Sarita.

—¿Cómo?

—Que no tienes cojones. No puedes estar acojonada.

—¿Ha dicho acoñonada? —La esclava se ríe mirando a la señora Sala.

—El lenguaje que utilizamos define la sociedad en la que vivimos y aquella en la que queremos vivir. Pero sigue, perdona, no quería cortarte —se disculpa Sara.

—Pues lo has hecho. Gracias, sigo. Cuando llegó la gran conversación, él me dijo: «Si quieres tener hijos, aquí estoy y si no quieres, aquí estoy también». —Mónica se emociona y con la voz temblorosa dice—: Es la declaración de amor más bonita que me han hecho en la vida.

Eva se levanta y va corriendo a abrazarla, mientras que la madre suelta una de sus perlas:

—¡Pues nada! Que me voy a morir sin nietos. Bonito regalo de cumpleaños.

—Mamá, ¿por una vez en tu vida puedes intentar no ser el centro de todo?

—Hija, es que entre la mala suerte que tiene Eva con los hombres y esto, ya lo estoy viendo.

—¿En qué quedamos, mami? ¿No eras tú la que hace unas semanas decías que había que aceptar la vida tal como viene? —le recuerda Eva.

—No, si la cuestión es dar por culo.

—Dar por culo mola, a veces. Otro fallo de lenguaje —suelta Sara por lo bajini.

—Hija, para querer ser correcta todo el rato, hay que ver lo *porculera* que eres —sentencia la cumpleañera.

—Y tú, Eva, ¿no quieres tener hijes? —pregunta Sara pasando de contestar a su tía Julia.

—Pues ahora que sale el tema, últimamente le estoy dando vueltas a la idea de congelar óvulos, pero me da mucho respeto, no lo tengo muy claro.

Se hace un silencio espeso. Eva no acostumbra a ser el centro de atención y Mónica ya le ha quitado antes el protagonismo a su madre, que se ha mosqueado, así que lo mejor hubiera sido no abrir la boca. Sin embargo, ha sentido que tenía que decirlo y lo ha dicho, al fin al cabo esta es su familia, su tribu.

—Aurelia, ¿no tienes ninguna gran noticia para darnos tú también? —pregunta irónica la madre, que flipa con sus hijas.

—Escucha a la sumiller, que ha dicho algo muy importante —le advierte la esclava.

Mónica no sabe dónde meterse. Acaba de anunciar que no va a ser madre, algo que la tiene desquiciada desde que tiene uso de razón, y a los treinta segundos su hermana ya le ha robado el protagonismo. La envidia la corroe, pero sabe que no es racional, así que saca un aceite esencial de lavanda que lleva en el bolso, lo huele y respira profundamente antes de tomar la palabra.

—Si yo hubiera congelado óvulos a tu edad, quizá no tendría que haber renunciado a ser madre.

—No os lo he dicho nunca porque lo sentía por ti, Moni. Además, ni siquiera lo tengo claro, ¿eh? Me rayé cuando lo del Chico Coda y lo hice por si no encuentro nunca a nadie y se me pasa el arroz. Supongo que toda mujer tiene que plantearse si quiere ser madre o no en algún momento de su vida. La sociedad nos lo impone y tarde o temprano hay que responder.

—Yo llevo soñando con ello desde que era niña.

—Ya... y lo siento mucho. No es justo que yo pueda y no lo haga y tú, que lo deseas tanto, no puedas.

—Ni te preocupes, si no puedo ser madre, seré tía —dice Mónica fingiendo que no le afecta.

La verdad es que odia a todas mujeres que han sido madres en los últimos dos años. Incluso ha dejado de ver a algunas amigas y ha bloqueado a todas las embarazadas que le aparecían en la «lupa» en Instagram. Si se sincera consigo misma, debe reconocer no podría soportar que su hermana pequeña se quedara preñada. Pero, como la quiere y odia mostrar debilidad, la anima.

—Tienes que hacerlo, Eva. Pide hora a tu ginecóloga cuanto antes.

—Igual sí, pero me da miedo.

—Pero ¿qué es lo que te da miedo? ¡No lo entiendo!

—Hacer proyectos. Tener óvulos congelados en una nevera no sé dónde que me recuerdan que el objetivo de mi vida es procrear, y recibir una llamada en mi cincuenta cumpleaños para recordarme que no los he utilizado y dar permiso para que los tiren por el retrete. Con solo pensarlo me entra una ansiedad...

—Hija, qué dramática eres, tú hazlo, ¡que quiero nietos! —exige la madre.

—¡Un momento! —exclama escandalizada Sara—. ¿Se puede saber por qué siempre tenemos que tomar decisiones para agradar a los demás?

—¿A los demás? ¡Soy su madre! —contesta indignada la señora Sala.

—¿Tú no te arrepientes a veces de habernos tenido, mami? —pregunta, serena, Eva.

—No me arrepiento, pero si volviera a nacer no os tendría a ninguna de las dos. Me pasaría la vida viajando y follando con quien quisiera.

—¡Mamá! —se ofende Mónica.

—La madre que dice lo contrario miente —sentencia la señora Sala.

—Un hijo es como una gran almorrana que nunca se cura —suelta la esclava—, pero yo volvería a adoptar a mis hijos una y mil veces.

—Di que sí, Aurelia —la aplaude Mónica.

En este momento traen a la mesa la gran mariscada que ha encargado la señora Sala. Bogavantes, cigalas, gambas, chirlas... ¡Un festival! Si algo bueno tiene la matriarca es su tremenda generosidad. Aunque no sea exigente con el vino y aunque a veces gruñe más que habla, incluso ha pensado en Sarita y no tarda ni dos minutos en llegar una paella de verduras. A la prima se le ilumina la cara, alucinada con el bonito detalle.

—No pensarás que tu tía te dejaría morir de hambre, supongo —dice la esclava en defensa de su amiga del alma.

—Tesoros, os adoro, lo sabéis. Sois lo mejor que me ha pasado en la vida, junto con mi profesión —dice mientras reparte los bogavantes para que nadie se quede sin uno—. Si dijera lo contrario, mentiría. Y aunque odio cumplir años, me alegra teneros a las dos hoy conmigo. El tiempo pasa volando. ¿Os acordáis de que vuestra abuela siempre lo decía?, pues ahora lo digo yo.

—Y yo también lo digo —interviene Mónica, que intenta romper una pata de bogavante con los dientes—. Mi abuela me lo decía, mi madre me lo dice..., todos los mayores lo decían cuando yo era pequeña... y era cierto. De golpe, sin saber cómo ni por qué, el tiempo empieza a correr a una velocidad que asusta. Un año te parece nada, diez años están a la vuelta de la esquina y, de repente, te cae el mundo encima en forma de... ¡tiempo! El tiempo nos aplasta como si fuéramos hormigas y no sabemos qué hacer. No sé si esta sensación se va a extinguir o, al contrario, va a ir en aumento.

—Yo creo que aumentará junto con la tensión y el colesterol. No te quepa ninguna duda —afirma la esclava.

—Pánico es lo que siento al pensar que esto sea así. De los veinte a los treinta la vida pasó muy lenta y me ocurrieron muchas cosas, pero a partir de los treinta y cinco la cosa se acelera. Me da la sensación de que ya no tengo tiempo para nada, que lo único que puedo hacer es vivir el presente cada segundo con más ganas, y que mirar atrás solo provoca dolor o nostalgia, si el recuerdo es bonito. El pasado ha muerto y el futuro no existe. Este presente me gusta, estoy tranquila y en paz, pero me da mucha rabia que los meses transcurran sin que pase nada; de alguna forma, tener un hijo era provocar que pasara algo. Hay días en los que no hago nada bueno y me siento muy mal. Nunca había tenido tanta necesidad de aprovechar el tiempo.

»No quiero ser mayor, no me siento preparada todavía. Nunca he entendido a las mujeres guapas que se quitan años como tú, mami. Es absurdo, ¿no creéis? Es mejor que piensen que eres mayor y que te conservas muy bien. Prefiero esto a que la gente me diga: "¿Tienes cincuenta años? Chica, ¡estás fatal!". Eso es lo que había pensado siempre, pero, al cumplir los treinta y nueve cambié de opinión. No es que quiera parecer más joven, ¡es que lo soy! No soy una señora. Igual por eso las señoras mienten sobre su edad, no para engañar a nadie, ni siquiera a sí mismas... ¡Lo hacen para engañar al tiempo! Mami, estoy contigo. ¡Feliz no cumpleaños!

Mientras todos aplauden emocionados el discurso de Mónica el móvil de la señora Sala suena a todo trapo con la sintonía de *La Traviata*. Ella lo mira y se levanta en busca de un rincón con más intimidad donde contestar.

—Siento interrumpir este momento tan bonito —se excusa mientras se seca los ojos que se le han empañado de lágrimas por la emoción—, pero tengo que contestar.

La «no abuela» recibe una felicitación de un hombre por WhatsApp.

Vecino sexto
Felicidades, darling! Aún tienes ganas de quedar?

Julia
Claro, querido, soy una señora

Vecino sexto
Eso es lo que más me gusta

Julia
Qué exactamente?

Vecino sexto
Tener una historia con una señora madura
e inteligente como tú 😊

Julia
Te daré un consejo para empezar. Ese comentario
mejor te lo quedas para ti. Nada excita menos a una mujer,
que el hecho de que la llamen «mujer madura»

Vecino sexto

Tomo nota! Ganas de verte ☺

Julia

Nos vemos esta noche. Besos

24

El sexo es más excitante en la pantalla y entre las páginas que entre las sábanas.

ANDY WARHOL

Eva y Marina hacen match

Hoy es uno de esos días en que Eva se permite no hacer nada. Es domingo, sus últimas semanas han sido muy emocionantes y puede regalarse un día de vagancia máxima. Vivir con Sarita es muy divertido, pero cuando la veinteañera se pira al gimnasio y le deja la casa entera para ella, se siente muy relajada y le gusta disfrutar de su hogar.

Tirada en el sofá, repasa las redes. Navega por Instagram, WhatsApp, YouTube y se para en Tinder, donde encuentra lo mismo de siempre: perfiles ridículos con descripciones de dos líneas y ni un solo *match* por el que valga la pena el esfuerzo arreglarse, salir de casa e intentar mantener una conversación en un bar aunque solo dure diez minutos.

Imágenes de hombres musculados, escaladores y abrazadores de animales salvajes se deslizan por la pantalla, pero ella no puede sacarse a Marina de la cabeza. La mujer misteriosa que conoció en el club. Su obsesión es tan grande que no puede evitar cambiar la configuración de Tinder y añadir mujeres a su búsqueda, con la esperanza de encontrarse con ella. No sabe muy bien por qué, la cosa es que está entre sorprendida y excitada. Pero nada, esta aplicación para ligar ya no le funciona ni poniendo mujeres en el buscador. Entonces se decide por el porno, un recurso que siempre funciona para pasar el rato y no requiere de aburridas conversaciones de chat. Esta vez no pone ningún vídeo de los que tiene guardados en el móvil.

Llevada por la curiosidad, entra en una de las páginas más famosas de porno *mainstream* y escribe en el buscador: «Sexo entre mujeres». Con solo teclear esas palabras ya se pone cachonda. Eso no significa nada, a muchas mujeres heterosexuales les encanta el porno lésbico: se sienten bien tratadas y no es tan agresivo como el convencional. En la fotografía de presentación de la categoría «Lesbianas» se muestra a un par de mujeres abrazadas, acariciándose los pechos y la vulva. Eva apoya el portátil en el sofá, le da al *play* e intenta relajarse.

Aprovecha el principio, en el que dos desconocidas hablan, para quitarse las bragas, ir a buscar un vibrador y el lubricante, y prepararse para la fiesta. Con un salto de cama de color negro que se ha puesto, se siente muy sexy. La lencería femenina es un arma de empoderamiento brutal, no hay que llevarla solo cuando una tiene una cita.

Baja el volumen porque los gemidos teatralizados no le ponen nada y observa cómo una mujer le come el coño a otra. Mientras mira la pantalla se acaricia los pechos y se imagina a Marina haciéndole eso mismo a ella. Enciende un pequeño vibrador con forma de champiñón, diseñado para estimular la vulva y el clítoris. Se lo coloca en la entrepierna mientras su cuerpo se revuelca. Imagina que, en lugar del juguete, entre los labios vaginales tiene la boca de Marina, que le pasa la lengua dulcemente arriba y abajo. Tiene su imagen borrosa. Sin siquiera una triste foto de perfil de WhatsApp, le cuesta recordarla con claridad. Aunque eso la calienta aún más.

Excitada por sus propios gemidos, no tarda ni medio minuto en correrse. Eso es lo bueno de los juguetes que vibran: tú controlas el orgasmo y casi nunca te defraudan. Un buen vibrador, bien colocado encima del clítoris, te puede llevar a la luna en menos de treinta segundos. Tumbada en el sofá, le gusta abrazarse a sí misma y notar cómo se le acelera el corazón. A veces, el postorgasmo le da más placer que el orgasmo en sí mismo. Ni siquiera ha tenido tiempo de usar el lubricante. Ha sido una paja exprés de lo más satisfactoria. Harta de lamentarse y después de ese necesario orgasmo, da un salto del sofá y decide hacer una locura.

Con el cuerpo todavía ardiendo, Eva fantasea con la idea de encontrarse con Marina por casualidad. Ella le dijo que era enfermera y le habló del hospital general del centro, de modo que sabe dónde encontrarla, ahora solo falta que el azar le dé un empujoncito.

Ni corta ni perezosa, sale de casa, toma el metro y va para allá sin pasar por la ducha siquiera. Cuando llega a la puerta del hospital se percata de lo absurdo de su decisión. ¿Qué va a hacer ahora? ¿Entrar con la excusa de que tiene una urgencia y esperar a que la atienda Marina? Muerta de vergüenza, decide volver a casa cuando oye una voz a su espalda.

—Eooo, ¿Eva?

Siente un nudo en el estómago. ¿Es Marina? ¿La ha visto? ¿Y ahora qué? No ha preparado muy bien su plan, pero ha dado resultado. Se da la vuelta y, roja como un tomate, haciéndose la sorprendida y disimulando fatal, exclama:

—¡Eh! ¿Qué haces por aquí?

—Trabajo aquí, ya te lo dije —se ríe la enfermera.

—Sí, claro, claro, es verdad —reconoce Eva alterada mientras saca un paquete de tabaco, lo que pone más en evidencia su nerviosismo.

—¿Tomamos algo?

—Vale —contesta, tímida, nuestra Eva.

—Oye, qué bien que nos hayamos encontrado, ¿no? ¡Qué casualidad! —dice para disimular Marina, que sabe perfectamente que Eva ha ido al hospital por ella.

—Sí, me habría gustado pedirte el teléfono el otro día, pero...

—Sí, es raro —la corta—. Cuando conoces a alguien allí no sabes muy bien cómo reencontrarte después. Pero me alegro de que hayas venido.

—Sí.

—¡Eres muy valiente! —Con este alago Marina consigue que Eva se sonroje una vez más.

Se sientan al final de la barra del bar más cercano al hospital. Aunque está muerta de la vergüenza, Eva se siente feliz por haber dado el paso y, sin saber muy bien por qué, le suelta todo lo que piensa en este momento.

—Tía, igual piensas que estoy loca o que me lo invento, pero tengo la sensación de que conectamos muy bien y me gustaría conocerte más. Creo que puedes enseñarme muchas cosas.

En ese mismo instante se quiere morir. «"Creo que puedes enseñarme muchas cosas", ¿qué mierda de frase es esta?», se recrimina. Su cabeza se empieza a inundar de pensamientos negativos y le entran unas enormes ganas de fumar. No sabe si pedir un café solo o con leche, aunque lo que le apetece en realidad es un vino.

Se siente muy rara, se está comportando como si tuviera una cita con un hombre que le gusta. «¿Desde cuándo tengo tantos miramientos con una amiga? Si quiero fumar fumo, si quiero beber bebo», piensa. De repente se encuentra medio bloqueada, sentada en la barra de un bar frente a una mujer que la tiene totalmente desconcertada. Por suerte, Marina suelta una frase que la tranquiliza.

—Sí, yo también siento que hicimos *match*, ¿verdad? —La enfermera sonríe mientras le hace señas al camarero para que se acerque.

—Bueno…, te encuentro preciosa y misteriosa, pero no quiero confundirte. Nunca he estado con ninguna mujer y mi intención no es ligar contigo. Tampoco sé si te van las mujeres —suelta Eva como si estuviera haciendo una audición para una teleserie y se hubiera aprendido el texto de carrerilla.

—Tranquila, yo tampoco estoy para ligues. ¿Té verde?

—Gracias. Me siento más relajada ahora, habiendo dejado las cosas claras. Sí, té verde.

—Marchando —contesta el camarero.

—Oye, casi no te conozco, pero me inspiras confianza —dice Marina agarrándola de la mano—. Eres la primera desconocida a la que no miento. Eso es muy importante para mí, y te voy a pedir algo.

—Dime —susurra Eva con ojos de perro apaleado.

—Quiero que tú hagas lo mismo, que seas sincera conmigo, que si algo te molesta me lo digas, y si algo te gusta, también.

—Eso está hecho. No me gusta el té verde.

—Genial.

Las dos futuras amigas se ríen, brindan con un vino blanco y un té verde y se cuentan media vida. Marina le habla de la bronca de su marido que le cayó el otro día. Le confiesa que mientras ellas estaban tan felices en el club, su exnovio estaba amenazándolo y agrediéndolo.

—¿En serio? ¿Y qué vas a hacer?

—Pues no lo sé, pero me está empezando a afectar incluso en el trabajo, el tío no acepta un no.

—Tendrías que denunciarlo. ¡Por qué las mujeres tenemos que comernos estas situaciones tan incómodas! —Eva se enerva sin darse cuenta de que está elevando demasiado la voz.

—Eso dice mi marido, pero no es tan fácil —contesta Marina mirando a su alrededor. Están en un bar muy cerca del hospital y no le gustaría que las oyera ningún conocido.

—Seguro que no, pero es lo que hay que hacer. Tu marido es realmente un pedazo de pan. Con esa doble vida que llevas, no entiendo cómo no se larga de casa y te deja.

Marina no contesta y se queda mirándola sin saber qué decir.

—Perdona, no quería ofenderte. A veces voy a saco.

—Tranquila, me gusta que digas lo que piensas, pero baja un poco el tono, aquí la gente me conoce —dice en susurros y acercando un poco más su taburete al de Eva—. Mi marido no se larga porque me quiere. Me quiere demasiado y, en el fondo, es un antiguo. No soporta la idea de que nuestro matrimonio fracase.

—¿Y tenéis buena conexión?

—¿Sexual?, no demasiada. Piensa que somos novios desde el instituto. ¿Te imaginas tú con el primer tipo con el que follaste?

—Dios, no. —La cara de repelús de Eva lo deja claro.

—Pues eso. Al principio todo era muy excitante y nuevo, pero llegó un día en que mi mente empezó a viajar más rápido que la de él. Deseaba otras cosas, otros cuerpos, otra piel.

—¿Y por qué no se lo dijiste?

—Porque no quería hacerle daño.

—¿Y qué hacías...? ¿Follabas sin ganas?

—No, follábamos de noche y a oscuras.

—¿Cómo? —Eva pone cara de sorprendida.

—Pues eso. De noche y a oscuras podía dejar volar mi imaginación y como Mario no es un mal amante, lo convertimos en un hábito.

A Eva le da un vuelco el corazón. ¿Ha dicho Mario? ¿Será posible que esté delante de Lady Melatonina? Sería demasiada casualidad. Marina no se parece en nada a la mujer de Mario que ella tenía en su cabeza. La lerda que no sabe disfrutar del sexo, la mujer avergonzada y tímida de la que habla su compañero de oficina. ¡En absoluto! ¡Es imposible! Eva le da un sorbo al vino y la escucha atentamente deseando estar equivocada y que la coincidencia en el nombre no sea más que una tremenda casualidad.

—De tanto follar de noche, le hice creer a mi marido que era una mojigata en la cama, cuando en realidad soy un millón de veces más fogosa que él.

—Más fogosa que... ¡Mario! —dice en voz alta como si quisiera deshacer un maleficio.

—Sí, Mario y Marina. Cuando era joven me parecía superbonito y romántico: dos emes. Ahora lo odio.

—No entiendo. ¿Por qué no le decías a Mario lo que te gustaba de verdad?

—Por pereza, tía, por pereza.

—No es pereza —afirma convencida Eva.

—¿Cómo?

—Es miedo. Yo sé mucho de eso. El miedo paraliza.

Y no tuviste el valor de decirle nada a tu chico porque es un hombre amoroso y encantador y sabías que le harías daño. Y porque es un romántico y, de alguna forma, le gustan vuestros polvos nocturnos. Es algo que hace especial vuestra relación. Es vuestro secreto.

—Joder, parece que lo conozcas —se sorprende mientras hace señas al camarero para que les lleve la nota.

—Claro que no, ¿cómo voy a conocerlo? ¿Dónde trabaja? —pregunta para saber ya de una vez si ese Mario es su Mario o una simple casualidad.

—Pues es contable en un banco. No se puede ser más aburrido, ¿no crees?

Eva acaba de confirmar que está frente a Lady Melatonina. ¡No se lo puede creer! Esta mujer aparentemente fuerte y empoderada es la esposa lerda de Mario. No puede ser. ¡No puede ser!

—¿Y tú dónde trabajas? ¿A qué te dedicas? —pregunta Marina mientras saca un billete de diez euros para pagar.

—En una tienda. Un palo, pronto cambiaré —miente Eva pensando en que se ha metido en un buen fregado. Excitante, eso sí. Pero como diría su prima: «Aquí se masca la tragedia». De pronto, como suele hacer en las citas con hombres para demostrar que no es menos que nadie, saca la cartera y mete diez euros en el bolsillo de la chaqueta de Marina antes de irse. Es un modo de demostrarle que, aunque no lo parezca, también ella tiene su carácter.

25

La bisexualidad duplica inmediatamente tus posibilidades de conseguir algo un sábado por la noche.

Rodney Dangerfield

Sara intenta despertar a su prima

Es lunes y las cosas están raras con Mario. Desde que sabe quién es en realidad, Eva no puede dejar de pensar en él follando con Marina en la oscuridad. Mira que es grande el mundo, esa coincidencia no puede ser casualidad. «Aquí tiene que haber algo más. ¿Pero qué?», se tortura Eva pensándolo. Es increíble, el deseo que sentía por Mario casi se ha esfumado por completo. Ya no lo ve como el hombretón guapísimo que es, harto de su mujer. Ahora el lerdo es él y Marina la mujer excitante. Lady Melatonina se ha convertido en Superwoman. Sarita está tirada en el sofá y Eva no para de ir de la cocina a la terraza y viceversa.

—¿Qué haces?

—Quería hacer pesto, pero la albahaca está prácticamente pelada. Pues nada, algo se me ocurrirá —dice mientras rebusca en la nevera dejando volar su imaginación.

El día que tenga su negocio de restauración, tendrá tantas matas de albahaca, romero, perejil y cilantro que jamás se quedará sin hierbas. También tendrá una nevera solo para las bebidas y un congelador aparte. Aprovecha para sacar un chardonnay blanco que le encanta a Sarita, quien casi no bebe, pero es sibarita cuando lo hace. Sirve un par de copas y se acerca al sofá con la bandeja de aperitivos que ha preparado en un plis plas. Un poco de queso cortado a tacos pequeños, nueces y tostadas integrales hechas por ella misma. Sí, a Eva también le mola hacer pan. El de semillas sin gluten con el que agasaja a su prima le sale superbién.

—No sé qué me pasa, prima —le confiesa Eva a Sara esperando que esta le resuelva todas sus dudas.

—Pues que te has colgado de la Mari, eso es lo que pasa.

—¡Que no soy lesbiana!

—Qué pesada. Que esto no tiene nada que ver, todes somos bisexuales en realidad. Eso de la heterosexualidad es una construcción social.

—¿Sabré yo cómo soy?

—Pues no lo creo. Algo me dice que no lo sabes. Porque no paras de comerte la cabeza.

—Es que es muy fuerte, prima, he conocido a Lady Melatonina.

—Y te ha gustado.

—A ver, no es que me haya gustado. Es que me ha caído superbién. Tuvimos un flechazo increíble, no te digo que no. Pero nada sexual.

—¿Seguro?

—¿Y eso qué más da? ¿Por qué tienes tanto interés en que sea lesbiana?

—Vale. Tienes razón, yo solo quiero que fluyas. Que hagas lo que sientas.

—Pues siento que a esas tostadas les falta un buen pesto.

Ya lo tengo, lo haremos con rúcula, nueces y levadura nutricional. Dame dos minutos.

La verdad es que Eva es como uno de esos dibujantes que, cuando se sienten creativos, les das un boli y en dos minutos te han hecho un dibujo perfecto. Ella es así, pero con la comida.

—Joder, prima —dice Sara con la boca llena después de probar el pesto—, esto está brutal.

Eva la mira orgullosa de su ingenio culinario y retoma la conversación.

—Odio esa necesidad que tenemos de etiquetarnos. Yo no quiero ser nada, solo Eva.

—Me parece estupendo, tienes razón. Lo importante es saber lo que una siente.

—¿Pues sabes qué siento?

—¿Qué?

—Que tengo que decirle la verdad a Marina.

—¿Qué verdad?

—Que me he follado a su marido.

—¿De verdad crees que es necesario?

—Sí, ella me ha abierto su corazón, se ha sincerado conmigo, y yo no quiero fallarle solo empezar. Quiero tener una relación sana con esta mujer.

—¿Te has oído?

—Sí, ¿qué pasa?

—Pues que hablas como si fuera tu futura novia.

—Qué más da cómo hablo. Lo importante es que tengo que encontrar la manera de decirle lo de Mario sin herirla.

—Ay, no sé, prima.

—Y tú, ¿cómo lo haces para llevar tan bien lo de tu bisexualidad? Porque a ti sí que te mola la etiqueta, ¿no? Nunca me has contado qué opinan mis tíos.

—Bueno, he pasado lo mío, no te creas. A mi padre, ya lo conoces. Cuando algo no le gusta o no lo entiende, utiliza la ley del hielo, se queda callado el tiempo que él considera necesario.

—Eso es jodido.

—Mucho. Estuvo como dos meses sin hablarme. Llegué a pensar que quizá habría sido mejor no definirse, como tú dices. Pero es que es algo que la sociedad necesita. La etiqueta es un peaje que hay que pagar para que la gente te respete. Y muchas veces ni así lo hace.

—Qué triste.

—Pues sí. La gente te quiere colocar en un bando, no les mola que no concretes. Y la bisexualidad, a veces, no se entiende. Te dicen que es una fase, que no has salido del armario del todo, que ya te definirás…

—Bueno, a nosotras, que somos tan expansivas y directas, eso a veces nos desespera. Pero hay personas que necesitan su tiempo para asumir las cosas. Lo digo por tu padre.

—¡Qué coño! Es un inmaduro emocional, eso es lo que pasa. ¡Dos meses sin hablarme!, hasta que se dio cuenta de que yo no cambiaría y de que el problema era suyo y no mío.

—¿Y tu madre?

—Mamá, bien. Aunque a veces pienso que le gustaría más que fuera lesbiana. Lo que te decía antes, ella no entiende lo que significa ser bisexual. Ahora paso, pero he tenido mis dudas, no te creas. Me ocurrió con la primera chica con la que estuve. ¿Te acuerdas de Laura?

—Sí, me acuerdo. —Eva asiente y mordisquea otra tostada con el delicioso pesto.

—Yo al principio me cuestionaba todo el rato. Será amor, no lo será. ¿Seré lesbiana? ¿Seré bisexual?

—Lo que te decía. Esa manía que tiene la sociedad de etiquetarnos. Solo por eso me molaría tener sexo con otra mujer. Solo para romper con lo que la sociedad espera de mí.

—Déjate de rollos, a ti esta tía te gusta. ¡Despierta, prima! —remata Sara, convencida.

—Es un poco masculina, no sé si puede ser por eso. —Eva intenta buscar una explicación, por absurda que sea.

—¿Masculina? ¿Se puede saber a qué te refieres con eso?

—A ver, es muy fina. Tiene cara de niña, pero lleva el pelo corto, viste muy casual, no se maquilla apenas...

—Hay que empezar a salir de esos cánones y prejuicios. Chicos, chicas, ¿qué más da...? Los tíos con pluma te ponen mucho, ¿no?

—Cierto. El Coda era muy «femenino» —dice haciendo el gesto de entrecomillado con los dedos—. A Marina la veo y pienso: «Joder, qué tía más curiosa». No es su cuerpo, es su esencia. Esa mujer tiene algo, pero no sé muy bien qué es...

—¡¡¡Que te gustaaa!!! —la corta Sara.

—Parece mentira lo joven que eres y lo claro que lo tienes todo.

—No te creas, estudio sexualidad, pero no tengo claro dónde me veo trabajando. No tengo un sueño como tú. Un restaurante donde acudirá gente de todo el mundo para probar tu pan de semillas. Joder, qué bueno está —dice tragando como si no hubiera comido en años.

—¡Es verdad! ¡Se me había olvidado! —exclama Eva con cara de sorprendida.

—¿Qué es lo que se te ha olvidado? —pregunta Sara.

—¿Te molaría currar en una tienda erótica? Blanca, la encargada de aquella tienda del centro en la que regalan piruletas, me dijo que estaba buscando a alguien. ¿Quieres que le pase tu contacto?

—Oye, pues sí. Mientras no tenga claro lo que quiero hacer, un currillo siempre me vendrá bien. ¿Es aquella tienda que tiene tantos libros sobre sexualidad? Me mola, sí. Iré si aceptas que te mola Marina y no paras de desear que te coma el coño.

—¡Qué pesada eres! Le cuento lo de Mario, ¿sí o no? Eso es lo que importa.

Es curioso, Eva está tan obsesionada con Marina que no se plantea en ningún momento contarle a Mario que ha conocido a su mujer. De alguna forma, y sin saber muy bien por qué, ha tomado partido a favor de Lady Melatonina y cada vez que Mario le habla de ella, en lugar de cotillear o intentar investigar, se hace la loca y finge que no le interesa o simplemente no lo escucha. Mario se ha dado cuenta y ha decidido cambiar de confidente, piensa que esa frialdad viene del polvo que echaron. Quizá Eva no se siente ahora demasiado cómoda con este tipo de conversaciones, después de aquello. Por eso ahora se lo cuenta todo a Blanca, la amable y experta dependienta de la tienda erótica. Cualquier excusa es buena para acercarse hasta allí y sacar información sobre algo importante. Un condón, un lubricante o un libro.

Esta tarde, de camino a casa, entra en la tienda para ojear algunos libros sobre «no monogamias». Se entretiene en la librería observando la cantidad de libros que hay sobre poliamor, sobre cómo controlar los celos o sobre sexualidades alternativas. Blanca, como siempre, le deja tiempo, a sabiendas de que no tardará en pedir ayuda. Mario se acerca al mostrador con unos cuantos libros y se deja aconsejar por Blanca, una excusa como otra para hablar del tema.

—¿Cuál me aconsejas?

—A ver, todos tienen su cosa. *Ética promiscua* es un clásico, fue uno de los primeros libros que hablaron del tema. Los expertos lo llaman «La biblia del poliamor». Es uno de los libros sobre relaciones más interesantes que puedes leer. Está escrito por dos mujeres potentes: la psicoterapeuta Dossie Easton y la escritora Janet W. Hardy. Si te lo llevas, descubrirás las posibilidades que te pueden ofrecer las relaciones abiertas. Es una guía para hacer las cosas bien.

—Interesante. —Mario se sorprende a sí mismo al decirlo—. ¿Y este? —pregunta mostrándole *Pensamiento monógamo, terror poliamoroso*, de Brigitte Vasallo.

—Brigitte Vasallo no deja a nadie indiferente. Este tiene una visión más feminista y anticapitalista. Es muy gamberro, pero no sé si estás preparado para leer algo así ahora mismo.

—¿Qué me aconsejas, entonces, para empezar?

—*Apuntes sobre poliamor*. Créeme que si abres tu relación, lo vas a necesitar. Es ideal para regalar a las personas que te rodean, una guía para que te entiendan y no te juzguen.

—No se te escapa ni una, ¿no?

—Bueno, ya hace tiempo que nos conocemos. Puedo empezar a intuir algunas cosas.

—¿De verdad es posible pasar de una relación cerrada a una abierta?

—Si los dos lo queréis, claro que sí. Pero solo el hecho de planteártelo y hablarlo abiertamente con tu pareja va a trastocar tu relación. Es algo que tienes que tener en cuenta.

—Ya está bastante trastocada, dudo que pueda empeorar. ¿Y los celos? Eso sí que me parece difícil de llevar en una relación abierta.

—Pues hay que aprender a lidiar con ellos, porque no van a desaparecer. Los celos son una emoción que aparece cuando es necesario, como la felicidad o la tristeza. Hay que aprender a gestionarlos bien y nunca violentar o tratar mal a la persona que crees que es la causante de tus celos. Las emociones son tuyas, tú tienes que responsabilizarte de ellas.

—Hija, qué bien hablas.

—Gracias. La teoría es muy fácil, pero luego hay que ponerla en práctica. Es necesario rascar un poco para saber qué te están diciendo exactamente los celos, pero no pienses tanto en tu pareja y más en ti mismo.

—Bueno, por eso estoy aquí, para documentarme y aprender —le dice sonriendo, contento de dar ese gran paso.

—No tendría que decírtelo porque yo estoy aquí para vender libros y lo que te haga falta, pero, sinceramente, creo que tienes que dejar la teoría y lanzarte a practicar.

—¿Cómo?

Blanca coge un papel de debajo del mostrador, apunta el nombre de una web liberal y se lo pone dentro de una bolsita con una monodosis de lubricante y una piruleta.

—¿Y eso? —pregunta Mario.

—Un regalito, espero que te sirva. El libro, lo compras el próximo día.

—¡Guau! Muchas gracias, Blanca, eres genial. Me voy a casa, que me has dejado intrigado.

—Venga, suerte y a disfrutar.

26

Si el sexo es un fenómeno tan natural, ¿por qué hay
tantos libros sobre cómo hacerlo?

Bette Midler

Mario juega a ser liberal

Mario llega a casa y suspira por primera vez en mucho tiempo al ver que su mujer no está. Llevado por la curiosidad y por intentar entender lo que excita tanto a Marina, le hace caso a Blanca y crea un perfil en la web de sexo liberal. Pone una foto bastante sexy de su espalda que le ha llevado una hora hacérsela, y escribe un perfil con un nombre cutre: Player 33.

Player 33
Divertido, limpio y discreto
Busco conocer, experimentar, jugar y pasarlo bien. Muy bien ☺

De entrada no se atreve a contactar con nadie, solo observa. Hay perfiles de todo tipo, un montón de parejas en busca de nuevas experiencias y mujeres de todas las edades. Se sorprende al ver que el buscador le muestra tantas opciones. Tiene que marcar si está interesado en:

Gais
Lesbianas
Hombres bi
Hombres hetero
Mujeres bi
Mujeres hetero
Parejas
Parejas bi
Parejas hetero
Transexuales

Como buen *señoro* conservador que es, Mario se limita a marcar mujeres hetero y bi. Eso ya le parece un atrevimiento descomunal.

Alucina con la web, donde también puede ver vídeos en vivo, mucho porno amateur y millones de perfiles interesados en todo tipo de perversiones o, como diría correctamente la prima Sara, sexualidades alternativas. No ha pasado ni media hora y ya tiene quince solicitudes para contactar, algunas no están nada mal. Empieza por la primera, solo para ver qué pasa. Se llama Posidonia, tiene treinta años y una descripción bastante sexy, sin faltas de ortografía.

Posidonia
Busco alegría y química con una cierta experiencia
en el mundo liberal y con ganas de seguir experimentando.
Bicuriosa.
Me interesa quedar con hombres y con pareja,
siempre y cuando la cosa sea de los dos. Que la mujer
esté de acuerdo y participe activamente.
Las fotopollas me aburren.
No estoy interesada en rollos virtuales. Si hablo contigo
es porque quiero quedar.

No es no. Si no respondo es NO, es un silencio educado
y respetuoso. No insistas, *please*.

«¡Ostras!, perfil potente», piensa Mario. Aun así, sigue buscando y da con Rosi 23, que se presenta como «abierta de mente».

Rosi 23

Amante del buen sexo. Si no hay confianza, química,
naturalidad y conexión, mejor no follar. No soy de buscar,
más bien de encontrar. Abierta de mente,
pero siempre con respeto y cariño.

Mario no da crédito. Alucina con esos perfiles de mujeres empoderadas y libres. Ellas deciden cuándo y cómo, no están para perder el tiempo. No se decide a charlar con ninguna hasta que ve el perfil de Lady Om.

Lady Om

Hola, voy a ser honesta contigo. Me gusta follar,
vivir nuevas experiencias y desconectar de mi mundo.
Mi intimidad y mi vida son mías. No te voy a contar nada
que yo no quiera.
Si quieres jugar, aquí estoy. No enseño la cara, pero tengo
un álbum privado donde puedes ver mi cuerpo en alguno
de mis encuentros. Si me solicitas permiso, te dejo entrar.

Mario se arma de valor y conecta con Lady Om, que tiene la bolita del perfil en verde, lo que significa que en ese mismo instante está conectada.

Player 33

Hola. Me gusta tu perfil

Lady Om
Gracias

Player 33
En pocas palabras dices mucho y me gusta

Lady Om
A mí también me gusta el tuyo. Aunque necesito
ver fotos íntimas, antes de quedar. Tu espalda está bien,
pero me gustaría ver más

Mario se queda helado. Quería ver las fotos de ella y en ningún momento ha pensado en hacerse más él. Suspira hondo y contesta:

Player 33
Soy supernovato. No llevo ni 2 horas aquí.
No tengo fotos sexis ☹

Lady Om
Bueno, siempre me la puedo jugar. Si yo te gusto, claro.
Te abro mi álbum?

Player 33
Gracias. Voy

Mario tarda un rato en entender cómo se solicita el acceso. Cuando lo consigue, abre el álbum y se encuentra con una foto muy sensual de una pierna, otra con un pecho... No sale la cara. Va abriendo fotos hasta que llega a la última, y da un bote en la silla. En ella se ve claramente a una pareja de mujeres abrazándose, una de ellas luce el mismo tatuaje que Marina: un símbolo «Om» de yoga en la espalda. Es verdad que no es un tatuaje muy original y esta se llama Lady Om, pero… Seguro que hay muchísimas mujeres que tienen ese mismo tatuaje en la espalda, una parte del cuerpo muy habitual también…, pero… ¿y si se tratase de su mujer? Mira y remira la foto. No hay ninguna duda, es ella. Mario no sabe cómo lo ha hecho, pero le parece que ha encontrado el perfil secreto de la Mari. Todo cuadra, Marina le ha dicho que llegaría tarde porque iba a ver a su madre. Podría llamar a su suegra y comprobar si es cierto, aunque puede ser que Marina esté chateando desde el móvil, de modo que decide no hacerlo.

Mario se levanta de la mesa, mira el ordenador y mientras está decidiendo si sigue adelante o no, Lady Om toma las riendas.

Lady Om
Cuéntame, player, qué te pone cachondo?

Player 33
Pues no sé. Esto?

Lady Om
Jajaja. Sí que eres novato, sí

Player 33
Estás casada?

Mario se lo ha preguntado con intención de ver cómo reacciona. Se levanta de la silla, va a la nevera y, sin dudarlo un segundo, abre una cerveza. Está nervioso y excitado. Da un sorbo largo y vuelve a su sitio a seguir chateando.

Lady Om
No, pero si lo estuviera no te lo diría. No has leído mi perfil?
No me preguntes por mi vida. Esto es solo sexo. De acuerdo?

Player 33

De acuerdo. Sorry. Pues… me pone cachondo…
el sexo oral… los masajes…

Lady Om

Jajaja

Player 33

Qué te hace gracia?

Lady Om

Que eres de verdad muy novato. Pero oye,
eso me da mucho morbo. Soy capaz de quedar contigo
sin haberte visto la cara. Para mí, los cuerpos
no son tan importantes

Player 33

Pues qué suerte tengo

Lady Om

Ahora solo tienes que ponerme cachonda…
estoy con un vibrador y me da pereza pensar…

Player 33

Mmm… Pues yo también me estoy poniendo
muy caliente imaginando que estás en la cama,
vestida con un conjunto de lencería rojo…
Yo te pido que te lo quites y tú me dices que no…
me acerco a tu pubis y aparto la línea del tanga
con la boca para poder lamerte. Te gusta?
tienes el coño depilado?

Lady Om

Mmm… a veces. Pero si quieres, por ti me lo rasuro.

Player 33

Me gustaría que lo hicieras conmigo. Iríamos a la ducha,
te sentaría en el suelo, te abriría las piernas

y te llenaría el coño de espuma de afeitar.
Cogería una cuchilla y te afeitaría lentamente,
con muchísimo cuidado. Primero la parte de arriba,
hasta dejar la zona del clítoris libre para que
te la estimules tú misma mientras yo sigo afeitando
hacia abajo. Entre los labios, en la zona perineal…
de vez en cuando metería un par de dedos en tu vagina
y con el dedo gordo estimularía tu clítoris.

Lady Om

Mmm… Me lo estás haciendo muy bien…

Player 33

Seguiría afeitando hasta lograr la perfección.
Entonces te pondría un poco de agua para
sacar la crema y observaría mi pequeña obra de arte.
Precioso. Tienes el coño precioso

Lady Om

Ponme más agua…

Player 33

Te gusta? Quieres el chorro de la ducha
a tope en el clítoris?

Lady Om

No, dentro. Lo quiero dentro, muy fuerte.
Para estimular el clítoris por dentro mientras
yo misma lo hago por fuera

Mario está tan cachondo que, para no cortarle el rollo a la chica, aprovecha el momento en que ella está escribiendo estas líneas para bajarse corriendo los pantalones. Sigue escribiendo con la mano derecha mientras se masturba con la izquierda.

Player 33

Sí, sí, te gusta y yo estoy a mil.

Me la estás poniendo durísima

Lady Om

Quiero que tu polla roce mis labios y mi coño recién depilado.
No aguanto más. Tienes la polla muy dura pero no quiero
que entres. Esta vez te quiero a ti en el suelo. Relájate, que voy

Mario se está masturbando mientras no deja de leer las excitantes palabras de esa desconocida que no se parece en nada a la mujer con la que se casó. Puede que no sea ella, pero lo está poniendo a mil.

Lady Om

Me siento encima de tu polla y te masturbo con mi vulva.
Arriba y abajo. Luego me acerco con la boca y te hago
una buena mamada. Créeme, soy buena en eso. Me gusta
cómo sabe, me gusta cómo son tus gemidos y me gusta notar
el calor de tu cuerpo y el latido de tu corazón, que cada vez
va más rápido

Mario no aguanta más y mientras escribe con la mano izquierda, deja que la derecha acabe el trabajo con una enorme corrida.

Player 33

Lkqefhwa'leujWÑLGMNÑNGHJñ

Lady Om

Jajajaja. ¿esto significa que te has corrido?

Player 33

Uf… No lo sabes tú bien

Charlan un par de minutos más de cortesía y quedan para un encuentro real dentro de unos días. Mario no se lo puede creer. Qué rápido, qué fácil y qué excitante. Veremos si se atreve a quedar y descubrir si se trata realmente de su mujer o es solo una enorme casualidad.

27

El sexo no es bueno porque destroza la ropa.

Jackie Kennedy

Mónica y Kike salen a celebrar su libertad

En realidad, se han quitado una enorme mochila de encima. Hacía tiempo que no salían los dos solos a bailar y a beber un poco. El Señor propone ir a un local que Mónica considera «de viejos», pero no quiere hacerle un feo y la verdad es que le mola bailar con él delante de todos. Los hombres mayores que suelen ir a ese lugar están tan hechos polvo y ella se siente como una diosa llevando a su adonis al baile para que todos lo vean.

Solo entrar, la música se apodera de ellos. Suena una canción de salsa y el Señor pilla una mesa, deja sus cosas y saca a su mujer a la pista. Bailan, se ríen, se rozan. Cuánto tiempo hacía que no se movían así, sin pensar en niños, fertilizaciones ni hormonas, pensando solo en su propio placer. En un momento dado, el Señor se arrima tanto a su mujer, que esta no puede evitar bromear.

—Amor, no te arrimes tanto que se te va a poner dura.

—Bueno ¿y qué pasaría? —coquetea Kike.

—En serio, ¿aquí?

—Hace tanto tiempo que no follamos por placer que cualquier sitio me parece bueno.

—Espero que no te sirva cualquier chica —bromea Mónica para provocarlo.

—No, eso nunca.

—¿Has visto a estas señoras que esperan que un jovencito las saque a bailar?

—Pues hay alguno guapetón.

—Son gigolós, a veces pareces tonto.

—¿En serio? ¿Son gigolós?

—Seguro.

—Mira qué mona esa señora que charla con el jovencito.

—¿Cuál?

—La de la mesa del rincón; se parece a tu madre.

—No me jodas, ¡es mi madre! —grita Mónica, que deja de bailar en el acto y sale de inmediato de la pista.

—Nooo —se ríe Kike.

Mónica se esconde detrás de una columna para observar a la pareja. Su madre no la ve, pero los demás clientes del local la observan como si estuviera loca.

—¿Se puede saber qué haces? —Kike alucina con la actitud de su mujer y se troncha de la risa.

—¡No quiero que me vea! —Lo agarra para que se esconda él también.

—¿Por qué? —pregunta riéndose.

—¡No te rías, joder! ¿Quién debe de ser el chico? Es muy joven, ¿no?

—¡Y a ti qué más te da! O es que quieres un jovencito tú también —bromea él arrimándole el paquete otra vez.

—No seas cutre.

—Oye, hace un momento te estaba poniendo cachonda.

—Sí, claro, pero se me ha pasado de golpe… ¡Mira, mira!

—¿Qué quieres que mire?

—¡¡¡Le ha dado un beso!!!

A la señora Sala se la ve muy cómoda con su joven amigo. Han escogido una mesa en la que hay un banco y dos sillas, y han ocupado el banco. Están agarrados de la mano y coquetean entre risas. Mónica ve con toda claridad cómo el chico besa a su madre con ternura, aunque ella solo observa lujuria y pasión desbordada.

—Se lo ha dado en la mejilla. Ya ves tú qué drama —la tranquiliza su marido.

—¡Dios, no lo puedo ni mirar! Me va a dar un infarto. —Mónica, escandalizada, se esconde una vez más detrás de la columna.

Kike coge a su mujer del brazo y, como puede, la lleva a la zona de los servicios, sin pasar siquiera por la mesa para recoger sus cosas. Mira a un lado y a otro, y, como nadie los ve, se mete en el aseo de mujeres con ella.

—¿Qué haces? —pregunta Mónica desconcertada al sentir que su marido la agarra fuerte.

—Quiero decirte algo.

—¿Aquí?

—Bueno, aquí tu madre no nos ve —le aclara mientras entran en el retrete y pone el pestillo.

—¡Uf! ¿Y ahora qué hacemos?

—Nada. No hacemos nada. Tu madre es mayorcita y tiene derecho a su intimidad y a montárselo con quien le dé la real gana.

—Amor, qué fácil es para ti. ¡No es tu madre, joder!

—¿Sabes lo que me resulta difícil a mí? —le susurra cachondo al oído, moviéndose con sensualidad.

—¿Qué?

—No follarte ahora mismo.

—¿Y quién te lo impide? —lo reta ella, coqueta.

—Pues parece que nadie —le dice siguiéndole el rollo y metiéndole la mano por debajo del vestido.

Mónica suelta una carcajada escandalosa y su marido le tapa la boca.

—¡Chis! ¡Que no nos oigan!

—¡Qué haces, loco! —Ella se ríe tratando de apartarle el brazo.

—Pues voy a intentar que te quites a tu madre de la cabeza.

Kike la agarra por las nalgas y la levanta empotrándola contra la pared. Sabe que a Mónica esto la pone muy cachonda. Él está cachas y a ella le gusta la sensación de estar con alguien más fuerte que ella. Contra todo pronóstico, la sienta encima de la cisterna del váter, le sube el vestido y le baja las bragas con ternura. Con la respiración hiperacelerada, ella abre las piernas, apoya la cabeza en la pared y se deja comer el coño. A falta de lubricante, y llevados por la excitación y la locura, Kike le tira medio gin-tonic encima de su vulva para bebérselo directamente de ahí. Le mancha su precioso vestido, pero a Mónica le da igual, no puede estar mejor.

El pensamiento sobre lo que su madre está haciendo ha desaparecido por completo de su mente.

28

He tenido que luchar para ser yo misma y ser res-
petada. No estudié para ser una lesbiana. Nadie te
enseña esto, ya nací así.

CHAVELA VARGAS

Eva se muestra clara y directa

Eva y Marina llevan toda la semana mandándose wasaps y contándose la vida. Sin embargo, cada día que pasa Eva se siente más culpable. Marina le ha abierto el corazón, le ha contado sus secretos más íntimos y ella, ¿cómo se lo paga?, follándose a su marido. Bueno, es cierto que se lo folló sin saber quién era ella, aun así, decide que no puede seguir guardando ese secreto.

Se cita con Marina, que le propone ir a comer al bar hindú. Han quedado a la una, pero, como siempre, Eva se ha adelantado. La ansiedad la puede y aunque sabe que no es bueno para ella, no puede evitar precipitarse. Se lo podría tomar con calma, salir de casa media hora antes y andar tranquilamente hacia el bar. Pero si lo hiciera, no sería Eva. Ha pasado muy mala noche y se ha levantado con un nudo en el estómago. Mira la puerta del bar y respira hondo tres veces antes de entrar. Observa una mesa en un rincón y, cuando se dispone a sentarse, Sharim se le acerca corriendo desde detrás de la barra.

—Disculpa, esta mesa está ocupada.

—Ocupada por mí —deja claro con un tono muy borde y sin apenas mirar al camarero a la cara.

—Lo siento, no he puesto el cartelito de reservado, pero esta mañana me ha llamado la clienta que siempre se sienta aquí.

—¿Marina?

—¿La Mari?

—Eso, la Mari. He quedado con ella —afirma ella con chulería, presa de los nervios.

—Ok, pero te advierto que te has sentado en su silla.

—Ya veremos si me la quita —responde ella vacilona.

—¿Unas aceitunas mientras esperas?

—No tengo mucha hambre, mejor una copa de vino. Blanco, *please*.

—¿Afrutado o seco?

—Seco.

Cuando Eva se pone nerviosa y está en un lugar donde la elección del vino se limita a tinto o blanco, prefiere pedir el vino seco, sabe que no tomará solo una copa y da menos resaca que el afrutado. Es lo que tiene venir de una familia de mujeres bebedoras, se aprenden estas cosas. Media hora más tarde se ha tomado ya dos copas y, justo cuando pide la tercera, aparece Marina por la puerta.

—¡Otra copa para mí, Sharim!

—Mejor os dejo la botella —contesta veloz el camarero dejando el chardonnay encima de la mesa.

—¿Qué tal? —la saluda Marina y le da dos besos bien dados en la mejilla.

Eva se sonroja. Ya habréis observado que le ocurre a

menudo, ella lo detesta profundamente, pero no puede hacer nada por evitarlo. Es un trastorno muy común, se llama euterofobia, y le provoca muchos problemas, sobre todo en situaciones como esta.

—Hace calor aquí, ¿no? —suelta Eva al notar que toda la sangre le sube a la cabeza.

—Un poco, sí —sonríe Marina, que se ha percatado de su rubor—. Es curioso, con lo clara y directa que eres, y te sonrojas a la mínima.

Eva está tan nerviosa que se pone aún más colorada y comienza a hablar desenfrenada.

—He tenido muchos problemas por ser clara y directa, pero también es verdad que esta es mi seña de identidad. Nunca, nunca, nunca caigo bien la primera vez que me presentan a alguien. Eso tiene una parte buena, y es que luego sorprendes en positivo y te valoran aún más. Pero, por otro lado, me fastidia tener que esforzarme más que los demás para demostrar que no soy un monstruo. Me gustaría saber mostrar mi cara más reflexiva, emotiva, sensible, tierna... Me gustan las personas que transmiten ternura. Tengo la sensación de que yo nunca he inspirado ternura, como mucho, un poco de pena.

»De pequeña era muy tímida y gordita, siempre estaba resfriada y apenas me comunicaba con los niños y las niñas de mi edad. Los profes del colegio (prefiero no nombrarlo) hablaban delante de mí como si yo fuera transparente. "Esta niña no está bien", "Esta niña es tonta", "Esta niña no es capaz...", decían. En absoluto les inspiraba ternura y nunca entendieron nada. Yo hablaba a gritos a veces, pero ellos no sabían escucharme. Los aterraba, no me soportaban. Yo tampoco a ellos. Desde el primer día de colegio, me di cuenta de la gran injusticia de todo aquello. Cuando me preguntaban: "¿Qué quieres ser de mayor?", pues eso, decía yo: "¡Mayor!, para poder huir de este sitio cruel". Crecí, cambié, aprendí a comunicarme un poco mejor y aquí estoy, convencida de que el camarero se cree que soy una borde porque me ha dicho que este era tu sitio y no me ha dado la gana de levantarme de tu silla.

Eva acaba su monólogo casi sin aire, más colorada aún y pensando que es imbécil y que se lo acaba de demostrar a Marina.

—Pues es cierto, a pocas personas les dejaría mi sitio. Pero mira, me has pillado de buenas.

—¿Y a qué se debe tu buen humor? —le pregunta Eva, más tranquila.

—Hoy le han dado el alta a la mujer de Sharim, el camarero que no creo que piense que eres borde, sino una mujer con las cosas claras. Estoy feliz porque su mujer tuvo cáncer, dos mastectomías, quimio, y lo ha superado. ¡Brindemos por ella! —exclama levantando su copa.

—Bueno…, eso de que soy una mujer con las cosas claras no es del todo cierto, pero dejémoslo ahora y brindemos por Sharim y su mujer.

Las dos amigas brindan mientras Sharim, a quien no se le escapa ni una, las observa y agradece el gesto.

—Se nota que te gusta tu trabajo. ¡Qué envidia me das! —se sincera Eva, aunque miente dos minutos después.

—¿Por? ¿No estás bien en la tienda?

Eva se vuelve a poner roja, esta vez por pura vergüenza. No soporta mentir, le da mucho apuro. Antes de que pueda contestar, aparece Sharim con una bandeja de *samosas* de regalo para agradecer todo lo que Marina ha hecho por él y por su mujer.

—Ay, mi Mari, te daría un beso en los morros. ¡Mi mujer está genial!, y en parte es gracias a ti —dice Sharim dejando el delicioso aperitivo encima de la mesa.

—¡Hasta yo le daría un beso! —suelta Eva sin pensarlo.

—¡Besémonos todos! —Marina sonríe y le guiña el ojo a Sharim.

Sharim se va para atender a otras mesas y las dos amigas se quedan unos segundos en silencio.

—Admiro tu pasión por la vida —dice Eva retomando la conversación—. Esas ganas que tienes de no perderte nada. ¿Siempre te has sentido así? —le pregunta con curiosidad haciendo esfuerzos para disimular que se está quemando. La ansiedad la puede y antes de pensarlo dos veces, ya se ha metido una crujiente y ardiente *samosa* en la boca.

—No, en absoluto. Hace un par de años que empecé a replanteármelo todo. Trabajar en urgencias del hospital ayuda. Hay muchos tiempos muertos, ves muchas desgracias y te das cuenta de que hoy estás y mañana tal vez no. El tiempo pasa a un ritmo extraño, a veces. Un minuto puede durar una eternidad y una semana un segundo. Cuando estás de guardia, hay muchos momentos de espera, aburridos... Y se pueden hacer dos cosas: rayarse y ponerse a jugar al Candy Crush o disfrutar del aburrimiento. Disfrutar de ese tiempo, esos minutos, saborear el tedio, tomar consciencia de que estás viva y quieres vivir como mínimo mil años. Si no, corres el riesgo de morir antes, incluso muy joven. ¿Sabes que hay personas que pueden parar, desear la muerte y morir?

A Eva se le hace un nudo en el estómago y recuerda la cantidad de veces que ha pensado en la muerte. ¿Cuántos psicólogos y cuánta terapia ha tenido que hacer para aprender a apartar esos pensamientos negativos de su mente?

—Yo no quiero morir —reconoce Eva, sincera.

—Esta no es la frase buena.

—¿Cuál es la buena? —pregunta intrigada.

—Yo quiero vivir. Morir, vamos a hacerlo de todos modos, queramos o no, lo que está claro es que no será hoy. No te tortures pensando en el día de tu muerte, céntrate en los días que vas a vivir y no en el día único en que vas a morir. ¿Te parece buen plan? —pregunta soplando una *samosa* antes de darle un buen mordisco.

Eva no dice nada, se queda callada, con la mirada fija en la copa de vino. Marina no tiene ni idea, pero su nueva amiga está pensando que se siente avergonzada; por muy clara y directa que sea, no ha tenido el valor de contarle lo de Mario.

—Me pareces fascinante, Eva —le confiesa Marina agarrándole la mano—. Tu fortaleza a veces asusta, pero cuando bajas la guardia eres tierna y eso es... —Calla y se le ilumina la cara. De repente se da cuenta de que eso es lo que tiene que hacer con Isidro: ser fuerte y no dejarse machacar—. ¡Me has dado una idea genial! Déjame mi sitio, que lo voy a necesitar.

Media hora más tarde, Eva se ha trasladado a la mesa de al lado y simula que está entretenida hojeando el periódico del sábado pasado. Marina se ha citado con Isidro para ponerle las cosas en su sitio de una vez por todas, y le ha pedido que se quede.

El otro día el enfermero se pasó de la raya, y ahora no piensa utilizar un tono amable como la vez anterior. Hace demasiado tiempo que hace oídos sordos a muchos detalles del comportamiento de Isidro que ella no quería ver, pero que la incomodaban, como su tono de voz demasiado alto y agresivo, comentarios tontos sobre cómo va vestida o maquillada cuando sale del hospital y no quiere quedar con él. Esta necesidad de control, de preguntar demasiado —qué hace, dónde está o por qué no le contesta—, también la irritaban. Marina es de las que se hace la loca hasta que nota un clic y ya no hay marcha atrás. La violencia es la gota que ha hecho rebosar el vaso y Marina ha dicho: «Hasta aquí».

—Te lo voy a decir sin rodeos. Mi marido te quiere denunciar —le comunica de buenas a primeras a Isidro.

—Es su palabra contra la mía —contesta, chulo, Isidro.

—¿Tú eres idiota o qué te pasa? Montaste el pollo en medio de la sala de urgencias del hospital, las cámaras de seguridad te grabaron.

—¡Vale!, tienes razón, ¡pero no hace falta que me grites! —responde él también gritando—, ¡ni que me insultes!

—¿Todo bien por aquí? —pregunta Sharim, que aparece de la nada al oír los gritos.

Eva también se tensa. Está a punto de intervenir, pero confía en Marina, sabe que controla la situación.

—Sí, gracias, Sharim. Yo me encargo. —Cuando el camarero se va, Marina se dirige de nuevo a Isidro—: Mira, estoy hasta el coño de ti, si tengo razón es que tengo razón. Qué importa el puto tono o la mierda de vocabulario que utilizo para decir las cosas. ¿Tú puedes ir de gallito y yo no? ¿Cómo es eso?

—Te estás pasando, Marina —afirma él clavándole la mirada con intención amenazante.

—No, aquí el que se ha pasado tres pueblos ha sido tú agrediendo a alguien que no te ha hecho absolutamente nada. A mí dime lo que quieras, pero a mi marido déjalo en paz.

—¿En qué quedamos? ¿Ahora quieres hablar?

—No. Te estoy diciendo que si te vuelves a acercar a mi marido, te denuncio, ¿lo has entendido?

—Eres una cobarde.

—Muy bien, ¿y qué más? Yo ya he dicho lo que tenía que decirte. Habla ahora tú, si quieres, y luego déjame en paz.

—No te atreves a dejar a tu marido, aunque sabes que me quieres.

—¡No te quiero! He visto tu parte oscura y no me gusta en absoluto. Eres celoso, controlador y agresivo. Ya no te quiero ni como amigo.

—Y tú eres una histérica que no dejas hablar.

Eva está a punto de romper el papel de tanto apretar el periódico. Ese hombre la está sacando de quicio, no entiende cómo Marina lo ha aguantado tanto tiempo.

—¿Hablar de qué?, si no dices nada.

—Y tú... ¡me estás gritando todo el rato!

—Sí, te grito ahora, después de intentar hablar contigo de mil millones de maneras amables y educadas.

—Eres muy dura conmigo. Así no, Mari. Me he pasado un año siguiéndote el rollo, haciendo lo que tú querías siempre, y ahora me apartas así sin más, como si yo fuera una mierda. Me siento anulado.

—¿Pues sabes qué te digo?, ve al psicólogo si no eres lo suficientemente fuerte para aguantar una conversación conmigo sin sentirte atacado, dolorido o anulado. ¿De verdad tengo tanto poder para anularte? Te lo repito: no te quiero ver ni por este bar ni cerca de mi casa, ¿de acuerdo?

Isidro se levanta y se larga sin decir ni una palabra. Marina está tranquila. De alguna forma siente que esta historia está cerrada y que el enfermero no la volverá a molestar más, pero si lo hace, no dudará en denunciarlo. Eva se levanta de la mesa y le da a Marina el abrazo que necesita.

29

El sexo es la puerta a algo muy poderoso y místico,
pero el cine generalmente lo presenta de un modo
muy seco.

DAVID LYNCH

Mario tiene una cita

Mario está excitadísimo pensando en la cita que tiene con
Lady Om. Convencido de que se trata de su mujer, piensa
en cómo debe mostrarse ante ella. Tiene claro que se pondrá
los mismos bóxeres que escogió en su cita con Eva, que, ya
sabéis, triunfaron mucho. En esta ocasión, se llevará también la lencería roja, el plug anal, el vibrador y todo lo que
compró en la tienda erótica hace meses. Por fin, su sueño se
hará realidad. Han quedado a las cinco todavía no sabe
dónde, y siente excitación y un poco de miedo. Quiere creer
que Lady Om sabe perfectamente que él es Mario. Su espalda es fácil de reconocer y se niega a pensar que su mujer está
habituada a quedar con el primero con el que se cruza.

Acaba de meter los juguetes y la lencería en una bolsa
cuando recibe una notificación de la web a nombre de su
amante. Lo cita en un callejón del centro, quinto piso, primera puerta. Desconfía un poco, estaba convencido de que

quedarían en un hotel, pero, llegados a este punto, no se siente capaz de anular la cita ni quiere hacerlo. Pilla una moto y va para allá. Le llama la atención que Marina haya escogido un barrio muy humilde que nunca han pisado juntos. «¿Habrá alquilado una habitación?», se pregunta nervioso tras mirar el móvil dos veces para comprobar que está en el sitio correcto, y llama al interfono.

—¡Adelante! —contesta una voz sensual que no se parece en nada a la de su mujer.

No hay ascensor y la escalera está hecha polvo. Mario permanece unos segundos en el portal pensando si merece la pena que suba. Es evidente que la voz no es la de su mujer, está claro que él solito se ha montado una película. Decide subir, lo hace lentamente para no llegar medio ahogado y, cuando llega a la puerta, esta se abre sin que le haya dado tiempo a llamar el timbre. Aparece una mujer pelirroja, con flequillo, vestida con un quimono muy sexy y con los labios pintados de rojo.

—¿Lady Om? —tartamudea Mario medio tembloroso y deseando que la mujer diga que no.

Se baja un poco el quimono de forma coqueta y al darse la vuelta muestra su espalda desnuda y sin rastro del tatuaje.

—*Yes*, esa soy yo.

—Espera, ¿no tenías un *tattoo*? —exclama Mario incrédulo y algo decepcionado.

—¿*Tattoo*? No, no me gustan los *tattoos* —contesta desconcertada por esa absurda pregunta.

—¿Pero en tu foto?

—¿Qué foto?

—La de la web. Allí aparecías con un *tattoo*.

Se hace un silencio extraño. Lady Om abre la nevera para servirse una cerveza y Mario intenta atar cabos. La mujer del *tattoo* era Marina, él está casi al cien por cien seguro, reconocería el cuerpo de su mujer en cualquier parte, de lo que no duda es que no era ella quien estaba detrás del perfil de Lady Om. Se siente muy incómodo, aun así, cuando la mujer le ofrece una cerveza, la acepta sin vacilar.

—No era yo la del *tattoo*.

—Eso ya lo he deducido.

—¿Eres un fetichista de *tattoos*? ¿Supone eso un problema? —le pregunta mientras se sienta en el sofá como si fuera una vedete.

—Nooo, en absoluto. Es que... ¡nada! ¿Quién era?

—¿Quién era quién?

—La mujer del tatuaje.

—¿Qué parte de mi perfil no has entendido? No hablo de mi vida privada.

—Pero la foto sale en la web.

—Tienes razón, siéntate conmigo, anda —le dice acompañando sus palabras con un expresivo gesto—. Ella fue una de mis amantes. Maravillosa pero muy intensa. Demasiado para mí.

Mario da un largo sorbo de cerveza y una serie de imágenes acuden a su mente. Se imagina a Marina en la cama con Lady Om. Imagina besos, abrazos, comidas de coño con esa mujer que parece salida de una película de Almodóvar...

—¿Hola? ¿Estás aquí?

—Sí, perdona, es que estoy un poco nervioso. Es la primera vez.

—Pero ¿estás bien? ¿Te apetece que nos relajemos un poco? —dice poniéndole la mano dentro de su camisa acariciándole el torso—. Tu espalda no hace justicia a tu cara, eres muy guapo.

—Gracias. Tú también me gustas. Quiero decir, que sí,

que me apetece —dice tartamudeando. Los pelos de su cuerpo se le han erizado.

Lady Om se levanta, se quita el quimono y antes de que Mario pueda hacer o decir algo, le quita la camiseta con lentitud. Lo toca suavemente como si ella fuera un animal analizando su presa antes de devorarla. Le da la vuelta, lo mira de arriba abajo y se arrodilla. Mario, sensiblemente nervioso, hace amago de desabrocharse el pantalón, pero ella lo frena con la mano. Le desata el cinturón y le baja los pantalones como si estuviera desvistiendo a un niño, con mucho mimo y cuidado.

Mario sigue en pie como un pasmarote cuando ella lo coge de la mano y lo lleva a su habitación. Lo sienta en la cama y le saca los zapatos y los calcetines. Observa sus pies, grandes y bonitos. Los huele, los besuquea y los lame. A Mario se le acelera la respiración y esta vez sí nota que su pene va acorde con sus sentimientos o su fogosidad, lo podéis llamar como queráis. Lady Om se da cuenta y le baja los calzoncillos con la boca.

Mario tiene un pene bastante bonito, ni muy grande ni muy pequeño, y lo suficientemente grueso para considerarlo un buen miembro. A Lady Om le encantan las pollas gordas. Se la pone entre sus pechos y Mario teme correrse en medio segundo. Entonces decide dejar de representar el papel de niño bueno y se levanta.

—¿A por un condón? —pregunta ella.

—No, a por algo mejor.

Lady Om se queda tumbada en la cama observando a Mario, que abre su mochila, saca de ella una bolsa de satén y sorprende a Lady Om con el conjunto de ropa interior roja.

—¿Te gusta? —le pregunta besándole lentamente el cuello.

—Es muy bonito, sí. ¿Quieres que me lo ponga?

—Me encantaría.

Lady Om se pone la braguita abierta y se tumba boca abajo en la cama. Mario no se lo puede creer, parece que la mujer haya adivinado sus pensamientos. Ella levanta el culo con coquetería mostrando su vagina abierta mientras la lengua de Mario se le acerca; él nota que su nueva amante respira cada vez más fuerte. Mario, que es muy hábil, no deja de lamer mientras coge el bote de lubricante con la mano derecha y luego se tumba encima de ella.

—¿Te gusta por detrás? ¿Quieres que te coma y te ponga un poco de lubricante? —le susurra al oído.

—Mmm... Claro, adelante.

Con mucha delicadeza, Mario se pone un poco de lubricante bacanal en los dedos y acaricia el ano de Lady Om por fuera. Luego recuerda las palabras de Blanca, la encargada de la tienda erótica, que le dejó claro que no hay que abandonar del todo la vulva y el clítoris al acariciar el ano de una mujer. Jugar con las dos zonas es la clave del éxito. Como ella está de espaldas, es bastante complicado, pero Mario decide darle la balita vibradora. Primero la enciende, la pasa por debajo del culo de la chica y la deja entre su vulva y el colchón. Lady Om la coge de inmediato y se la coloca en el clítoris. Acto seguido Mario saca el plug anal y con un movimiento serpenteante le acaricia el ano, que se dilata cada vez más. La mujer gime más y más fuerte hasta que el plug queda bien colocado. Mario le da la vuelta a Lady Om y la besa apasionadamente, en ese momento la bala vibradora resbala y cae al suelo. Mario intenta recogerla, pero ella le frena.

—Tranqui, ve a por el condón, ahora solo te quiero a ti.

Mario alarga la mano, saca el condón y se lo pone a la velocidad del rayo.

Lady Om abre las piernas y aprieta el culo contra el colchón sin dejar de gemir. Mario se toca el pene para comprobar que el condón está bien puesto y la penetra, con suavidad al principio, dejando que ella marque el ritmo.

—¡Más fuerte! ¡Más fuerte! —grita Lady Om cuando no ha pasado ni un minuto.

Mario la penetra con más fuerza y más rapidez. Está disfrutando de lo lindo y le da pena correrse tan pronto.

—Córrete si quieres, no me importa —grita ella.

—Es que me gusta mucho.

—Y a mí, me encanta tu pene. Fóllame más fuerte.

Mario se corre a los tres minutos, pero se siente como si hubiera corrido un maratón. Tumbado en la cama observa a Lady Om, que sigue en trance, con el plug aún metido en el culo.

—¿Te lo quito? —le pregunta Mario mientras le acaricia las nalgas.

—Claro —susurra ella, que casi no puede ni hablar. Se pone de lado y deja que él le quite el juguete del culo como si fuera una joya de un millón de dólares.

30

Se habla sin cesar contra las pasiones. Se las considera la fuente de todo mal humano, pero se olvida que también lo son de todo placer.

Denis Diderot

La señora Sala se confiesa

Se respira tensión en Villa Moni. Cada vez que su madre le pide que le pase el pan, la sal o la pimienta, Mónica se la imagina follando con el jovencito de la disco. Desde aquel día, no puede sacarse la imagen de la cabeza. Ahora que ha decidido no obsesionarse con el tema de los hijos, le ha dado por hacerlo con la vida sexual de su madre. Es como si a la mayor de las dos hermanas le gustara tener problemas.

Hoy hay barbacoa, aprovechando que Sara tiene una cita Tinder y no dará la lata con el tema vegano. Han plantado la mesa del salón en medio del jardín y, mientras Kike prepara y asa la carne, las mujeres toman el vermut. Es increíble cómo la mayoría de los hombres se han apropiado de esa comida tan sencilla, que consiste en prender fuego y darle la vuelta al entrecot, ¿verdad?

—¿Con quién dices que ha quedado Sara?

—Con este chico —le dice Eva a su madre mostrándole

la fotografía del susodicho que le ha enviado Sarita antes de salir por la puerta de su casa, para que lo tengan localizado en caso de que pase algo, una precaución que la mayoría de las mujeres toman cuando quedan con un desconocido.

Iván 31

1,81. Animalista. Me gusta el deporte, manga/anime, leer cualquier cosa interesante. La vida es muy corta para perder el tiempo.

—Ha quedado por lo de animalista, ¿no? Porque muy guapo no parece —critica la madre.

—Puede, qué sé yo. Estoy esperando a que me mande la localización.

—¡Hija, qué control!

—De control, nada. ¡Seguridad! Las mujeres tenemos que protegernos entre nosotras.

—Tienes razón, hija —responde para que no le dé la paliza, pero a la vez se muestra interesada—. ¿Y eso cómo se envía? ¿Me lo dejas ver?

Mónica se da cuenta de que su madre tiene verdadero interés en saber cómo mandar una localización en tiempo real y no tarda en chincharla para que destape su secreto.

—¿Qué pasa, mamá? ¿Tienes un ligue y nos quieres mandar la localización?

Antes de que a la sorprendida madre le dé tiempo a contestar, suena el teléfono de Eva. Es un wasap nada típico de la prima.

Sarita

Prima, todo bien. Chico majete. Hemos comido de lujo, pero yo estoy un poco borracha. Estamos en el coche buscando un hotel. Me estoy mareando

Eva lee el mensaje en voz alta y, claro, todo el mundo tiene que opinar.

—¿Y la localización? —pregunta Moni, que al oír el mensaje se ha puesto en modo drama.

—Ahora me la manda —contesta Eva—. Todo controlado.

—Qué necesidad de quedar con un desconocido para ir a un hotel —critica la señora Sala mientras controla la carne de la barbacoa y se dispone a darle la vuelta al conejo ante la mirada atónica del Señor, que, como la mayoría de los hombres, cree que hacer una barbacoa requiere conocimientos de ingeniería.

—Ay, mami, no seas carca. Déjala que disfrute —replica Eva sin dejar de mirar el móvil.

La verdad es que Eva está un pelín preocupada. Sara es muy moderna y madura para su edad, pero tiene veinte años y está sola con un desconocido. Y no quiere decir delante de su familia lo más importante: Sara es de las que beben una copita como máximo. No le sienta bien el alcohol y en ella no es normal el tono de mujer embriagada que se percibe en su mensaje. Aunque se trate tan solo de un texto, Eva nota que algo no va bien. Al cabo de un rato, recibe otro mensaje, esta vez más complicado y raro. Por suerte es de audio.

—¡Eooo! Un audio de Sara —anuncia Eva.

Los congregados dejan de observar la carne y se acercan a la mesa donde ella está.

—Ponlo en manos libres, que lo oigamos todas —exige la esclava.

Eva deja el móvil encima de la mesa y le da al botón de escuchar.

Sarita (audio)
Todo esto es muy freaky. Puede que esté en casa en menos de una hora. Estoy en un hotel de carretera en medio de la nada. Te mando localización. Resulta que después de pagar y dar los DNI y todo, va y el tío se larga por un trabajo y dice que vuelve en 20 minutos. ¿Qué hago?

—¿Cómo? —alucina Mónica.

—Pues eso. Qué fuerte, ¿no? —comenta muy preocupada Eva, que no duda en mandar un audio a su prima al instante.

Eva (audio)
Prima, lárgate de aquí, pero ya. Te noto muy rara. Igual este tío te ha drogado o vete tú a saber.

—¡A ver si le ha metido algo en la bebida! —grita la madre mirando el móvil con el deseo de que Sarita la oiga.

—¡Mami, no! —le chilla Eva después de mandar el audio—. Que ahora sabrá que estamos todas al loro. Esta manía que tienes de meterte en las conversaciones de los demás.

—Ha dicho que tienen su DNI, a malas sabremos quién es él —sentencia la esclava con tono desafiante.

—Sí, nos será muy útil saber quién es el asesino de Sarita cuando la encuentren… ¡descuartizada en la cuneta! —grita Mónica, que ha pasado del modo dramático al humor negro.

—No tiene gracia —contesta Eva muy seria.

—¡Era broma, neni! Creo que lo que lo que hay que hacer es sacarla de allí. ¿Y si la vamos a buscar? —propone como para arreglar el comentario anterior.

—¡Que no me ha mandado la localización! —grita Eva claramente preocupada. De alguna forma se siente responsable de su prima, la ha acogido en su casa y no podría soportar que le ocurriera algo grave. La ansiedad le sube hasta la garganta y se le queda anclada en el cuello.

—Tranquilas, chicas, seguro que no es nada —insinúa el Señor llevando una bandeja enorme de carne a la mesa.

—Tú mejor te callas, que no tienes ni idea —responde Eva mientras se sirve otra copa de vino.

—Me jode reconocerlo, pero mi hermana tiene razón, amor. Si Sara fuera un primo y no una prima, no estaríamos así. Las mujeres corremos más peligros que los hombres. ¡Maldita sea!

—Para que luego algunos hombres digan que no tienen privilegios —apunta Eva mirando de retintín al Señor, que a veces es un poco *señoro*.

—Lo decía para tranquilizaros, a veces os alarmáis por nada —contesta, condescendiente, el cuñado.

—¿Por nada? Reza para que no le pase nada a la vegana o esta barbacoa que estás cocinando con tanto arte se la van a comer Thor y Ulisses —sentencia la esclava señalando los perros.

—Amor, déjalo, en serio —contesta Mónica muy seria lanzándole una mirada asesina a su marido.

Pasan los minutos como si fueran horas. El Señor sigue asando carne, y ellas se han quedado calladas y pensativas. Para calmar los nervios, a Eva le ha dado por hacer alioli a mano, con un mortero, como se hacía antiguamente. Está machacando con rabia el ajo cuando recibe otro mensaje de Sara.

Sarita (audio)
No os preocupéis, en la bebida no me ha metido nada porque he estado pendiente. Estoy borrachilla, pero dentro de lo normal. Eva sabe que me sube muy rápido. Es un hotel de carretera que está a 3 kilómetros de la estación de tren y, si hace falta, puedo ir andando hasta allí

Eva (audio)

Sara, soy Mónica. ¡Pilla un puto taxi!

Sara no contesta el mensaje, pero manda la localización en tiempo real. El clan de mujeres se asoma a la pantalla, pasan diez minutos y no saben nada de la prima. En un primer momento, las tranquiliza ver que el GPS se mueve camino a la estación, pero de repente, la bolita verde retrocede.

Eva (audio)

Prima, ¿estás bien? ¡Vas en sentido contrario a la estación!

Sarita (audio)

Estoy en medio de la carretera y aquí no puedo pillar un taxi. Creo que me he perdido. Estoy en medio de la maldita autopista. Pero, tranquilas, puedo estar borracha, pero imbécil no soy. Tengo piernas y son las cuatro de la tarde. Puedo hacerlo.

—¡Esta niña es tonta! —grita la señora Sala, presa de los nervios.

—Ya estamos como siempre, atacando a la víctima. Ella no es tonta, él es gilipollas. ¡No se deja a una mujer tirada en un club de carretera para ir a vender droga! —grita Eva.

—¿Droga? ¿Sarita se droga? ¡Lo que nos faltaba! —se levanta la señora Sala en modo drama *queen*.

—¡Que no, mami! Que Sarita no se droga. Es el tío este quien trafica, ¿o creéis que ha dejado a Sara tirada para ir a trapichear con flores?

—Animalista y camello —suelta la esclava—. Un mirlo blanco.

Todas se ríen a causa de la tensión, pero otra nota de voz de la prima les quita las risas de golpe. Esta vez Sara habla con la voz temblorosa a punto del llanto.

Sarita (audio)
Pues sí, me he perdido. No os preocupéis, ¿vale?
Es de día y hay tiempo.
No puedo seguir por la autopista porque me van a atropellar.
El gilipollas me está llamando, dice que viene a buscarme.
¡A buenas horas! A este lo bloqueo y hago autostop.
¡Os quiero!

—¿Por qué no llama a la policía? —pregunta el Señor.

—Claro, seguro que van corriendo a buscarla cuando les cuente que un tinder le ha salido rana y tiene miedo —ironiza Eva.

—Mierda de mundo. A las mujeres nunca se nos toma en serio —apunta Mónica.

—Mira, no voy a ser yo quien juzgue a Sarita. Nos ha pasado la localización, la cosa ha salido mal, pero ella ha reaccionado a tiempo y bien, que es lo que importa. Podríamos coger el coche e ir a por ella, pero está lejos y seguro que llegamos tarde o nos cruzamos por el camino. Yo la dejaría. Transmitámosle calma, hay que confiar en la gente.

Con estas palabras Eva intenta tranquilizarse y pensar que todo irá bien. Vamos, aplica lo que lleva semanas trabajando con la terapeuta: ser positiva y no montarse películas ni crear dramas de la nada. Pero la verdad es que no se le da demasiado bien, está claro que eso también lo ha heredado de su madre, quien justo en este momento pregunta:

—¿Y si la matan qué?

—¡Ay, mami, ¡no podemos quedarnos siempre en casa por si nos matan! —grita Mónica, que también está de los nervios.

—¡Es que me parece una barbaridad! —sentencia la madre dándole un sorbo al whisky que acaba de servirse.

—Y lo tuyo con el tío del club, ¿qué? ¿Eso no te parece una barbaridad? —le suelta Mónica como si nada.

Se hace una pausa dramática y, de repente, el drama Sarita pasa a segundo término. Eva es la primera en reaccionar.

—¿Se puede saber de qué hablas, Moni?

—Hablo de mamá, que tiene un lío con un jovencito.

—¿En serio, mami? —pregunta medio riendo Eva.

—Pues sí, tengo un lío, no sé por qué os resulta tan gracioso. ¿Es que solo podéis ligar vosotras? Hace diez años que murió vuestro padre. ¡Diez! De repente, el vecino del sexto, en una reunión de propietarios se puso a hablar de política conmigo. Tiene cuarenta años, no es ningún jovencito, pero tiene un cuerpo que ya querrían algunos de veinte.

—¡Ay, mamá, por favor! —se escandaliza Mónica.

—Déjala que siga. Continúa, mami —dice Eva, a quien la curiosidad le puede.

—Pues nada, que he encontrado a alguien que me admira, que me mira con ojos de deseo, que dice que soy increíblemente sexy y que me ha investigado por internet. ¡Eso me encanta! —dice emocionada, con cara de jovencita enamorada—. Busca conferencias de hace años, las analiza y me las comenta. No es un gigoló ni le interesa mi dinero —aclara mirando a su hija mayor—. Él tiene su trabajo y su vida. No hace mucho que nos vemos y es una compañía muy agradable. Hijas mías, os agradeceré que no me juzguéis. Vosotras que sois tan feministas y modernas no tendríais que ver nada malo en que una mujer, digamos que entrada en años, tenga un ligue más joven que ella.

Se hace un silencio que una notificación en el móvil de Eva interrumpe.

—Es Sara. Ya está en el tren de camino a casa —anuncia con alivio.

—Eso es lo que importa, no la vida sexual de vuestra madre —aclara la esclava levantando su whisky—. ¡Brindemos por elle!

31

Todo hombre que conduzca con prudencia mientras besa a una chica bonita, no está besando con la atención que el beso merece.

Albert Einstein

Marina y Eva dan un paso adelante

Marina y Eva han quedado para tomar algo y ponerse al día. Eva sale del banco a las cinco, antes de lo habitual, para que Mario no la descubra. Como tienen la costumbre de salir a la misma hora y aprovechar el camino hasta la boca del metro para charlar un rato, si él viera que ella toma otra dirección, seguro que le haría preguntas. Así que, para no levantar ningún tipo de sospechas y no tener que dar explicaciones que le activarían su maldita euterofobia, Eva ha seguido esta estrategia. Es más, para estar segura de no encontrárselo, ha quedado con la Mari en una coctelería que está en la otra punta de la ciudad.

Es una cita entre amigas y no quiere darle más importancia de la que tiene, pero Eva se ha puesto especialmente guapa hoy. Se ha recogido la melena en un moño alto, con algunos rizos sueltos en plan casual, y ha escogido un vestido digamos que demasiado top para ir al trabajo. Ha tenido que soportar las miradas de cromañón de sus compañeros de oficina y algún piropo asquerosito al andar por la calle, pero las ganas de impresionar a Marina le han ayudado a soportarlo con deportividad. Incluso Mario la ha repasado de arriba abajo, cuando se ha acercado a su mesa para dejarle unos papeles.

En cambio, la Mari va sobrada, se presenta en el bar como si nada, vestida con un pantalón deportivo y una sudadera ancha. Eva, que como siempre ha llegado la primera, se quiere morir de la vergüenza al ver entrar a Marina y la maldita euterofobia la traiciona otra vez. Las mejillas le hierven, aun así, se alegra al notar que su look no pasa desapercibido a quien realmente le interesa.

—¡Madre mía, estás pibón! —suelta Marina, sincera, al verla sentada en un pequeño sofá cercano a la barra con las piernas cruzadas y el escote de infarto.

—Hoy tenía una reunión —se apresura a mentir Eva.

—Tranquila, que yo, si quiero, también puedo —sonríe Marina mientras se quita la sudadera y deja a la vista un pequeño top que le marca los pezones.

—¡Qué envidia no llevar sujetador! —Las palabras le salen de la boca sin pensar—. Perdona, que no te creas que te estaba mirando las tetas, solo es que…

—Tranqui, es la ventaja de tener los pechos pequeños.

—Pequeños pero bonitos —susurra sonrojándose por enésima vez.

—Pues a mí me gustaría tenerlos grandes como los tuyos —contesta Marina.

—No te creas. Las tetas grandes no operadas pesan. Es la ley de la gravedad —dice sacándole, como ya es costumbre, una carcajada a Marina.

Eva traga saliva y siente que se está metiendo en un lío.

O quizá no. Quizá está haciendo lo que tiene que hacer, pero las dudas nunca la abandonan. ¿Le cuenta lo de Mario o no se lo cuenta?

En este momento, llega el camarero con dos gin-tonics y Eva, que no ha pedido nada, lo mira asombrada.

—Sí, *darling*, me he tomado la licencia de pedir por ti cuando he entrado. Llevan una nueva ginebra con sabor a cítricos que me chifla —dice guiñándole el ojo Marina.

—Genial, me encanta —miente Eva, que no soporta que nadie decida por ella.

Las dos amigas hablan de temas superficiales como si tuvieran miedo de afrontar su inesperada relación. Charlan sobre literatura, comentan series y películas de cine. Sus cuerpos cada vez están más cerca. Una de las ventajas de llegar la primera es que puedes escoger sitio. Si además sufres de ansiedad, te da tiempo a localizar el lavabo y las salidas de emergencia con toda tranquilidad, sin tener que dar explicaciones ni quedar como una loca. Eva ha escogido un lugar genial, una de las pocas mesas que tienen un banco aterciopelado de esos que te obligan a sentarte de lado. Aunque ni siquiera se tocan, conforme avanza la conversación, casi sin darse cuenta, se van acercando una a la otra. En un momento dado, Marina no puede evitar dar un paso adelante.

—¿Y qué? ¿Sigues con ganas de besarme? —bromea la Mari refiriéndose a la última conversación que mantuvieron en el bar hindú.

—Siento curiosidad, a veces —responde Eva, sincera mientras sorbe con la pajita el gin-tonic.

—¿Por eso besaste a aquella chica en el club?

—Igual, no sé… —Dubitativa y un poco desconcertada, de pronto se siente como si estuviera en la consulta de la terapeuta: tiene ganas de hablar, pero no sabe cómo explicarse. No tiene claro lo que siente ni por qué hizo lo que hizo. Quizá solo se dejó llevar.

—¿Te gustó?

—Sí, fue raro. Era tan suave, no notar nada que pincha ni te araña tiene su cosa.

—Sí, esa es una de las partes buenas de besar a una mujer —dice Marina dejando clara su bisexualidad.

—Antes de seguir, te quería…

—¿Antes de besarnos? —la corta Marina bromeando.

—No, te lo digo en serio. Tengo que contarte algo.

—¿Grave? —pregunta preocupada Marina, que ha notado el cambio de registro de Eva y teme que haya ocurrido algo malo.

—Pues no sé…

Marina deja el gin-tonic, se quita las zapatillas deportivas y pone los pies encima del sofá, a la espera de que Eva empiece a hablar.

Otra de las cosas que Eva está trabajando con la terapeuta es aprender a mostrarse vulnerable y dejar de pensar que eso la debilita. De modo que, a pesar de que se siente cohibida, respira hondo y… se tira a la piscina.

—Mira, antes de conocerte, hice algo que nunca habría hecho si ya te hubiera conocido. Como no te conocía, lo hice. No me arrepiento, bueno, ahora sí. No, no. Quiero ser sincera contigo. No me arrepiento de lo que hice. Sí de no habértelo contado enseguida. ¡Mierda! Me estoy explicando fatal.

—Pues la verdad es que sí. Me tienes loca.

—No trabajo en una tienda —suelta Eva mientras intenta poner orden en sus pensamientos.

—Vaaale —responde Marina si entender muy bien cuál es el problema.

—Trabajo en un banco.

—¡Anda!, como mi marido —comenta sin darle importancia y sacando una inocencia que parecía imposible en ella.

—Sí, en el mismo banco y en la misma oficina que tu marido —aclara pensando que seguro que ya le han vuelto a subir los colores.

Marina coge el gin-tonic, le da un sorbo y ata cabos rápidamente.

—Espera un momento —dice dejando la copa en la mesa y, después de una breve pausa, le lanza la pregunta—: ¿Tú eres la compañera guapa de Mario? ¿La que se lo tiró?

—Sí. No me mates. —Eva está tan avergonzada que agacha la cabeza.

Marina se muere de la risa. Suelta unas carcajadas incluso demasiado exageradas, piensa Eva.

—Madre mía, Eva, ¡eso es genial! Estamos ultrasincronizadas, ¿lo ves?

—Sí, pero me he tirado a tu marido —insiste Eva, un poco alucinada por la reacción de su amiga—. A tu Mario, ¿no te importa?

—Para nada. Me parece genial, en serio. Eso me demuestra que mi marido sigue teniendo buen gusto y que tú...

—¿Yo qué...?

—Tú eres una mujer absolutamente fantástica. Me tienes fascinada.

Marina se acerca a ella y le da un pico largo, sin lengua, pero lo suficientemente largo. Eva cierra los ojos y se deja llevar. Cuando sus cabezas se separan, Eva coge la copa para tener las manos ocupadas.

—Pues ya tenemos nuestro beso —dice para disimular el corte.

—¿Bien? —pregunta, coqueta, Marina.

—Pseee.

—¡Será vacilona, la novata!

—Yo creo que podemos hacerlo mejor, ¿no?

Eva está alucinando con ella misma. Solo con ese beso ya está supercachonda. No se siente ni rara ni mal, pero sí nota que su coño va por libre, como si ella intentara dejarlo ahí, pero él quisiera más.

Hacía mucho tiempo que no sentía ese fuego entre sus piernas. Unas enormes ganas de ir al baño y, como siempre, el miedo a hacer las cosas mal. Se pregunta cómo sería hacerlo con una mujer. Con los hombres es fácil. Ya sabe cómo poner cachondo a un hombre, pero ¿con una mujer? Parece que tenga que ser muy sencillo porque todas tenemos vulva y clítoris, y sabemos lo que nos gusta. Pero no lo tiene nada claro.

Marina coge las riendas, se acerca más a ella y la besa con pasión, primero en el cuello y luego en los labios. Besa muy bien. Superbién. Eva no da crédito a lo que está pasando, y no lleva ni medio gin-tonic, no puede culpar al alcohol. Ahora, de forma ultradelicada, Marina le roza un poco el pecho por encima del vestido y automáticamente Eva pega un salto.

—¡Para, para, para!

—Perdona, no quería molestarte.

—¡No! Si me encanta, de verdad. Pero estoy un poco en shock, necesito parar.

—Paremos, no hay problema, de verdad. ¡Paremos! —dice Marina poniendo las manos en alto.

—Lo siento.

—¿Qué? Nooo. No lo sientas —le contesta con toda sinceridad Marina.

—Será mejor que me vaya —dice Eva, que sale a toda prisa del local como si la persiguieran los demonios. Marina se queda sola y un pelín desconcertada.

Solo salir por la puerta, manda un wasap a su psicoanalista.

Eva
Necesito una sesión de urgencia

Anda calle abajo a toda prisa, con miedo a que salga Marina a por ella y deseando al mismo tiempo que lo haga. Aunque se trata de una mujer, su cabeza fantasea con el típico momento de comedia romántica en plan *Desayuno con diamantes*, cuando Audrey Hepburn sale del coche en busca del gato, está lloviendo y el protagonista enamorado, en lugar de esperar, no duda en ir corriendo a por ella. Porque la quiere, porque la desea, porque así se hacen las cosas. Así nos han enseñado el amor en las películas y en los libros. Pero ella está en el mundo real y no llueve.

Eva prefiere no dejar pasar demasiado tiempo y le manda un wasap a Marina.

Eva
Lo siento. Me ha encantado tu beso.
Demasiado

Marina
A mí también me ha encantado

Eva
No le contarás nada a Mario, ¿verdad?

Marina
No. Ni te preocupes por eso ahora

Eva
Gracias. Nos vemos pronto

32

De todas las aberraciones sexuales, la más singular
tal vez sea la castidad.

RÉMY DE GOURMONT

Eva va de médicos

Ya sabemos que Eva necesita tenerlo todo bajo control, por
supuesto, también su salud. Y no hay nada que le dé más
seguridad que una buena revisión médica. Se hace análisis
de sangre una vez al año y no deja pasar ni una revisión gi-
necológica. Es muy común que la gente se evada de sus problemas comprando de forma compulsiva; a Eva, en cambio,
le da por pedir cita a la psicóloga, al dentista o a la ginecóloga. Hace dos meses que tiene cita en la clínica de fertilidad para el test de reserva ovárica. Justo para hoy, esta semana en la que su mundo entero se ha puesto patas arriba.
Se siente muy trastornada emocionalmente y, por suerte,
también tiene hora con la psicóloga, quien, después de cal-
marla por wasap, le ha reservado una sesión para esta misma tarde.

Desde que se ha levantado por la mañana se siente ansiosa, no sabe si es por la clínica o por Marina. Se siente
confusa y no tiene nada claro. Ni sus sentimientos, ni sus

deseos ni mucho menos su futuro. Si estuviéramos en una peli de Disney, este sería el momento ideal para que el hada madrina hiciera su estelar aparición y resolviera todos los problemas de la princesa.

Desde que era adolescente, al contrario que muchas de sus amigas que solo soñaban con el príncipe azul, siempre tuvo claro qué deseo pediría, si le dieran una única oportunidad. Más de una vez soñó que el hada madrina chasqueaba los dedos y, en lugar de convertir una calabaza en carruaje, aparecía ante ella su preciado restaurante lleno de plantas. Si se concentra mucho, incluso llega a notar el olor de la cocina, pero esa imagen se desvanece por completo al abrir los ojos y ver a una madre que le está cambiando los pañales a su bebé a la vista de todos, en la sala de espera de la clínica. En ese momento se pregunta qué hace ella allí. Además de bebés, también hay mujeres embarazadas acompañadas de sus respectivas parejas y algunas personas solas, pero por encima de todos destaca una niña revoltosa, que no debe de tener más de cinco años, en plena pataleta, sin que nadie la frene. Eva suspira, se sienta y lee por enésima vez la información que le pasaron sobre la congelación de óvulos. La clínica entera está plagada de pósteres y folletos.

La edad biológica más adecuada para quedarse embarazada es de los veinte a los treinta años, pero la tendencia actual es que las mujeres tengan su primer hijo más tarde. Con el paso de los años, la fertilidad de la mujer se reduce considerablemente. A los treinta y cinco años puede quedar solo el diez por ciento de su reserva ovárica. Si eres mujer y te encuentras en tu etapa más fértil, puedes congelar tus óvulos y utilizarlos en el futuro. ¡Ahora tienes más tiempo para ser madre!

El test de reserva ovárica sirve para saber cuántos óvulos

nos quedan y si estamos a tiempo de congelar algunos o no. Es un procedimiento supersimple del que deberían hablarte y deberían recomendarte en todas las revisiones ginecológicas, pero, por alguna misteriosa razón, solo lo hacen si lo pides. Y claro, cuando esto ocurre, acostumbra a ser demasiado tarde porque ya no estás en tu etapa más fértil.

Eva entra en la consulta, se pone la bata y mientras la ginecóloga la inspecciona le va comentando la jugada.

—¿Tu última regla fue hace una semana?

—Sí.

—Perfecto. Veremos cómo vamos de óvulos. Primero miraremos el ovario derecho y luego el izquierdo, ¿ok?

—Vale —contesta Eva, temblorosa, dejando que la ginecóloga le meta un palo empapado de lubricante congelado en el interior de su vagina.

—Mientras te hago el examen te iré contando el procedimiento —le anuncia la doctora—. Una vez veamos que estás dentro de los cánones, estimularemos tus ovarios y, con una pequeña punción, extraeremos el máximo número de ovocitos posible y los congelaremos hasta que quieras ser madre. Has venido justo a tiempo. Piensa que después de los treinta y cinco ya es tarde.

Las palabras de la ginecóloga agobian a Eva. La ansiedad le dispara los sentidos y llegan a sus oídos los lloros de bebé de la sala de espera y los gritos de la novia de Chucky. Intenta relajarse con unos ejercicios de respiración, hasta que llega el momento y la doctora da su veredicto.

—Bueno, no está nada mal. Dentro de lo normal. Ocho y siete.

—¿Y eso es mucho?

—No está mal. Ahora tenemos que ver mediante un análisis de sangre cómo vas de fertilidad. Lo importante es la calidad de los ovocitos. Cuando decidas ser madre, estos ovocitos se descongelarán y se fecundarán con semen de tu pareja o de un donante, si quieres ser madre soltera, y se transferirán a tu útero.

—No hemos hablado de dinero. ¿Cuánto puede costar el tratamiento completo? Tengo un dinero ahorrado, pero me vendría bien saber si me alcanza —pregunta Eva.

—Te costará unos tres mil euros más o menos. Más el coste de mantenimiento, que son unos cuatrocientos al año. Luego, si al cumplir los cincuenta años no los has utilizado, podemos donarlos o destruirlos. Tú decides.

Eva sale aturdida de la clínica, con una sensación muy extraña en el cuerpo. Ansiedad, sí, pero hay algo más que no sabe distinguir. La doctora le ha recomendado que no espere mucho para tomar una decisión, pero le da vértigo hacerlo ahora mismo, y, además, no puede sacarse a Mari de la cabeza. No quiere tomar ninguna decisión importante desde la confusión o el miedo. Al pensar en Marina, se acuerda de lo mal que lo pasó cuando se pilló del Chico Coda y no puede soportar la idea de que le vuelva a ocurrir. Ni con ella ni con nadie. Cuando se sienta delante de Sonia, su terapeuta, antes siquiera de articular una sola palabra, Eva suelta una llorera de las que hacen historia.

—Tómate tu tiempo —la tranquiliza la terapeuta acercándole una caja de clínex.

—No sé qué me pasa.

—Estás muy removida emocionalmente, es normal.

—Estoy contenta de haber hecho el test de reserva ovárica para darme cuenta de que… de que… no quiero ser madre —dice por fin en voz alta. Lo repite alzando la voz para que quede claro que habla muy en serio—: ¡No quiero ser madre!

—Tú eliges. Las mujeres no tenemos la obligación de procrear, hay muchas personas que pasan por este mundo sin dejar descendencia.

—Pero parece que si eres mujer tienes la obligación moral de hacerlo. Dicen que te pierdes algo demasiado importante si no lo haces. Mira, mi hermana quería y no podía. Y yo que podría, parece que no quiero.

—¿Parece?

—No, no quiero. Lo que quiero ahora es montar mi propio negocio, me he dado cuenta cuando estaba en la sala de espera de la clínica de fertilidad. Voy a invertir en él el dinero que he ahorrado para la congelación de óvulos.

—Buena decisión —asiente la terapeuta.

—Aún no te he contado lo que me pasó ayer. ¡Estoy desquiciada, Sonia!

—Empieza por donde tú quieras.

Eva le cuenta a Sonia su historia con Marina, no se deja ni un solo detalle. Le habla de las dudas, la confusión y el miedo a volver a sufrir. Siente que no está preparada para enamorarse de nuevo, pero, por otra parte, no tiene por qué ser así. Marina nunca le ha hablado de amor. Es ella quien está otra vez proyectando y precipitándose a lo bestia.

—Por eso he decidido no congelar los óvulos.

—¿Por qué? ¿Me lo puedes explicar mejor? —le pregunta Sonia, en un esfuerzo por entenderla.

—Porque era volver a hacer planes, pero esta vez a lo grande. ¿Tener óvulos congelados por si algún día encuentro a alguien y quiero tener hijos? ¿Y si no encuentro a nadie? No estoy preparada para eso ni quiero esa responsabilidad sobre mis hombros. Cuando he dicho en voz alta que no quiero ser madre, me he quitado un enorme peso de encima. De verdad, era como si me hubiera importado más el qué dirán que yo misma. Pero me da miedo que no sea una decisión madura, sino consecuencia de mi ansiedad. ¿Por qué tenemos que pensar tanto en el futuro?

—No eres la única que sufre ansiedad. La sociedad entera está ansiosa perdida. En su justa medida, está bien, pero si piensas demasiado en el pasado, puedes sufrir una depresión, y si piensas demasiado en el futuro, puedes sufrir ansiedad. La clave es quedarte en el presente, ya que en realidad es lo único que existe, mirar el futuro con calma y recordar el pasado con tranquilidad. La vida es eso, ensayo y error. Lo importante es que aceptes la decisión que estás tomando ahora, la abraces y no dudes de ella en el futuro.

—Sí, me siento liberada después de haber tomado esta decisión.

—Eso significa que es una decisión coherente contigo misma. No le des más vueltas y aprovecha el dinero que tenías ahorrado para hacer algo que te llene en el presente.

—Lo haré, abriré mi propio negocio de restauración.

—Pues ya tienes la zanahoria que te estimulará para tirar del carro. ¿Vamos al siguiente tema?

—¿Marina?

—No. Yo creo que el tema no es Marina.

—¿Ah, no? ¿Y quién crees que es?

—El Chico Coda. De alguna forma sigues atada a esta historia o al dolor que esa relación te produjo. Él no es lo importante, sino lo tocada que te dejó. Eso es lo que hay que trabajar.

—Es una mierda. ¿Por qué tardo tanto en olvidar a un hombre cuando corto con él? Tengo amigas que empalman novios desde que tienen quince años. Nunca he entendido cómo pueden hacerlo. Las envidio.

—No tienes que fijarte en esas personas. Tienes que fijarte en ti. Tu centro tienes que ser siempre tú. El problema no es el Chico Coda en sí, el problema es el dolor que te produjo la ruptura, y los mensajes negativos que te mandas a ti misma, como eso del karma. Si sigues diciendo que el karma te tiene castigada, al final el universo te dará la razón. El poder de la palabra es muy fuerte. No te mandes mensajes negativos a ti misma ni hagas ese tipo de afirmaciones basadas en... en la nada.

—¿Y qué hago? ¿Cuánto se tarda en olvidar una relación? ¿En dejar de lado la rabia, la pena o la nostalgia?

Sonia se levanta, enciende el proyector y se dispone a explicárselo de una forma didáctica y divertida.

—Mira, vamos a practicar un ejercicio que me parece muy interesante. Veremos si te reconoces en alguna de esas mujeres. Tenemos a las mujeres que comentabas antes, las mujeres Tarzán, las que van de novio en novio desde que tienen quince años. Jamás sueltan una rama si no tienen otra agarrada con la otra mano, se sujetan a sus ramas/pareja y no les importa en absoluto si son buenas o malas, guapas o feas. Solo quieren una rama a la que agarrarse y no soltarse jamás. Antes muertas que sin novio, no saben estar solas. Digamos que este perfil tiene el listón bajo en cuanto a las parejas se refiere.

»Luego tenemos el perfil de mujer "vampira". Estas son las que cortan con el novio y se pasan un año como mínimo tirándose todo lo que ven, buscan el amor a través del sexo, suplican polvos lamentables a las tantas de la madrugada solo para poder dormir abrazadas a alguien. No quieren tener novio, saben que tienen que superar su relación anterior, pero su mono es tan grande que necesitan el contacto físico al precio que sea. Este perfil tiene el listón alto para el amor y bajo para el sexo. ¿Me sigues?

—Sí —responde Eva, que no puede sentir más admiración por su nueva terapeuta.

—Luego está la «ermitaña». Estas son las mujeres que no pueden estar con nadie hasta que la pena y la tristeza haya pasado por completo. El tiempo depende de cada una, pueden llegar a necesitar años. Descubren que están bien y preparadas para encontrar a otra pareja el día que dejan de llorar al ver una foto de él o ella y tienen ganas de enamorarse otra vez. Estas mujeres tienen el listón alto para el amor y para el sexo. Dicho esto, ¿en qué perfil te reconoces? —pregunta finalmente Sonia con tono serio.

—Soy una vampira de mierda —contesta Eva, decidida.

—¿Y cuál te gustaría ser?

—No sé. También soy un poco ermitaña, depende del día. Ser ermitaña sería lo suyo, ¿no? ¿Aunque te tires un año sin follar? ¡Ay, no sé! No me gustan las etiquetas.

—Sí sabes —la corta la terapeuta para que salga del bucle—. Tienes que hacer lo que te apetezca, pero teniendo claro por qué lo haces y si te vas a sentir bien al hacerlo. No hay nada malo en ninguno de los tres perfiles, pero no puedes estar torturándote luego. Tú necesitas tiempo para recuperarte emocionalmente de una ruptura y te gusta demasiado el sexo para aguantar sin él, no hay más. En cuanto a la ansiedad, ya sabes lo que hay que hacer. Respirar, no correr y medicarte si fuera necesario.

»Ya sé que te da miedo, pero somos química pura. Sin abandonar la terapia, desde luego, las pastillas correctas te ayudarían a quitarte el miedo y seguirías siendo tú, pero sin ansiedad. Eva sin miedo. Pero eso es algo que también tienes que decidir tú. Yo no puedo sentir lo que sientes, no estoy dentro de ti, solo te puedo decirte que no hemos venido a este mundo a sufrir. Y tú te has acostumbrado a sufrir demasiado.

Eva se queda sin palabras. Lleva años juzgando a su hermana por tomar medicación para la ansiedad. Pensaba que era propio de personas débiles, y en ese mismo instante se da cuenta de que igual la débil era ella por no saber pedir ayuda y aceptar una de las posibles soluciones. No tiene claro si quiere superar la ansiedad con o sin medicación, pero sí sabe que no volverá a mirar a su hermana como hasta ahora. Bien pensado, es como el dolor de cabeza, hay personas que creen que es mejor ponerse un paño mojado en la frente, apagar las luces y esperar a que pase, y otras se toman un ibuprofeno.

33

Recuerdo la primera vez que tuve sexo. Aún conservo el recibo.

GROUCHO MARX

La señora Sala tiene una cita

Son las doce del mediodía y la señora Sala ha quedado con su amante en casa. Su hija Mónica está escandalizada, pese a que le dejó claro que no se trata de un gigoló ni de un aprovechado. Lucas es periodista, tiene cuarenta años y admira a Julia desde siempre. La ve como lo que es: una mujer con una enorme carrera profesional, que tuvo mucho éxito en el pasado, es muy culta y que, desde que dejó la política, tiene tiempo para hacer todo lo que no pudo hacer en su momento.

La señora Sala recuerda aquellos años con nostalgia. Fue duro, pero compaginó bien su profesión con la maternidad, aunque muchas veces se sintió culpable por no estar siempre presente en casa. Ahora las cosas han cambiado mucho en la mayoría de los hogares, pero antes, si las mujeres querían tener una vida profesional al margen del matrimonio, se quedaban sin tiempo para nada más.

—¿Sabes qué ha pasado?, mi hija mayor nos pilló en el club la última vez que fuimos —le confiesa Julia mientras sirve un par de whiskies con hielo.

—¡No me digas! —se ríe Lucas.

—No te reirás tanto si te cuento que se cree que eres un gigoló.

—¿Perdona?

—¿Me imaginas a mí pagando por sexo?

—No, la verdad —contesta con sinceridad Lucas, que no puede parar de reír.

—¡Con lo que me costó lanzarme contigo!

—Valió la pena la espera —dice Lucas agarrando su copa y dándole a Julia un dulce pico en los labios.

—Al principio tenía mis prejuicios, lo sabes. Una mujer como yo, conservadora, con un jovenzuelo como tú.

—Eres preciosa, Julia, y menos conservadora de lo que te han hecho creer.

—Y tú eres un ser encantador. Cuando murió mi marido, creí que el sexo había terminado para mí. Y mírame ahora, ¡qué maravilla!

Julia ha recibido a su amante ataviada con una bata de fina seda. A según qué edades hay que hacer las cosas bien y ser práctica. La ropa puede ser un engorro.

La señora Sala no lleva faja ni un traje de chaqueta. Usa ropa cómoda, fácil de poner y quitar, pero no abandona la lencería. Es una mujer con clase, y Lucas, un gran fetichista de la ropa interior. Ella tiene claro que, después de diez minutos de penetración, el sexo se convierte en gimnasia y que siempre hay que hacerlo al mediodía. Lucas la deja tan extasiada… Julia sabe que si lo hace por la mañana luego no puede levantarse de la cama ni hacer nada en todo el día, y si lo hace por la noche, teme no despertarse. A Lucas no le importa. De hecho, le gusta dormir solo en su casa y visitar a Julia cuando les apetece a los dos.

Este mediodía, ella está especialmente radiante.

—¿Qué te pasa hoy? ¿Has ido a la peluquería?

—Ay, tesoro, qué antiguo eres a veces. Mi belleza se debe al morbo que me ha dado contar a mi familia que estoy contigo.

—¿Ah, sí? —dice acercándose a ella para lamerle el cuello.

—Sí —contesta ella mientras se tumba en el sofá y se abre la bata dejando al descubierto un nuevo conjunto de lencería de seda blanco—, me siento poderosa.

Lucas acerca la boca al sostén blanco y se las ingenia para lamerle el pezón.

—Mmm —gime ella.

—Cómo me gusta tu cuello y tu olor y tus pechos...

—Y a mí cómo me los tocas.

—Son tan sensibles...

Y así es, por suerte para ella, es como si tuviera dos clítoris en lugar de pezones. Le gusta que se los laman, los succionen y los muerdan.

—Acércame el lubricante, tesoro.

Sin quitarle el conjunto de lencería, Lucas se levanta del sofá y se desviste con lentitud. Coge el lubricante eco de color azul, el favorito de Julia y se lo entrega. Mientras él acaba de desnudarse, la señora Sala se acomoda en el sofá, coloca bien los almohadones, se pone un poco de lubricante en su mano y la introduce en sus braguitas sin dejar de mirar a su apuesto amante. Lucas ya está en calzoncillos y permanece de pie mirando cómo su amante se acaricia con el lubricante. Primero la vulva, luego los pechos.

Lucas tiene el pene más que erecto y, aunque le encantaría entrar a matar, sigue de pie observando cómo su amante se da placer a sí misma.

—Querido, ven para acá, que sabes lo que me cuesta levantarme —ironiza para que se acerque.

Lucas complace a la señora Sala, se coloca encima de ella con delicadeza y deja que su duro pene, dentro de los calzoncillos de marca, roce la lencería blanca de ella. Mientras sus cuerpos se refriegan y se dan placer, la besa lentamente. En este momento, el pene sale sin querer de los calzoncillos y Julia aprovecha para agarrarlo con la mano.

—Ya te tengo —dice ella, y Lucas le sonríe.

—¿Condón? —pregunta él, educado.

—Querido, estoy en la menopausia desde hace años y, si no me has engañado, solo me penetras a mí, ¿no es así? —Julia espera confiada el asentimiento de él—. ¿Y si nos dejamos de condones?

—Me parece muy bien. ¡A disfrutar se ha dicho!

Y el pene de Lucas, dirigido por la mano de Julia, entra dulce y suavemente dentro de su vagina. Una bonita siesta les espera después.

Si la prima Sarita hubiera visto esta escena, se habría puesto de los nervios. Es muy exigente en cuanto a la seguridad en las relaciones se refiere. Se lo ha dejado muy claro a Blanca cuando ha ido a la entrevista de trabajo en la tienda erótica.

Al cabo de dos horas charlan como si se conocieran de siempre. Sara alucina con la naturalidad con la que Blanca le cuenta todo. La verdad es que este trabajo le viene como anillo al dedo. Cuando Blanca le pide que ordene unas estanterías de juguetes, Lady Luz se comporta como si hubiera trabajado toda la vida en la tienda.

—Gracias, me siento muy cómoda —dice Sara.

—Me alegra oírlo —contesta Blanca mientras la conduce al almacén para enseñarle cómo le gusta tener los juguetes, ordenados por categorías.

—Y noto que no me miras como un bicho raro cuando hablo de forma inclusiva. Eso también me gusta —aclara la prima.

—Por mí, no hay problema, pero tienes que tener muy claro cómo las personas quieren que las tratemos. No todas somos binarias. Yo, por ejemplo, me siento más cómoda si me hablas en femenino. Pero no me importa nada hablarte en neutro a ti. Faltaría más.

Sara se siente un poco en shock. Es verdad que es bisexual, pero eso no significa que sea una persona no binaria. Le gusta hablar en lenguaje inclusivo, aunque tras las últimas palabras de Blanca ha caído en la cuenta de que ella le habla en neutro a todo el mundo sin preguntar si quieren que les trate así. Le encantaría que en un futuro el género fuera abolido y que no importara que la gente tuviera pene o vulva, y que se tratase a todas las personas igual, con independencia del género y la sexualidad de cada cual.

—Pero hasta llegar allí hay que respetar a todo el mundo y tratarlo como ellas, ellos o elles deseen —le aclara la encargada de la tienda.

—¿Y cómo puedo saber cómo quiere ser tratada cada persona? —pregunta dudosa.

—Preguntando. Lo importante es que las personas estén cómodas cuando entran aquí, que no se sientan juzgadas y no les hablemos de una forma que las incomode. Y, sobre todo, nunca debemos dar nada por supuesto. El ser más masculino del planeta puede tener pene o vulva. Las parejas más cariñosas pueden ser hermanos, amantes o simples amigos con derecho a roce. Aquí no estamos para etiquetar a nadie. Dejamos fluir y vendemos herramientas para mejorar la sexualidad de las personas, para quien las quiera o las necesite.

—¡Guau! Me encanta, Blanca. Creo que voy a aprender mucho de ti y que seré muy feliz en este lugar —asegura sentándose en una silla y observando cómo Blanca coloca unas muestras en la estantería.

—Pues la verdad es que yo también te veo trabajando aquí. Eres espabilada, hablas inglés y me parece que te gusta escuchar. Eso es muy importante. Hay personas que no se atreven a ir al sexólogo y entran aquí en busca de un buen consejo o de una charla amable. El curso de sexología que estás haciendo nos vendrá de perlas, pero no olvides que estamos en contacto con sexólogas especializadas por si surge alguna duda que hay que derivar. Ya te pasaré los contactos.

—Entonces ¿me contratas? —pregunta, emocionada, Sara.

—Lo tengo que consultar con la almohada, pero tienes bastantes puntos —responde Blanca sonriendo.

34

La monogamia es como estar obligado a comer papas fritas todos los días.

HENRY MILLER

Mario y Marina pactan su futura relación

En casa de Mario y Marina las cosas están evolucionando a ritmo lento. No han vuelto a follar y, aunque se sienten unidos, están más distantes que nunca. Hacen pequeños esfuerzos. Mario le ha ofrecido parte del sofá a Marina y esta ha abandonado la soledad de la silla. Han tenido más de una noche de sushi y, si bien parece que saben lo que quieren, no saben cómo gestionar lo que sienten. Si no se miran a la cara, se comunican y se dicen lo que quieren de verdad, las cosas no avanzarán.

Como suele ocurrir en la mayoría de las relaciones heterosexuales, es la mujer la que empieza. Ella es la que está más preparada, la que ha sido educada para hablar de sentimientos y emociones, la que no siente atacada su feminidad aunque se muestre vulnerable.

Los hombres, por lo general, son más inmaduros emocionalmente. No es su culpa. No tienen referentes de hombres sensibles que lloren, que muestren su vulnerabilidad sin miedo al rechazo.

De modo que, aunque esta pareja nos parezca diferente, no deja de ser hija de la educación heteropatriarcal. Ahora mismo están tirados en el sofá, cada uno en un extremo, viendo medio dormidos un documental de pingüinos, cuando Marina decide que ha llegado el momento de poner las cartas sobre la mesa.

—¿Quieres salvar lo nuestro? —le pregunta a Mario.

—Sabes que sí —responde él.

—Yo no sé nada si no me lo cuentas.

—No. Si ahora seré yo el que no habla —dice incorporándose y apagando la tele.

—Bueno, intentemos empezar de cero sin reprocharnos nada. ¿Te parece?

—Lo intentaré.

—Pues, venga. ¿Tú qué quieres?

—Yo no quiero nada. Yo ya estaba bien como estaba, con una mujer a la que conocí en el instituto, que era el amor de mi vida y con la que quería formar una familia.

—Vale, pues yo eso no lo quiero, no lo quiero del todo. Quiero decir que también te quiero, pero pienso que podemos formar un equipo sin necesidad de tener hijos. —Marina no sabe muy bien cómo explicarse. Ama a su marido, pero necesita libertad para ser feliz y tiene claro que los hijos no se la van a dar—. ¿Podemos seguir siendo el amor de nuestra vida aunque no tengamos niños?

—No lo sé —dice él levantándose del sofá y dirigiéndose a la cocina a por una botella de vino y un par de copas.

—Oye, si no te abres un poco, esto no va a funcionar.

—¡Es que no sé qué quieres! —responde Mario un pelín tenso.

—Por eso estamos poniendo las cartas sobre la mesa. ¿Qué quieres tú?

—Yo, es que no lo tengo tan claro como tú —dice Mario con sinceridad.

—Esto es un problema, sí. Pero bueno, si quieres empiezo yo y tú me dices cómo lo ves.

—Venga, te escucho.

—Con asertividad, *please* —dice Marina ultraseria.

—No me ataques, ¿quieres?

—¡Si yo no te ataco! Te pido que me escuches, que no te enfades ni te pongas a la contra, ¿vale?

—Vale, tienes razón. Lo intento —responde Mario mientras llena las dos copas de uno de los vinos que tenía guardados para una gran ocasión. Un Vega Sicilia carísimo.

—Míranos, cada uno sentado en una punta del sofá. ¿En qué nos hemos convertido? Yo no quiero eso, ¿de verdad es eso lo que tú quieres?

—No, sabes que no.

—Te lo repito, yo no sé nada. No soy adivina.

—Ya no nos comunicamos como antes, cierto, pero es que llevamos muchos años, cari.

—¿Y eso qué más da?

—Bueno, creo que todas las parejas se congelan un poco con los años, diría que es algo que entra dentro de la normalidad.

—¡Me importa una mierda la normalidad! —grita Marina levantándose del sofá—. Somos un matrimonio increíble, ¿vale? Tenemos que recuperar lo que teníamos, nuestra complicidad, nuestra sexualidad. ¡Te echo de menos!

Mario se queda un poco noqueado. La verdad es que no esperaba algo así. Creía que Marina era distante y fría, que era su carácter y que eso no tenía remedio. Es cierto que cuando empezaron era todo muy distinto, pero también lo es que entonces eran muy jóvenes.

—¿Crees que se puede mantener esa emoción, esa fuerza, esa pasión con los años? —pregunta Mario con seriedad.

—No lo sé, ¿lo intentamos? —pregunta ella, sincera, dándole un sorbito al vino.

—Claro, pero ¿cómo? —Mario se acerca a Marina y la abraza de una forma muy rara, como sin emoción. Luego se separa de ella y la mira.

—¿Qué es esto que acabas de hacer? —pregunta Marina intentando que no se le escape la risa.

—No sé —contesta Mario soltando una carcajada—. Ya no sabemos ni abrazarnos.

—¡Pero sabemos escoger vinos! —dice ella observando la botella—. ¿Cómo no la hemos abierto antes?

—Demasiadas cosas hemos dejado atrás —se lamenta Mario mirando con ternura a su mujer.

—Es mejor que no forcemos nada —advierte Marina—, pero tendríamos que buscar la manera de volver a excitarnos. Está claro que nuestras mentes aún se quieren, ¿no?

—¡Por supuesto!

—Ahora tenemos que recuperar nuestros cuerpos, que parece que no están por la labor.

—Bueno, a veces es mejor la calidad que la cantidad —apunta Mario, que no quiere reconocer que su relación está tan mal como la pinta Marina.

—¿De verdad te parece que nuestros polvos en la oscuridad tienen calidad?

—¿No? ¿En serio?

Mario se queda rayado. Aunque se quejara con Eva de su relación con Lady Melatonina, él creía que aquellos polvos nocturnos eran algo especial para ambos. Vamos a ver, él también notaba que muy normal no era follar solo de noche y a oscuras, pero lo hacía por ella, por complacerla.

Pensaba que era lo único que la ponía. De alguna forma, era lo que le conectaba a su esposa, aunque, según parece, para ella no eran más que un mero trámite y ahora ella se siente mal por habérselo dicho.

—A ver, no me malinterpretes, me gusta el sexo contigo, pero no me alucina. Ahora mismo podría vivir sin él —puntualiza Marina.

—Pero ¿podrías vivir sin tener sexo con nadie? —pregunta Mario aunque ya se imagina la respuesta.

—No. Eso sí que no.

—Vale, ¿entonces?

—Bueno, igual por eso me busqué un plan B.

—¿Y me estás proponiendo que me busque yo también un plan B?

—No, te propongo que busquemos un plan C para los dos. ¡Eso es! —Marina lo dice como si acabara de descubrir la penicilina o el santo grial.

—Un momento, que me va a explotar la cabeza. ¿Qué es lo que me estás proponiendo exactamente? —pregunta Mario intentando seguirla.

—Que elaboremos nuestras propias normas y que estas nos ayuden a mejorar nuestra sexualidad.

—Vale, ¿y cómo lo hacemos? ¿Vamos a terapia de pareja?

—No, creo que podemos hacerlo solos. ¿Y si empezamos por decir cosas que nos ponen o que deseamos? Así, sin pensar, venga, empiezo yo —dice Marina emocionada—. Me da morbo imaginar cómo le comes el coño a tu compañera de trabajo.

—Me da morbo la posibilidad de ponerte un plug anal en el culo.

—Me da morbo llevarte a un club liberal.

—Me da morbo la lencería roja.

—Me da morbo follar con las luces encendidas.

—Me da morbo follar bajo el agua.

—Me da morbo follar con más gente.

Esta última afirmación de Marina hace que Mario se quede callado y deje de jugar.

—Es eso, ¿no? ¿Quieres follar con otros y te inventas todo este juego chorra para que lo acepte? —la increpa visiblemente molesto.

—¡Que no! Que quiero follar con más gente y mejorar nuestra vida sexual, todo a la vez.

—¿Cómo puede ser eso posible?

—¡Que no quiero el sexo de siempre! ¡Me niego!

—Estoy dispuesto a probar cosas nuevas contigo, pero no quiero meter a más personas en nuestra relación. No veo en qué nos podría beneficiar —dice Mario, que no para de dar vueltas alrededor de la mesa intentando calmar los nervios.

—Cari, ¿por qué no lo ves como una oportunidad en lugar de cerrarte tanto en banda?

—Porque no quiero perderte.

—Joder, Mario, que me vas a perder si no lo intentamos. ¿No lo entiendes?

—Entiendo que siempre tenemos que hacer lo que tú dices.

—Lo sé, por eso estamos aquí ahora, para cambiar esa dinámica. Si jugamos al «no me da morbo» te puedo decir que no me pone nada un marido que hace todo lo que yo quiero, que no toma decisiones por sí mismo y que, pese a que está muy bueno, no me apetece follármelo porque en absoluto siento que me desee, aunque él me diga lo contrario.

—Lo siento. —Mario se acerca y la abraza, esta vez con sentimiento—. Aunque tú no le des ninguna importancia a lo de haberme follado a la compañera del trabajo, yo...

—Claro que le doy importancia. Pero no me da la gana de sentirme, ni de que tú te sientas, culpable.

—¿Qué tipo de pareja se pone los cuernos y hablan de ello?

—Las parejas sinceras —contesta Marina.

En ese mismo instante, a Mario se le hace un nudo en el estómago. Son remordimientos por no haberle contado lo de Lady Om, aunque sabe que para ella no será más que una mera anécdota y volverá a quedar como un pardillo si se lo cuenta. O eso es lo que se dice a sí mismo para justificarse.

—Cuéntame tu polvo con la chica del trabajo.

—¡Ni de coña! —contesta él, radical.

—Me gustaría practicar más sexo fuera de nuestra relación y también dentro de ella, y hablar sobre ello, ¿me entiendes?

—Creo que sí.

—Háblame de ella, de la chica del banco.

Mario resopla. Mira a su mujer, se sirve otra copa del delicioso vino y, aunque no sabe ni por dónde empezar, por un momento se siente el protagonista de la historia por primera vez en toda la conversación. Este es su momento.

—Es muy graciosa, grandota, casi tan alta como yo, rubia, con el pelo rizado y acostumbra a llevarlo alborotado. Se sonroja con mucha facilidad y me gusta notar cómo disimula cuando le ocurre. A veces siento que le gusto mucho y otras que pasa totalmente de mí. Me desconcierta. Es más amiga que amante. Es una mujer increíble, divertida, tierna y muy energética. Tiene carácter. Y en la cama... —Hace una pausa esperando la aprobación de su mujer para seguir.

—Cuéntame...

—No se me levantó...

—¡¡¡Nooo!!! —Marina se ríe a carcajadas—. Lo siento, lo siento —dice.

—Fue uno de los mejores polvos de mi vida —aclara Mario, más sincero que nunca.

—Vaya… —Marina se queda cortada por primera vez.

La verdad es que él no puede ser más sincero, pero lo que no le cuenta es que después de ese polvo sus dudas se han multiplicado por mil. Se ha abierto un mundo a sus pies y no sabe por dónde tirar. Ama a su mujer y desea a Eva, y le encantaría desear más a su mujer y querer mejor a Eva. No sabe cómo se comportará con ella cuando la vea, no sabe si su relación se estropeará o irá a más. Está hecho un mar de dudas, pero si algo tiene claro es que aquel polvo fue increíblemente excitante y así se lo da a entender a Marina.

—No sé si fue por la novedad o por tocar otra piel o por la complicidad que tenemos, pero hacía mucho tiempo que no disfrutaba tanto de un encuentro sexual. Y me jode reconocerlo, pero tienes razón: solo tenemos una vida y yo no quiero perderte.

—¡Y dale! Que no quiero que me pierdas, solo quiero que seamos felices juntos. Que empecemos desde cero y que, por una vez en la vida, nos dejemos llevar. Que nos lo contemos todo, que volvamos a ser la pareja de «emes» que todo el mundo envidiaba en el instituto. Y si para conseguirlo tenemos que follar con otras personas, pues se folla con otras personas. Tenemos que ver el sexo como si fuera comida, has comido la mejor paella del mundo con tu compañera de trabajo. ¡Bien! Me niego a sentir celos por ello. Y si los siento, me los guardo. Me alegro y espero que me invites a ese restaurante. ¡Quiero probar esa paella! O no. Podemos buscar nuestro propio restaurante y ponernos el reto de superar aquella paella. O no, y comer sushi. ¡Nos encanta el sushi! Nosotros somos de sushi, pues comamos juntos sushi. ¿Me sigues?

Marina va dando vueltas por el salón con la copa de vino en la mano, cada vez habla más rápido y con más emoción. Si no fuera porque no le tiran nada las drogas, parecería que va de coca. Acelerada y excitada, cree que por primera vez se está haciendo entender y está conectando de verdad con Mario.

—Creo que sí. Pero no sé si sabremos llevarlo bien.

—Tenemos que intentarlo. Sin presión ni prisas, pero con sinceridad, ¿ok?

Marina traga saliva pensando en su secreto, pensando en las ganas que tiene de comerse la paella, y no el sushi. Le preocupa saber en qué momento tendrá que contarle la verdad a su marido, si no quiere perderlo. Ni a él ni la paella.

35

Vivimos en un mundo donde nos escondemos para hacer el amor, mientras la violencia se practica a plena luz del día.

JOHN LENNON

Marina y Eva van al teatro

Las amigas se encuentran en la puerta del teatro Griego. Corre una brisa maravillosa y van a ver un espectáculo de danza. Eva tiene las entradas desde hace tiempo y en el último minuto ha pensado en invitar a Marina, que no ha tardado ni dos segundos en aceptar. No se ven desde hace una semana, cuando se besaron, y la tensión sexual es palpable entre ellas. Al encontrarse no saben si darse dos besos o un pico. Eva lo soluciona dándole un fuerte abrazo de esos que duran un buen rato y son tan confortables.

—Tenía ganas de verte —le confiesa Eva.

—Y yo. Tengo que contarte novedades de Mario.

—No le habrás contado lo nuestro, ¿no? —le pregunta preocupada Eva, quien hace apenas una hora estaba tomándose un café con él en la oficina.

—No, pero en algún momento tendrá que saber que somos amigas. Por cierto, me ha hablado de ti.

—¡Ay, qué vergüenza! ¿Y qué te ha dicho? —pregunta, muy interesada, Eva.

—El mejor polvo que ha tenido en años.

—¿Cómo?

—Sí, amiga, eso me ha dicho mi marido.

—Joder.

—Me he puesto celosa y todo.

—Y yo roja, ¿no? —dice Eva sonriendo al sentir que le arden las mejillas—. No quiero que estés celosa por mi culpa. Yo lo soy mucho y no me gusta nada. Es un sentimiento de mierda que te hace sentir muy mal.

—Mira, te voy a contar algo que aprendí leyendo libros de poliamor y no monogamias: no hay respuestas universales ni recetas mágicas, las emociones hay que sacarlas y gestionarlas. Estar celoso o sentir celos es tan normal como estar triste o contento. El problema no es la emoción. Es lo que haces con ella.

—Pero ¿por qué sentimos celos?

—Esa es la gran pregunta. ¿Conoces el pulpo de los celos? —le pregunta Marina mientras mira en el móvil qué asiento les corresponde.

—No.

—Te cuento. El pulpo de los celos tiene ocho patas, en cada una de ellas hay una razón que puede ser la causa de tus celos. Eso es lo que hay que mirar. No los celos en sí.

—Vale, vamos a ver, entonces ¿por qué tienes celos de mí?

—¿Cómo?

—Claro. Venga, cántame las ocho patas del pulpo.

—Joder. A ver si me acuerdo. Eran…, deja que lo busque en internet.

A Marina le encanta el sitio donde se han sentado, justo

en el centro de la platea, desde ahí lo verán todo a la perfección. Eva, en cambio, debido a su trastorno de ansiedad y de control, habría preferido sentarse cerca del pasillo. Ahí es donde se siente más segura, ya que puede huir en caso de incendio o de un ataque nuclear. Sí, estas cosas pasan por la mente de las personas ansiosas. Si no lo has experimentado nunca, bien por ti y, recuerda, la próxima vez que vayas al cine o al teatro deja libre la butaca de la punta, algún ansioso te lo agradecerá.

Otra incomodidad de estar en el centro es que tienes que levantarte cincuenta veces para dejar pasar a la gente hasta que la fila está completa. Eva está inquieta porque la fila está casi vacía y sabe que tarde o temprano llegará la gente y la molestará. Al pensarlo, se le dispara aún más la ansiedad, lo nota porque le ha entrado mucho calor, se le duermen las manos y está mareada.

Mientras Eva está sumida en sus obsesiones, Marina sigue buscando en el móvil las ocho patas del pulpo. Cuando las encuentra empieza a leer vocalizando a la perfección ante la mirada expectante de Eva.

—Lo tengo. Mira, son: posesión y control, inseguridad, miedo a la pérdida, miedo al rechazo, miedo a la soledad, sensación de injusticia, sensación de inferioridad, sensación de escasez.

Las dos amigas se quedan calladas hasta que Eva dice:

—¿Miedo a la soledad?

—No, sobre todo sensación de escasez. Me da miedo que Mario te dedique más tiempo a ti que a mí.

—¿En serio? —pregunta Eva, sorprendida.

—¡El mejor polvo de su vida! —exclama Marina claramente afectada.

—Nadie dijo que abrir vuestra relación sería fácil, ¿no?

—dice Eva intentando disimular la emoción y la alegría de saber que Mario disfrutó tanto o más que ella.

Cuando la conversación empieza a ponerse intensa y el espectáculo está a punto de empezar, Eva gira la cabeza y pega un grito.

—¡Mierda!

—¿Qué ocurre?

—¡El Coda! ¡Joder, el Coda!

—¿Qué dices? ¿Quién? ¿Dónde?

—Dos filas más arriba, a la derecha, camisa de flores. El intérprete de signos que me rompió el corazón. ¿Te acuerdas que te hablé de él en el club, el día que nos conocimos?

—¡Anda! Pero no pasa nada, ¿no? ¿Por qué te pones así?

—Porque no quiero verlo. No quiero saludarlo, quiero que se esfume —dice tapándose con la chaqueta para que él no la vea, con los sentidos absolutamente alterados a causa de la ansiedad.

—Chica, me parece que no lo tienes superado. Qué delgaducho está, ¿no?

—Sí, no es tan mono como tú, pero qué cachonda me ponía el muy cabrón.

—¿Por qué nos incomoda tanto saludar a alguien que nos cae mal o que nos ha hecho daño en el pasado? —se pregunta Marina, que está flipando con la exagerada reacción de Eva.

La verdad es que todos nos sentimos mal ante esa tensión absurda que se crea entre dos personas que han pasado del todo a la nada cuando se encuentran por casualidad, ya sean exnovios, exjefes, examigos o, simplemente, tipos que te caen fatal, que te dan pereza o que te rayan. Cuando ves a una de estas personas, la rabia te invade, no te deja pasar página y deseas con todas tus fuerzas que ella haga lo mis-

277

mo que tú y no te salude. A todos nos ha pasado esto alguna vez y hemos cambiado de acera, agachado la cabeza o nos hemos hecho los locos y hemos disimulado para no tener que afrontar una conversación incómoda. Pagaríamos millones de euros, si los tuviéramos, para que Dios cogiera al personaje en cuestión y lo mandara en medio del Sáhara o de la selva amazónica durante los años que nos quedan de vida. Eva no le desea nada malo al Chico Coda, lo único que quiere es no volverlo a ver nunca más.

—Relájate, Eva, que empieza el espectáculo. No lo mires más —le aconseja Marina apagando el móvil y colocando las chaquetas debajo de las butacas.

—No sé si podré —susurra su amiga mirando la fila del Coda de reojo.

—Que sí, joder. La gente débil busca venganza; la fuerte, perdona, y la inteligente, ignora. ¿Dónde te sitúas tú? —Justo un segundo antes de que se apaguen las luces y empiece a sonar la música Marina le guiña el ojo.

Eva agradece sus palabras —sabe perfectamente que las ha sacado de un libro de citas célebres—, apoya la cabeza en su hombro e intenta disfrutar de la función.

Tras una hora y media de danza, la pareja de amigas sale al escape antes de que finalicen los aplausos, para no tener que mantener la incómoda conversación con el Coda. En su evasión, obligan a toda la fila a levantarse, no se puede disimular peor, aunque por suerte el chico no se da cuenta. Son muchas las personas que aprovechan los aplausos para salir cuanto antes, unos para no perder el tren, otros para no guardar cola en el servicio y algunos para huir de sus ex.

En dos minutos están sentadas en una terracita cerca del

teatro comiendo nachos con guacamole y comentando la jugada.

—Uf, por los pelos —respira aliviada Eva—. Madre mía, ¡qué semana! —exclama devorando los nachos como si no hubiera un mañana.

—¿Qué te ha pasado? —pregunta Marina.

—Te lo cuento. He tomado una de las decisiones más importantes de mi vida y estoy muy contenta. Han tenido que pasar unos días desde que di el paso, pero ahora ya puedo decir que estoy convencida de que he tomado la decisión correcta. Me he quitado una mochila enorme cargada de piedras que no me dejaba ni andar ni respirar y que me daba mucha ansiedad.

—¡Cuéntame más, me tienes intrigada!

—He decidido que no quiero tener hijos.

—¿Hijos? ¿En serio?

—He ido a la clínica de fertilidad, hace meses que tenía la cita programada, y les he dicho que no, que no voy a ser madre. Y ahora ya puedo disponer de los cinco mil euros que tengo en mi cuenta para hacer lo que me dé la gana.

—Tía, es una noticia brutal. Me parece increíble, y supervaliente, te lo digo de verdad. ¡Tú sabes la de años que me ha costado a mí tomar esta decisión! Cada vez que me venía la regla Mario se quedaba hecho polvo y yo lloraba de felicidad. Un día le pedí pastillas anticonceptivas a la ginecóloga y hasta hoy. Fue una de las mejores decisiones de mi vida, pero me costó mucho aceptarme. Y, claro, por eso el pobre Mario sigue en shock, no solo por el polvo que echó contigo —dice con guasa.

—¿En serio te dijo que fue el mejor polvo de su vida?

—Joder, si lo sé me callo, ¡que sííí!

—Me gusta que me lo digas, me sube la autoestima.

—Tarde o temprano le tendremos que contar que nos conocemos —dice Marina, realmente preocupada—. Él y yo hemos decidido abrir nuestra relación y ser sinceros el uno con el otro.

—Habrá que pensar cómo hacerlo. ¿Pedimos algo más? —propone Eva mirando la carta—. Me apetecen unas quesadillas, las de aquí son superbuenas.

—¡Tú sí que estás buena! —coquetea Marina.

—¡Cómo te gusta que me ponga roja! —exclama Eva, que ya se toma su euterofobia como un juego—. ¡Unas quesadillas cuando puedas! —grita dirigiéndose al camarero.

Para evitar a su ex, no ha sido muy buena idea ir a ese restaurante mexicano que está a diez metros del teatro, pero menos aún pegar esas voces a la hora de pedir la cena. El Coda acaba de pasar junto a su mesa con un amigo e inmediatamente ha reaccionado a los berridos.

—¿Eva? —Se acerca a ella y le da dos sonoros besos que ella recibe con incomodidad.

—¡Eh, Pablo! Hola. ¿Cómo tú por aquí?

—He ido al teatro a ver…

—Sí. Nosotras también —lo corta Marina—. Nos ha encantado, ¿verdad, amor?

—Sí, nos ha encantado. Mucho. Mucho nos ha gustado —balbucea Eva.

—Estás muy guapa —le dice el Coda que no deja de mirarla. Observa que después de tanto tiempo la sigue poniendo nerviosa y las mejillas de Eva se sonrojan—. ¿Y qué? ¿Estás con alguien?

Marina no entiende qué necesidad tiene ese chico de hacer pasar ese mal trago a Eva. Por poco que la apreciara, se daría cuenta que ella está muy incómoda y la pregunta, claramente cotilla e innecesaria, la cohíbe aún más. Así que, sin cortarse ni un pelo, le coge la mano a Eva y se la aprieta para transmitirle su apoyo.

—Sí, estamos juntas y la verdad es que nos va muy bien. ¿Verdad, cari? —le espeta.

—Muy bien, sí —responde Eva mirando a Marina a los ojos y, sin pensar en el Coda, añade, sincera—: Muy bien.

En ese momento se produce algo inesperado: Marina y Eva se acercan y se dan por fin su primer beso de verdad, justo cuando aparece el camarero con las quesadillas. El Coda, que se ha quedado congelado mirándolas clavado como un pasmarote, corta el paso al camarero, que no puede dejar la comanda en la mesa.

—Ay, perdón —se excusa el chico fugándose de inmediato.

Al cabo de un minuto, las dos mujeres abren los ojos y sonríen.

—Bloqueado —dice Eva al ver que se ha esfumado.

Las quesadillas le calman los nervios. Le da mucho miedo volver a sufrir y, aprovechando el buen rollo y la sinceridad que comparte con Marina, se suelta por completo. Después de ese beso lo puede hacer.

—No comas tan rápido que te va a dar algo —la frena su amiga.

—Tienes razón, estoy de los nervios —dice dejando media quesadilla en el plato.

—¿Por el Coda?

—No. El Coda ya es historia. No sé muy bien cómo gestionar esto. Lo nuestro, quiero decir. No quiero correr.

—Tranquila —le dice Marina agarrándole la cabeza con cariño y dándole un pico.

—Yo también estoy aprendiendo a gestionar eso de ser sincera y tener una relación abierta. ¿Te sentaría muy mal si te dijera que mañana tengo una cita? Está programada desde hace días y, aunque no es nada importante y la podría cancelar sin problema...

—Por mí no canceles, ¿eh? —se apresura a dejar claro Eva.

—Déjame continuar.

—Perdona.

—Para mí es importante mantener la cita, aunque solo sea para ver cómo reacciona Mario y cómo me siento yo..., no sé si me entiendes.

—A la perfección.

—Qué raro, ¿verdad?, no nos hemos acostado, pero es como si...

—... tuviéramos una relación abierta.

Ambas se ríen y Marina vuelve a presionar la mano de Eva, le gusta sentirla a su lado, saber que está con ella.

36

No hay amor sin instinto sexual. El amor usa de este instinto como de una fuerza brutal, como el bergantín usa el viento.

ORTEGA Y GASSET

Marina se enfrenta a su primera cita sincera

Mario y Marina están en su casa comiendo y conversando como un matrimonio, digamos, convencional. Mientras se pasan el pan y el aceite, él habla de sus problemas en el banco y ella del caos del hospital. Los dos saben que están otra vez metidos en el bucle de la pareja «normal» y que en algún momento tendrán que comportarse como la pareja abierta que se supone que son.

—¿Qué hiciste ayer? —pregunta Mario. Le da miedo que su mujer le diga que se fue de folleteo mientras él veía una serie en pijama.

—Fui al teatro con una amiga del trabajo. Vimos un espectáculo de danza fenomenal.

—¿Nada de sexo? —pregunta Mario, para estar seguro.

—No, es solo una amiga. Pero esta noche sí tengo una cita.

—Vale, voy a fingir que no me afecta. ¿Quién es el afortunado?

—Un chico del gimnasio. Se llama Jonathan. ¿Y tú?, ¿algún plan?

—Yo voy un poco más lento que tú.

—Tranquilo, no te sientas forzado. Tú a tu ritmo.

—¿Qué te vas a poner?

—Pues no lo he pensado aún.

—Ponte un vestido. Estás preciosa con el que te compraste para la boda de Eric y Silvia, el de color negro. Te hace un tipo increíble.

—¡Buena idea!, me lo pondré —contesta Marina, sonriente y agradecida por la madura reacción de su marido.

Un par de horas más tarde, Marina se ha puesto el vestido negro. Guapa y muy elegante, a punto de acudir a la cita con el hombre del gimnasio, pero antes de salir se saca una foto y se la manda a Eva. Lo hace como quien no quiere la cosa, pero lo cierto es que no le apetece esconderle nada y tiene interés en demostrarle que lo de la relación abierta no es ningún farol.

Marina
Hello! Qué tal, amiga?

Eva
Bien, aquí de charla con la prima

Marina
Hoy tengo cita con el buenorro del gym.
Mira qué me he puesto

Eva espera impaciente que le llegue la foto de Marina. Es un poco cutre porque se la ha hecho ella misma delante del espejo, pero se aprecia perfectamente lo bien que le queda el vestido y lo bella que está.

Eva
Guau, qué elegante. Estás divina!

Marina
Deséame suerte. Ya te contaré

Eva
Un beso

Jonathan le pone mucho, lo conoce del gimnasio, es un tipo joven y moderno que seguro que aceptará su relación abierta, piensa Marina, que ha decidido no solo ser sincera con Mario y Eva, sino también con cualquiera con quien quede para tener una relación.

La cena es un pelín aburrida al principio. Jonathan le cuenta que no tiene pareja estable, que no busca nada serio y que está un poco harto de su trabajo de profesor de pilates porque le absorbe muchas horas. A Marina no le interesa nada lo que le está contando. Si por ella fuera, dejarían la comida a medias, saldrían del restaurante en este mismo momento e irían al hotel más cercano a echar un buen polvo. Pero teme que le va a tocar escuchar un rato más a Jonathan y sus dramas vitales, antes de disfrutar de aquellos músculos que tanto le ponen en el gimnasio.

Mientras él sigue hablando de su vida y sus dramas cotidianos, Marina mira impaciente el reloj, le gustaría acelerar el tiempo.

—Me gustas mucho, hace tiempo que me fijo en ti en el gym —le suelta de pronto el monitor, que quizá también está pensando en darle más marcha al asunto.

—Tú también me gustas —contesta Marina deseosa de que pida la cuenta y se levanten de la mesa, ya sea para encerrarse en el baño del restaurante o para salir y pillar un taxi.

—¡Qué genial! Yo no sabía si tenías pareja o no.

—Sí, tengo, sí —se sincera Marina con voz calmada.

—¿Cómo? ¿Eh? No entiendo.

—Sí, pero tranquilo. Mi marido y yo tenemos una relación abierta. Él sabe que estoy aquí contigo y no hay problema. —En el mismo momento en que esas palabras salen de su boca, Marina podría echar a volar de lo liberada que se siente. Ella sonríe, pero a su compañero de cena se le ha descompuesto la cara.

—Vaya, ¿tu marido sabe que tienes una cita?

—Sí, somos liberales. Eso está bien, ¿verdad? Tú me has dicho que no buscas nada serio y yo solo quiero sexo. Así que es perfecto. Además, hace tiempo que te tengo ganas —le dice con tono picarón.

—¿Ganas? ¿Pero qué coño es esto? —dice tirando la servilleta encima de la mesa.

Marina no entiende la reacción de Jonathan y piensa que igual no se ha explicado bien.

—Ganas de ti, ¡eres muy guapo!

—Pues a mí… a mí ya no me gustas, y no porque estés casada, que también. Es por esa actitud… —titubea Jonathan. Está claro que la respuesta de Marina lo ha dejado desconcertado, él que siempre tiene la voz cantante en sus citas y se siente confiado ante las chicas, ahora no sabe cómo reaccionar— esa… esa superioridad que desprendes. ¡Qué mierda es esta! ¿Qué ha pasado con el cortejo, la seducción y todo eso? ¿Hemos pasado de abrir la puerta del coche a ser un mero objeto sexual?

—No, no es eso.

—¡Déjame hablar! —la corta sin miramientos—. No cuentes conmigo para eso, ¿vale? No pienso ser la puta de vuestro matrimonio. No pienso ser el que se va a las dos de la madrugada para que vuelvas a casa con tu maridito. Eso no lo quiero para mí.

Marina se da cuenta de que le ha tocado alguna fibra sensible y no hace ningún comentario, pero sospecha que su anterior pareja se fue a pique por alguna infidelidad.

Cuando tienes una discusión con alguien y ese o esa alguien reacciona de una forma inesperada, es muy importante que tengas claro si esa reacción viene dada por tu actitud o por algo que nada tiene que ver contigo. Marina comprende que esta mierda es de Jonathan, pero no puede evitar entrar al trapo.

—Vale, está bien. Solo quería ser sincera contigo. No veo por qué tienes que cargar así contra mí.

—Porque eso que haces es muy egoísta —sigue enfurruñado él.

—¿Egoísta? ¿Ser honesta y sincera? ¿Decirte la verdad y no engañarte? —le pregunta Marina elevando un poco el tono de voz y atrayendo las miradas de las mesas colindantes.

—Pues, mira, igual habría sido mejor el engaño y que te sinceraras después, al menos habríamos echado un buen polvo. Y ahora, si me disculpas, me voy. Ya pagarás tú.

Marina no comprende la actitud de su compañero del gym, en parte le ha recordado a la de Isidro. ¿Con cuántos Isidros más se va a encontrar en su vida? ¿Es ese su perfil?

Sentada a la mesa con una botella de orujo de hierbas delante de ella, no duda en dar un buen lingotazo. Siente que el calor del alcohol atraviesa su garganta y nota que sus pechos se ponen duros. Está excitadísima y con unas ganas locas de sexo. Podría llamar a Mario y suplicarle que le quitase el vestido, pero igual eso lo confundiría. También podría llamar a Eva, pero no quiere correr en su relación con ella y mucho menos asustarla. Deja el dinero encima de la mesa después de regalarse otro chupito y se larga al único lugar que la puede saciar ahora mismo.

37

La lujuria está bien: el sexo es bueno, despeja la cabeza y alegra el corazón.

Fernando Vallejo

Eva se deja llevar

Sara está en casa tirada en el sofá y Eva no para de taladrar la pared. Hoy le ha dado por colgar cuadros y, claro, su compulsión la obliga a colgarlos todos de una sola tacada. De fondo se oye la tele. Otra chica desaparecida desde hace unos meses. La han encontrado muerta en un descampado, cerca de donde Sara se citó con el camello animalista.

—¡Madre mía! —exclama Eva dejando de taladrar por un momento y acercándose a la tele—. ¿Eres consciente de que podría haberte pasado a ti?

—No entiendo cómo me pude poner en peligro de este modo —se lamenta Sara, horrorizada por la noticia.

—Prima, eres humana, ¡no te tortures! Primero, no fuiste tú quien te puso en peligro. La culpa es del violador o el asesino, nunca de la víctima. Lo importante es que llegaste sana y salva.

—No sabes cómo fue la vuelta en autostop. Le tuve que enseñar al tipo del camión la localización en tiempo real para que no se le ocurriera nada raro. Y todo por culpa del cazurro del Tinder, que me llevó hasta allí para luego dejarme tirada.

—¡Qué mierdas nos tenemos que comer las mujeres! —se lamenta Eva.

—Y claro, a veces, cuando vas de liberal, te encuentras con tipos que se suben al carro haciendo ver que también lo son, pero no. Solo quieren echar un polvo cutre y te tratan como un trozo de carne, como si liberal fuese lo mismo que puta gratis.

—Es que todo ese rollo liberal no es fácil de entender ni de gestionar.

—Pues yo creo sinceramente que las relaciones del futuro serán así —dice Sara—. Lo de la media naranja ya es historia.

—Cierto, y yo soy más de manzanas.

Eva se acerca al bol de la fruta coge una manzana roja y reluciente, le da un buen mordisco y lanza otra a su prima, que la coge al vuelo.

—Hablando de manzanas suculentas… ¿qué onda tienes con Mario y Marina?

—Pues no sé, prima, me tienta, me tienta mucho, pero tampoco quiero empacharme a manzanas, ya se sabe que, si se abusa, estriñen.

—Tienes que dejar que fluya, Eva. Tú también eres una manzanita para ellos.

—Eso es lo que tú dices, pero ¿qué pinto yo entre una pareja? —pregunta Eva inquieta.

—Pues lo que tú quieras pintar. Marca tus propias relaciones o construye una nueva sin excluirlos a ellos —la anima Lady Luz mordisqueando la manzana.

—No sé.

—O a ella. Sin excluirla a ella —puntualiza la prima con picardía—. Lo que has de tener claro es que si quieres ser una media naranja o una manzana jugosa.

Eva se queda pensando en silencio. Es verdad que no puede quitarse a Marina de la cabeza. Nadie la había besado nunca como ella. No es peor ni mejor que con un chico, solo diferente. Muy diferente e increíblemente excitante. No sabe si su relación evolucionará hacia algo sexual o simplemente serán superamigas. Y luego está Mario, no sabe si volverá a follar con él o el morbo por su compañero ha desaparecido por completo. Lo único que sabe es que siente unos celos enormes del tipo del gym que está ahora con ella.

—Me va a explotar la cabeza.

—Deja de pensar. ¿Por qué no vas a nadar a la piscina? Dices que el agua te relaja y te abre la mente.

—Pues, mira, sí. Gracias por la charla, Sari —dice Eva al acabar de colgar el último cuadro. Y añade—: Serás una buena dependienta si Blanca te pilla para trabajar en la tienda erótica.

—Ya te digo yo que sí. A Blanca le encanté.

—¡Ay, Lady Luz!, cómo me mola esa confianza en ti misma que desprendes.

Eva pone el bañador en la mochila y sale de casa con la intención de meterse en la piscina del gimnasio y desconectar del mundo. De camino, enciende un cigarrillo y se acuerda de cuando conoció a Marina. Aquella conversación en el jardín en la que le contó que iba al club liberal para desconectar. Aquello fue un flechazo en toda regla. Si se concentra, puede sentir el magnetismo, el olor a cloro y aquella mirada.

De pronto se para en medio de la calle, busca la localización del club en el móvil y, empujada por lo cachonda que se siente últimamente, pide un uber y va para allá. La ventaja de ir sola a uno de esos clubes es que se ahorra el numerito de la pareja hetero en la entrada, le dan una taquilla para ella sola y puede hacer lo que le venga en gana sin dar explicaciones a nadie. Ni siquiera se lo dice a su prima.

Se siente muy excitada y orgullosa de sí misma, es la segunda vez que va, pero se comporta como si lo hubiera hecho un millón de veces. Deja la ropa, coge el pareo y se dirige a la piscina climatizada. Se tira de cabeza y se queda dentro todo el rato que puede aguantar. Al salir mira el jardín y vuelve a pensar en ella. No se la quita de la cabeza. Sin serlo oficialmente, aquel primer encuentro fue la mejor primera cita que ha tenido en su vida. Sonríe al recordar que incluso se atrevió a confesarle una de sus mayores fantasías, y en ese mismo instante decide que ha llegado el momento de convertir aquella fantasía en deseo y el deseo en realidad. Hoy va a entrar en el cuarto oscuro y disfrutar del sexo libre y a ciegas.

Eva se planta en la entrada de la sala, todo está oscuro, en efecto. Hay una puerta para entrar y otra chiquitita para salir, donde se observa un poquito de luz, pero si te quedas entre medias, no ves absolutamente nada. El olor es curioso, una mezcla de cloro y de cine antiguo con cortinas de terciopelo. Es un espacio bonito y sórdido a la vez. Difícil de explicar. Las personas se mueven como bailando y las manos se acercan, se tocan y se apartan como si se tratara de una performance. Pelos, pechos, culos, penes duros, penes flácidos, besos limpios y besos sucios. Eva entra sin tocar a nadie, dejándose envolver por el ambiente.

Cerca de la puertecita medio iluminada ve a una pareja abrazada practicando sexo. Ella gime mientras él la penetra. Eva se excita al verlos y desea con todas sus fuerzas unirse a ellos. Algo la lleva a buscar a la chica, eso es lo que le gustaría, pero de pronto recuerda las normas: «Te acercas, pides permiso y si te dejan entrar... ¡*touché*!». Y eso hace. Desplazándose a cuatro patas por la sala, se acerca a la pareja. Como si fuera un perrito oliendo a su presa, acaricia con la cabeza la espalda del chico, que responde rápidamente con un beso. La chica que está siendo penetrada gime más fuerte al notar que alguien más se ha unido a la fiesta. Mientras el chico empuja con energía a su pareja, sigue besando a Eva, deslizando los labios hacia sus pechos. Eva tira el pareo a un rincón y se deja besuquear. La chica la mira lujuriosa y se relame, está por acercarse a ella y comenzar a besarla, le arde la entrepierna.

En este momento un pensamiento cruza su mente, lo que realmente desea es que alguien le coma el coño, quien sea, nota otra mano que la acaricia por detrás, así que decide probar suerte. Se gira y se deja tocar por ese otro cuerpo. Es todo muy raro. Un baile de caricias y besos. Se suman muchas manos, muchos cuerpos; sin embargo, Eva no acaba de sentir la excitación esperable en un lugar como este. Se desliza entre las caricias hasta alejarse de la orgía que se ha formado a su alrededor y, fuera ya del círculo, decide montarse la juerga sola.

Desde la puertecita se dirige a la parte más oscura de la sala, sin pareo, muy lentamente, oliendo y tocando a la gente como en su fantasía. En esta sala no puedes dejarte llevar por las apariencias ni por los perjuicios, solo hay que soltarse y sentir, y Eva se divierte tocando cuerpos e intentando reconocer sexos. Los cuerpos a veces engañan, hombres nada depilados y el pelo largo pueden darte la impresión de que son chicas, hasta que notas unos pectorales o un miembro roza tu muslo. Eva se divierte con su juego.

Al llegar a la zona más oscura de la sala, que es donde se acumula más gente, Eva roza una mano que se deja coger sin problema y Eva la guía hacia su pecho para mostrarle sus cartas invitándole a palpar su cuerpo. Se deja acariciar sin saber siquiera quién la acaricia, le da morbo esta incógnita. La mano es pequeña y delicada, pero en ese lugar podría pertenecer a alguien de cualquier sexo; sin embargo, Eva fantasea con la posibilidad de que sea de una mujer.

En ese momento, la mano delicada le agarra del cuello de forma sensual, le acaricia la nuca, las orejas y los labios. Sus pechos están ultraduros. La mano juguetona trepa al cabello, lo toca y lo vuelve a tocar. Eva intenta hacer lo mismo y descubre que la otra persona tiene el pelo corto. Le gusta cómo se deja tocar, pero quiere descubrir ya si se trata de un chico o una chica. El deseo le puede al morbo. Se acerca para besar sus labios y nota que unos pechos chocan con los de ella. Es una mujer y ese beso… ¡Ese beso! ¿Podría ser Marina? ¿O es que todas las mujeres saben igual? El beso delicado pasa a ser tremendamente animal. Su respiración se acelera y aunque gimen en silencio, sus cuerpos se reconocen. En efecto, se trata de Marina, que, después de su cita fallida ha tenido el mismo pensamiento que Eva y se ha dirigido a un lugar donde sabía que desconectaría. Y, como ella, ha entrado en el cuarto oscuro fantaseando con la posibilidad de encontrarse con Eva.

Allí están ellas, en la oscuridad, presentándose sus cuerpos desnudos y haciendo lo que tanto han deseado las dos.

Tumbadas encima de la moqueta después de una sesión de sexo absolutamente fogosa y potente, Eva, rompe el silencio. Le pide a Marina que le suelte la mano, la aprieta con tanta fuerza que teme que se le vaya a desintegrar.

Sin decir palabra, Marina separa su cuerpo ardiente del de Eva y la invita a levantarse y a seguirla hacia la puerta pequeñita para salir a la luz. Eva se deja llevar, no sabe adónde se dirigen. Marina anda deprisa sin soltar su mano, aunque ha dejado de presionarla con tanta fuerza. Cada vez acelera más el paso, hasta que Eva intenta frenarla tirándola del brazo.

—¡Para! ¿Por qué corres tanto? —le pregunta.

Marina no contesta, sigue andando e incluso aprieta aún más el paso. Eva no acaba de comprender qué es lo que ocurre, para ella ha sido brutal, pero no puede evitar que el miedo la atenace. No esperaba una reacción como esta y no entiende esa prisa por salir cuando estaban las dos ultrarrelajadas.

—¡Marina! —grita Eva obligándola a parar.

Su nueva amante se detiene pero no se gira, Eva da un paso y se sitúa delante de ella: Marina está llorando. La gran y fuerte Marina está hecha un mar de lágrimas. Eva la abraza para consolarla.

—Perdona, no sé qué me ha pasado —se excusa Marina, que corre en busca de un pareo o alguna otra pieza con la que cubrir su cuerpo, como si de repente le hubiera dado un ataque de vergüenza.

—Tranquila, no tienes que pedir perdón por nada.

—Pensarás que soy idiota, qué vergüenza.

—¡Qué dices! Como voy a pensar eso —dice Eva besándole la cara y secándole las lágrimas—. Reconocería un ataque de ansiedad a mil kilómetros de distancia, aunque de ti no me lo esperaba. ¡Eres un ser humano, Terminator!

Su nuevo mote le arranca una gran carcajada a Marina, que deja que Eva la cubra con una toalla que encuentra en el jardín y le frota el cuerpo para que entre en calor.

—¿De veras crees que esto que me ha pasado ha sido un ataque de ansiedad?

—Por supuesto, por eso tienes frío.

—Pensaba que la ansiedad daba más bien calor.

—Altera los sentidos.

—Ha sido increíble lo que acaba de pasar allí dentro. Lo sabes, ¿no?

—Lo sé, ¡pero tanto como para llorar de placer! —bromea Eva.

Las dos amigas se ríen. Eva abraza con fuerza a Marina y la anima a acercarse a la barra del jardín. Para un momento como este, no hay nada mejor que un gin-tonic bien cargado.

Ya más relajadas, se tumban en uno de los sofás de la terraza. Marina está tendida boca arriba encima de Eva, que le acaricia la cara con suavidad mientras se confiesa.

—No sé qué me ha ocurrido. Ha sido una descarga de tensión tal que me he emocionado. Llevo mucha presión encima y eso ha sido muy intenso.

—¿Demasiado?

—Nunca nada es demasiado cuando es tan bonito —dice incorporándose un poco para darle un pico—. No quiero renunciar a ti, ¿sabes?, pero tampoco quiero dejar a Mario. Estamos intentando construir una relación más abierta y sincera, y creo que ha llegado la hora de contarle lo nuestro. Ya hace días que pienso en ello, pero después de lo que ha ocurrido hoy, quiero… —hace una pausa dramática— que formes parte de mi vida. Y si tu respuesta es un sí, quiero que Mario lo sepa, no deseo ocultarle nada, pero antes tengo que saber si tú quieres seguir con esto.

—Bueno, tú siempre dices que el sexo es solo sexo, ¿no?

—Tú no eres solo sexo para mí, ese es el problema.

—Soy un problema… —se ríe Eva.

—No, joder, ya me entiendes. Lo que pasa es que cuando hay emociones la cosa mejora, pero también se complica. Y yo siento muchas cosas por ti, pero no sé si tú también las sientes. No sé si eres bicuriosa o quieres ser moderna o pretendes que deje a Mario por ti o qué quieres. ¿Qué quieres? ¡Necesito saberlo!

Marina se ha abierto en canal. Se ha quitado todas las máscaras, los miedos y los pocos prejuicios que le quedaban. Ha pasado de cero a mil y siente que está construyendo algo grande y no quiere fastidiarla. Al ver a Marina tan vulnerable, Eva la percibe más fuerte que nunca, cree todo lo que le dice y decide abrirse ella también.

—Hasta esta noche no lo tenía nada claro. Sabía que me gustabas, pero no quería verlo, estaba un poco bloqueada. Han sido muchas emociones en poco tiempo. Yo siempre he sido hetero y jamás se me había pasado por la cabeza enrollarme con una mujer, y menos enamorarme de ella.

—¿Estás enamorada?

—Estoy colgada hasta las trancas y lo sabes, Terminator —dice Eva con los ojos llorosos.

Las dos amantes se abrazan, se huelen y se sienten otra vez. Son conscientes de que se han metido en un buen lío. ¿Qué tendrá el buen sexo que engancha tanto?

38

El amor es un maldito fastidio, especialmente cuando también está unido a la lujuria.

JAMES JOYCE

La señora Sala comparte su alegría

Hoy se celebra la típica comida de los domingos en casa de la señora Sala. Como no es la mejor anfitriona del planeta, sino más bien todo lo contrario que su hija Eva para la cocina, ha optado por pedir comida a domicilio. Eso sí, sigue las viejas costumbres y lo coloca todo en fuentes de cerámica, y saca la vajilla de La Cartuja de la vitrina.

—¿Me pones un poco de cebolla a pochar en una paella? —le dice a su amante, a quien también ha invitado para que todos lo conozcan.

—¿En qué quedamos? ¿Cocino o no?

—No. Solo quiero que la casa huela a sofrito para que parezca que lo hemos hecho nosotros.

—Ya la irás conociendo, ya —le aclara Aurelia, que está leyendo el periódico sentada en el sofá, aprovechando que Julia tiene un nuevo esclavo.

—Tú no te muevas, no. ¿Quiere un whiskito la señora?

—Pues no te digo yo que no.

—¡Lucas! ¿Le traes una copa a Aurelia?, la pobre está agotada.

—No tanto como tú, que te vas a herniar de tanto cocinar —contesta ella con guasa.

Suena el timbre y la esclava pega un salto en el sofá. Se levanta para ir a abrir, pero la señora Sala la frena.

—Un momento. ¿Estamos bien? —dice arreglándole el cuello de la camisa a Lucas.

—Sí, listos —sonríe Lucas.

La señora Sala suspira y la esclava se dirige a la puerta. Todo el clan ha llegado a la vez; la primera en entrar, cómo no, es Mónica.

—¡Hola, mamá! Te hemos traído un vinito muy rico. ¿Lo dejas en la cocina, Kike?

—Yo he traído un humus de remolacha y una tarta de zanahoria vegana sin gluten —dice Eva mirando a la prima, que sonríe agradecida.

Hechas las presentaciones pertinentes, Mónica no puede apartar la mirada del amante de su madre. Lo intenta, quiere ser moderna y no juzgar, pero no puede hacer nada para evitarlo.

—Tesoro, deja de mirarlo, que lo vas a desgastar —le ruega la madre.

—Perdona, es que eres muy guapo —dice Moni intentando disimular—. Ay, lo siento, no quería decir esto.

—Me encanta ser guapo, no te preocupes —responde divertido Lucas.

—Ya te acostumbrarás —remata Kike haciéndose el cómplice.

—¡Propongo un brindis! —grita la matriarca.

Todos se levantan, alzan las copas y esperan a que la madre hable. Los caniches ladran como locos, en plan somos miembros de la familia y queremos formar parte de esto.

—¡Quiero brindar por la felicidad!

—Típico de mamá —le susurra Eva a Sara—. Ahora nos vendrá con el rollo de que tenemos que perseguir nuestros sueños y bla, bla, bla.

—Tesoro, ¿me dejas?

—Perdona, mami, sigue.

—Pues eso. Quiero brindar porque, a pesar de las dificultades de la vida, ha quedado demostrada mi teoría de que, al final, la felicidad siempre vuelve. Todo, absolutamente todo, se puede superar. Aunque me esforcé en disimularlo, yo me hundí tras la muerte de vuestro padre y miradme ahora, viviendo con mi mejor amiga. Querida, nunca te he agradecido lo suficiente la buena compañía que me das —dice dirigiéndose enternecida a su esclava del alma—. Es un regalo vivir contigo. Y luego, este pedazo de hombre que ha decidido ¡regalarme el mejor sexo de mi vida! —grita como si quisiera que la oyeran todos los vecinos de la finca.

—Mamá, por favor, qué vergüenza —se escandaliza Mónica.

—Creedme, cuanto mayor se hace una, más disfruta del sexo. Esta es una demostración más de que es bien cierto lo que siempre he dicho: «Cuando se te caen las tetas, te sube la autoestima». Y entonces, creedme, se folla mucho mejor. Puedes decir qué quieres y cómo lo quieres. Hay menos tiempo, pero también menos dudas. Y todo es más intenso y relajado a la vez.

»Mónica, tú no tendrás hijos, pero tienes una energía y una fuerza capaces de parar un tren, y un marido con una paciencia envidiable. Así que aprovéchalo. Kike, te quiero como al hijo que nunca he tenido, aunque podrías ser mi hermano pequeño, las cosas como son. Gracias por hacer que la vida y el sexo de mi hija sean mejores.

—Gracias —contesta Kike ruborizado, nada acostumbrado a que su joven suegra le tire piropos.

—Evita, cariño. —La señora Sala ha comenzado uno de esos discursos intensos y con mucha floritura que le encantaba dar cuando se dedicaba a la política, una verborrea que su familia no echa en falta, y que no saben a cuento de qué hoy le ha dado por mostrar en todo su esplendor. No saben hacia dónde se dirige el sermón, pero ahora le toca el turno a su hija pequeña—. Eres la luz de la familia. Siempre alegre y divertida. Siempre buscando la parte buena de la vida, y, sabiendo como sé que tu cobardía te limita, te haré un préstamo para que puedas abrir tu propio negocio. Tú vales demasiado para trabajar en esa mierda de banco. Busca un local y lucha por tus sueños, sé que puedes hacerlo. ¿Y sabes qué te digo?, no congeles tus óvulos si eso te produce ansiedad. No todas las mujeres del planeta tienen que procrear o ser madres, no hemos venido a este mundo solo a parir. Y si la vida no me da nietos, le pediré más orgasmos.

—Mami... —Eva hace amago de abrazarla, sin éxito.

—Déjame acabar —le dice la madre empujándola con brusquedad para que vuelva a sentarse en su sitio—. La vida no es en absoluto como me la había imaginado, la vuestra tampoco lo será. Una vez conocí a una mujer que se hacía llamar «la peor madre del mundo» y me dijo una frase que jamás olvidaré: «La perfección mata y el humor salva vidas». ¡Qué gran verdad! Seguid así, libres y alegres.

»Y tú, Sarita, no te creas que te vas a salvar. Si crees realmente que hay que ser vegano para siempre jamás, lucha por ello, implícate como lo estás haciendo y no dejes de decir lo que piensas ni de hablar de esa forma que a las señoras como yo tanto incomoda. Nunca. Y si un día te apetece un buen filete a la plancha, me llamas, que yo te lo pago. Cambiar de opinión no es malo, a veces incluso es necesario. ¡Volad libres, tesoros míos!

A Sara le explota la cabeza. Ahora que ha decidido hablar en neutro solo a quien se lo pida, resulta que su tía jubilada quiere que lo siga haciendo.

—Joder, mami, parece que te vayas a morir —dice Mónica, que está alucinando con su madre y el discurso que ha soltado.

—Al contrario, tesoros, estoy volviendo a la vida. Y ahora te toca a ti, querido —dice mirando a su apuesto amante—. Eres lo mejor que me ha pasado en mucho tiempo y, aunque no sé hasta cuándo seguirás a mi lado, ya te digo que el sexo que me estás dando no solo me ha despertado, sino que ya me ha dado cuerda para ser feliz unos cuantos años más.

—¡Pues brindemos por el buen sexo! ¡Que nunca falte! —exclama Lucas alzando la copa.

—¡Que nunca falte! —gritan todos al unísono.

—Ya que estás tan positiva, te voy a contar algo que igual hace que te arrepientas y me retires el préstamo —dice Eva lanzando una de esas bromas que suelta de vez en cuando para que quede claro que va a decir algo importante. Confía en que su madre la apoyará diga lo que diga, otra cosa distinta es que la entienda. Así, sin pensarlo demasiado y de carrerilla, suelta su gran frase sin apenas respirar—: He conocido a una mujer increíble. He tenido sexo con ella y ahora mismo, no tengo la menor idea de qué será de mí, pero soy feliz.

La esclava suelta una carcajada, Mónica se lleva las manos a las mejillas y Sara aplaude como una *groupie* orgullosa de su artista. Los caniches ladran y Lucas espera la reacción de su amante antes de pronunciarse. Contra todo pronóstico, Eva se siente bien, relajada y tranquila. Tiene claro que es su vida, pero ha tenido la necesidad de contarlo a su clan. Al igual que les hubiera contado que tiene novio, piensa que es importante decirles lo que le está pasando con Marina. No siente que tenga que mentir a su familia ni encerrarse en ningún armario. De alguna manera, nuestra sexualidad nos define, y si no decimos nada, la sociedad, la familia y todo el mundo da por supuesto que somos heterosexuales. Eva tiene claro que no quiere definirse como bisexual ni como lesbiana, pero tampoco quiere esconderse: ahora está con una mujer y punto. Eso sí, lo del poliamor, lo deja para la próxima fiesta familiar. Siempre mola guardar un as en la manga.

La señora Sala se acerca a su hija pequeña y la abraza.

—Venga, hija, supera eso —suelta mirando a Mónica.

—Voy a intentarlo, pero quiero decir que me alegro mucho por ti, hermana, hacía tiempo que no tenías esa luz en la cara.

Mónica se levanta, pasea la mirada por los presentes y se echa a reír mirando a su marido con complicidad.

—¡Venga, vaaa! —la aprieta su madre.

—No sé cómo coño ha pasado, pero tengo que decir que has hecho muy bien en no congelar los óvulos, Eva. Pienso sinceramente que hay un título que te pega más que el de madre y te lo voy a regalar. —Se acerca a ella y haciendo el gesto que hacen los reyes al investir a los caballeros en las películas de la Edad Media, le dice a su hermana—: Yo, hermana mayor de esta familia, te entrego el título de… tía.

Se hace un silencio que rompe la madre.

—¡¡¡Ahhh!!! Voy a ser abuela. ¡No me lo puedo creer! —exclama.

—Es increíble. Fue pasar de todo, relajarse y, toma, embarazada de forma natural. ¿Os lo podéis creer? Estamos de poquito y ni me había dado cuenta. Hasta tengo que confesar que he estado tomando gin-tonics, ajena a todo, con lo tiquismiquis que era yo con este asunto. Pero, tranquilas, según nos ha dicho el doctor, el Gremlin viene sano y salvo.

—O sana —puntualiza Eva mirando a Sara.

—Mejor esperamos a que nazca, ¿vale? —suplica Mónica—. Que, si te portas bien, te convierto en su hada madrina.

Esta misma noche, contagiada por la felicidad de su familia e ilusionada con su nuevo proyecto, Eva se pone a ordenar todos los libros de cocina que tiene en casa. De algún modo, las palabras de su madre se le han quedado clavadas: tiene que volar libre. Para hacerlo debe dejar atrás algunos lastres, su trabajo actual, sus miedos y... No se acuerda de dónde la tiene, pero aparta los libros de lado y se pone a buscarla. Abre armarios y cajones, y mira debajo de las camas hasta que da con ella. ¡La caja!

Desde hace muchos años, cuando Eva corta una relación, termina un trabajo o pierde a un ser querido (familiar, amigo o perro) coge todos sus recuerdos y, en lugar de destruirlos, los pone en una caja. Primero era una caja de galletas, pero con los años fue creciendo y se ha convertido en una enorme caja rosa. Contiene un montón de cosas: cartas, dibujos, *pendrives*, libros..., pero sobre todo fotos.

Hacía siglos que no la abría, temía que doliera demasiado, pero esta noche se ha armado de valor y lo ha hecho. Y, como si de un ritual de psicomagia se tratara, coge las cuatro fotos que tiene con el Coda y las coloca dentro de la caja. También mete las entradas del museo al que le gustaba ir solo para ver a su amante interpretando.

Es curioso y cierto a la vez: el tiempo lo cura todo. Nada de lo que contiene la caja le da pena, sino todo lo contrario. Al reorganizarla, recupera amigos, recuerdos y ¡todos sus perros! La ordena dejando espacio a las futuras rupturas, que sin duda vendrán. Porque la vida es así. Nada dura para siempre y, como dice su terapeuta, después de una época mala siempre viene una buena. E incluso en la época mala hay que aprender a disfrutar de los pequeños detalles. Este es el reto: no cabrearse porque llueve, más bien aprender a bailar bajo la lluvia. Y cuando viene el tsunami, no gastar energía en luchar contra la ola, sino esperar y moverse lo mínimo. «La clave de la felicidad —piensa Eva mientras cierra la caja— consiste en aceptar la vida sin ansiedad y saber en qué vale la pena gastar energía».

39

El sexo y dormir solo me hacen consciente de que soy mortal.

Alejandro Magno

Eva abandona el banco

Eva lleva mucho rato en el despacho del director de la sucursal y Mario, que no sabe nada de sus intenciones, está sentado a su mesa ultranervioso. Hace días que no habla con su amiga y se siente muy alejado de ella. Últimamente ya no ha habido cafés, ni comidas ni nada, y la verdad es que echa mucho de menos la relación que tenían. Está pensando en ello cuando la ve salir del despacho con una cara de felicidad que le deja desconcertado.

—¿Todo bien?

—Mejor que nunca —le responde Eva—. Vamos a comer y te cuento —dice, ya a punto de salir por la puerta, con el bolso y el abrigo en la mano.

—¿A comer? ¡Genial! —responde Mario, que ya se ha levantado de un salto y se ha puesto la chaqueta a toda prisa, temiendo que su amiga pueda cambiar de opinión.

También Eva nota el distanciamiento con su compi. Él está algo cortado, pero sería raro que no fuera así teniendo en cuenta que, de alguna manera, ha sido ella la que se ha ido alejando y marcando distancias sin darle explicación alguna. Espera que Marina hable con él y se lo cuente todo, porque ella no quiere jugar a dos bandas ni mentirle a Mario. Pero como lo que le tiene que contar hoy nada tiene que ver ni con Marina ni con sus emociones, se ha atrevido a proponerle que comieran juntos para contarle la gran noticia.

Sentados a la mesa del restaurante, incluso antes de pedir nada, Mario ya sabe que esa comida será importante.

—Cuéntame, venga. ¿A qué ha venido este rollo con el dire? ¿No te habrá despedido? —pregunta él, preocupado.

—¿Tengo cara de despedida? —responde ella, sonriendo y mirando la carta.

—Pues la verdad es que no. Estás radiante —replica, sincero, Mario, que observa cómo cada día su amiga está más guapa y desprende una energía cada vez más positiva.

—¡Me he despedido yo misma! —exclama Eva emocionada.

—¿Cómo?

—Que he dejado el banco, Mario, que voy a montar mi propio negocio de restauración. —Eva se levanta de la silla y se pone a dar saltos de alegría.

—¿En serio? Tía, pero esto es genial. ¡Felicidades! —Se levanta él también para abrazarla, pero Eva se sienta enseguida para evitarlo.

—Bueno, he de reconocer que mi madre me va a echar una mano. Y aunque me jode depender de alguien, es mi madre, ¡qué mejor inversora que ella!

—¡Qué grande! ¿Ya tienes local?

—No, qué va. No he empezado ni a buscar, pero tenía claro que no haría nada si no dejaba el banco. Tenía que dar este paso primero.

—Eres muy valiente, Eva.

—Para nada. Tengo una familia y unos amigos increíbles, eso es todo.

—Eso es mucho.

Mario se pregunta si está él entre ese grupo de «amigos increíbles». Le gustaría pensar que sí, pero no sabe hasta qué punto Eva lo considera uno de ellos.

—¿Y tú qué? ¿Qué me cuentas? —le pregunta Eva en este momento, como si estuviera leyéndole los pensamientos.

—¿Te interesa saber cómo estoy?

—¡Claro! ¿No te lo crees? —pregunta Eva haciéndose la loca.

—Hace muchos días que no te interesas por mí. Pensaba que ya no te importaba.

—Han pasado muchas cosas desde nuestra...

—¿Nuestra cita?

—Fue muy guay, la verdad —confiesa Eva.

—¿Aunque no se me levantara? —pregunta Mario tapándose la cara con las manos.

—Ay, Mario, qué pesados os ponéis los hombres con esto.

—Tienes razón. Fue una tarde increíble... por eso me gustaría contarte algo.

—Dime —lo invita Eva cogiendo la última aceituna del aperitivo.

—Lo estoy intentando con mi mujer. Pero si tú quisieras, podríamos tener otra cita. Si te apetece, claro.

Eva piensa en lo inútil que es Mario intentando contar que tiene una relación abierta con su mujer y que le gustaría volver a follar con ella. Le despierta incluso cierta ternura, así que decide no torturarlo y ayudarlo.

—Cuéntame cómo va esto, ¿estáis en modo liberal?

—Sí, exacto. Hemos abierto la relación. Yo no lo tenía muy claro, pero es la única manera de no perderla.

«Mario peca siempre de sincero», piensa Eva.

—Bueno y a ti te parece bien, ¿no? No te hagas la víctima. Si no lo deseas tú también, no va a funcionar.

—Claro, claro. Lo he meditado mucho, y, aunque no es fácil, me parece que no perdemos nada por intentarlo.

—Quién te ha visto y quién te ve, Mario. Me alegro mucho por ti —le dice apretándole las manos.

—Muchas gracias, Eva.

—Y por Lady Melatonina también.

Mario sonríe al ver a su amiga tan abierta y siente que su marcha del banco no tiene por qué ser malo para la relación, sino todo lo contrario. Al no encontrarse a diario en la oficina tendrán que currárselo, si quieren seguir viéndose. Está seguro de que quedarán para charlar, comer, tomar una copa, y quién sabe si repiten otra cita como la del hotel, piensa Mario sin perder la esperanza.

Mientras él fantasea con un nuevo encuentro con Eva, ella tiene claro que lo suyo con Marina ya no se puede mantener más en secreto. Le va a dar algo como siga disimulando frente a Mario. Con la ansiedad en plena escalada y la excusa de ir al servicio, aprovecha para mandarle un mensaje a Marina:

Eva
Estoy comiendo con tu marido. Tenemos que hacer algo ya

Marina
Tienes razón. Llámame esta noche y lo planeamos

40

Enamórate de ti, de la vida y luego de quien tú quieras.

Frida Kahlo

Cita en la tienda erótica

Sarita está en su salsa. Blanca confía plenamente en ella y ya la deja sola sin problema. En poco tiempo se ha hecho con el espacio, con la clientela y con todo. Tiene muchas dudas sobre algunos productos, pero sabe cómo encontrar respuestas. Llama a sus compañeros, investiga en la web o consulta con las sexólogas que Blanca le presentó. Lo que sea antes que dar un mal consejo.

Cuando no hay nadie aprovecha para poner orden y de paso aprender todo lo que puede. Hoy se ha dedicado a montar la estantería de productos veganos, que no son pocos: condones sin caseína, lubricantes y lencería de cuero no animal. Una sección que propuso ella misma y que encantó a la encargada.

Tiene un látigo en la mano cuando su prima Eva le da un susto tocándole la cintura con los dedos.

—¡Joder, prima! ¡Cómo odio que me hagas esto! —exclama Sara pegando un bote y situándose detrás del mostrador, como para ponerse a salvo.

—Te presento a Marina —dice Eva, orgullosa.

—¡Uala! Qué ganas de conocerte, no sabes la de veces que hemos hablado de ti.

—Bien, espero. ¡Qué bonita tienda! —Marina sonríe observando el espacio.

—Sí, es preciosa. Cualquier duda me preguntáis y, si queréis algo, os puedo hacer un descuentillo.

—Prima, ahora que no hay nadie queremos aprovechar para contarte nuestro plan, no hemos venido a comprar nada.

—¿Qué ocurre? —dice saliendo del mostrador y sirviéndose un vaso de agua de la máquina.

—Nos hemos citado aquí con Mario —susurra Eva.

—Nooo. ¡¡¡Me encanta!!! —grita la prima divertida, tirándose medio vaso de agua por encima—. ¡Ay, mierda! —exclama—. ¿Y cómo ha sido?

—Bueno, yo le he dicho de quedar en la tienda erótica —puntualiza Marina— como si fuéramos dos desconocidos. Rollo fantasía.

—¿Y cuando venga os encontrará aquí a las dos? —pregunta Sara desconcertada.

—Eso es —aclara Eva.

—Ay, Dios, qué nervios ¿Y yo qué hago? ¿Tengo que hacer algo?

—Podríamos encerrarnos en la sala de talleres y tú le haces pasar. ¿Tienes vino o algo?

—Sí, en la nevera tenemos siempre vino para las presentaciones y las charlas. Voy a mirar —dice abriendo la nevera y sacando una botella descorchada de vino blanco—. ¿Un Jean Leon te sirve?

—Genial, me encanta. Si no lleva aquí un mes, claro.

—No. Es de una presentación que hicimos hace cuatro días, servirá.

Sarita arregla el espacio con la mesita, los vinitos y un par de velas. Las chicas se meten en la sala y esperan pacientemente.

Unos diez minutos después aparece Mario. La prima intenta disimular. Aunque no lo ha visto nunca en persona, Eva le ha enseñado alguna vez su perfil de WhatsApp y lo reconoce al instante. Alucina con lo guapo que es.

—Hooola, ¿en qué puedo ayudarte?

—Hola, ¿no está Blanca?

—No. Hoy libra. Yo soy Sara, la nueva.

—Encantada, Sara. Yo soy Mario.

—¿Mario? —pregunta como si no supiera quién es y aguantándose la risa al imaginarse que Marina y Eva deben de estar escuchando al otro lado de la cortina.

—Sí.

—Tienes a alguien esperándote en la zona de talleres.

—Vaaale —contesta, tímido, sin saber muy bien qué hacer.

—¿Te acompaño? Es justo detrás de la cortina roja. Ábrela tú mismo.

—Perfecto. Gracias —contesta sonriente, excitado por el juego erótico que se ha montado con su mujer.

Mario arrastra suavemente la cortina, sin hacer nada de ruido y no da crédito cuando ve a su mujer con su amiga Eva charlando con toda la naturalidad del mundo.

Tras la sorpresa inicial, aparece el Hamlet que lleva dentro y no sabe muy bien qué hacer. Ellas ni siquiera se han dado cuenta de su presencia y siguen comentando la última serie de Netflix como si se conocieran de toda la vida. Se nota que entre las dos chicas hay una tremenda conexión. Mario no sabe si interrumpir y preguntarles si se han encontrado ahí por casualidad o son amigas desde hace tiempo, quizá lo mejor sería hacerse el loco, piensa, o no, para él siempre es mejor decir la verdad. Aún permanece quieto como un pasmarote con la mano agarrado a la cortina de terciopelo roja, cuando por fin se atreve a decir:

—¿Hooola?

Las dos amigas se giran a la vez y sonríen, está claro que se conocen y hay confianza entre ellas. Una pausa dramática invade el espacio y antes de que Mario pueda decir nada más, Eva le ofrece una copa.

—¿Un vinito?

—Creo que voy a necesitar más de uno —responde él, asustado y completamente desconcertado ante las miradas de complicidad de las dos mujeres. Le da un piquito a su esposa mientras se quita la chaqueta. Ni siquiera ha probado el vino y le han comenzado a subir los calores.

Las chicas van directas al grano y, con mucho tacto, le cuentan su historia del modo más fiel posible. Mario no tiene muy claro cómo reaccionar: por una parte, le jode que su mujer folle con la única amante que ha tenido en su vida y, por otra, le parece ultraexcitante imaginarse en la cama con las dos. No es que se lo hayan propuesto todavía, pero su fantasía va por delante y ha leído tanto en los últimos tiempos sobre relaciones abiertas y poliamor que le parece plausible. Por mucho morbo que le dé imaginarse todos juntos, su sensatez lo frena y se pregunta si habrá alguna posibilidad real de que puedan mantener una relación sana los tres. Siente que su cabeza está corriendo demasiado teniendo en cuenta que ni siquiera sabe qué hay realmente entre ellas.

—¿Cómo definiríais vuestra relación? —pregunta un poco acojonado.

—¿Qué somos tú y yo? —pregunta Marina mirando a Eva—. ¿Dos buenas amigas que tienen una relación sexoafectiva?

Mario no da crédito. Su mente se divide en dos. Por una parte, le da rabia que su mujer se le adelante otra vez, pero, por otra, se da cuenta de que eso puede ser el inicio de algo muy bonito. Aunque tenga mucho vértigo, las ve sonreír y se siente a gusto, en una burbuja de confianza y complicidad.

—La vida es mucho más fácil sin etiquetas. Que cada cual se sienta libre de ser y hacer lo que le dé la gana, siempre que no haga daño a nadie —dice Eva, segura.

—Con lo *control freak* que eres —apostilla Marina mirando a Eva con orgullo—, lanzarse al mundo de «soy cada día lo que me da la gana», pues mola mucho, y demuestra lo que te he dicho siempre.

—Que eres muy valiente —añade Mario quitándole la palabra.

—¿Verdad que sí? —pregunta Marina buscando su complicidad, contenta de que estén de acuerdo—. Dejémonos de etiquetas, prejuicios y gilipolleces. Somos tres personas increíbles que nos queremos y disfrutamos de nuestra sexualidad, ¿sí?

—Sí —contesta Eva, segura.

—Eso espero —responde Mario.

No la ven, pero Sara está espiando detrás de la cortina. En la tienda solo hay un par de clientes de confianza, ha dejado que toqueteen las muestras de juguetes a sus anchas y les ha dicho que la avisen si quieren algo. No quería perderse este momento único. Emocionada por lo que acaba de escuchar, la joven y moderna Sarita no puede evitar entrar y preguntar:

—¿Os puedo abrazar?

Todos se ríen y se funden en un gran abrazo. La vida no volverá a ser lo mismo después de ese achuchón. Algo les dice que están listos para vivir lo que se les ponga por delante, sea lo que sea.

«Para viajar lejos no hay mejor nave que un libro».

Emily Dickinson

Gracias por tu lectura de este libro.

En **penguinlibros.club** encontrarás las mejores
recomendaciones de lectura.

Únete a nuestra comunidad y viaja con nosotros.

penguinlibros.club

 penguinlibros